比
花白

吴玲

全国百佳图书出版单位
时代出版传媒股份有限公司
黄山书社

图书在版编目(CIP)数据

比梨花白 / 吴玲著.—合肥：黄山书社,2019.6
ISBN 978-7-5461-8263-6

Ⅰ.①比…　Ⅱ.①吴…　Ⅲ.①散文集-中国-当代
Ⅳ.①I267

中国版本图书馆 CIP 数据核字(2019)第 105723 号

比梨花白
Bi Li Hua Bai
吴玲　著

出 品 人　王晓光
策　　划　刘政屏　朱莉莉
责任编辑　常舒雅
摄　　影　朱军东
装帧设计　韩玉英
责任印制　李　磊
出版发行　时代出版传媒股份有限公司(http://www.press-mart.com)
　　　　　黄山书社(http://www.hspress.cn)
地址邮编　安徽省合肥市蜀山区翡翠路 1118 号出版传媒广场 7 层 230071
印　　刷　安徽国文彩印有限公司
版　　次　2019 年 9 月第 1 版
印　　次　2019 年 9 月第 1 次印刷
开　　本　880mm×1230mm　1/32
字　　数　200 千
印　　张　9
书　　号　ISBN 978-7-5461-8263-6
定　　价　29.80 元

服务热线　0551-63533706
销售热线　0551-63533761
官方直营书店(https://hsss.tmall.com)

诗意的情怀　城市的乡愁

许　辉

我与吴玲相识很早，那是二十世纪八十年代后期，我在《希望》青年文学杂志社任编辑，吴玲在合肥闹市区一家重点幼儿园当老师、做管理。那时的吴玲年华豆蔻，花季青春，少女的心与诗歌的情比翼齐飞，她人长得灵秀，诗写得清纯，梦幻般的青春和旺盛的生命活力从她的身上四散飞溢，很能体现那个一往无前、憧憬明天的热烈美好的时代。

时光荏苒，白驹过隙，吴玲人生的足迹，透过《囚禁的风》《盛妆》《紫陌红尘》《缓慢的雪》等诗歌、散文集让人看得好清晰。吴玲的人生面貌，也由青涩而成熟，由单一而丰饶，由情意澎湃而话题丰富，既美好如初，又充盈了心性的不懈追索。

由吴玲的诗文看，她的心路历程，既是一以贯之的，又是时而跳跃的。一以贯之的是她的清纯、她的空灵、她的天空和梦想，时而跳跃的，是她的诗意、她的性情、她的诗与现实的不期而遇。一位心理学家说得好，不一样的心理动力，造就不一样的人生现实。吴玲的心性是诗意的，吴玲的文笔是诗性的，读她的散文，恍然中有她的诗心，读她的诗歌，又蕴含了她散文的关切。她的诗意的情怀，贯穿了她诗歌的始终、散文的始终、或许还有人生的始终。

转眼读到了吴玲最新一本散文集《比梨花白》。这本书写她的村庄，写她的乡愁，写她的城市，写她的读书，写她的远方。虽然还是她常有的题材，童年、乡村、过往、旅途和与书相会，但诗性中浸染了几抹行思坐想，描绘间生发出些许远意，读来让人感念不已。人生对他人而言，都寻寻常常，人生由自己经历，皆惊涛骇浪。“以为一生一世都会呆在这里，谁知过着过着，我们都生活到了别处，只留下年迈的父母。母亲独守老屋，父亲长眠于青草覆盖下的另一个村庄。”这是吴玲的亲情和乡愁。而最让人动情的是她生命中那几处痛彻心扉的切口：生子、生病、亲人的远逝，虽岁月等闲度，却也刻骨最铭心。

这本书的新特色是吴玲的城市乡愁，曾经的城市，曾经的街道，曾经的人物，曾经的气氛，曾经的文脉，曾经的岁月，曾经的怀想，“窄窄的巷道内住着男人、女人，老人孩子，有钱的、没钱的，身份尊贵的、出生卑微的，他们同样不可避免地经历着人生的生、老、病、死”，纵然面貌已改，但是记忆永在。对许多人而言，城市是我们的新归宿。乡村的旧乡愁正在预料之中地袭来，而城市的新乡愁却还远未勾起我们心中那最柔软的一处。

吴玲是合肥知名才女，她的作品悠然而走心。祝贺吴玲的新书面世！也期待她有更多的好诗、好文诞生！

2018年6月27日　合肥五闲阁

目　录

第一辑　人生若只如初见

第二辑　昨夜庭前有书声

第三辑　始怜幽竹山窗下

第四辑　人间有味是清欢

第一辑

人生若只如初见

夏　天

栀子花、石榴花开的时候，还是初夏的味道，江淮之间很快会遭遇梅雨，梅雨时节，树木和花草都是一个劲地疯长，榆树、槐树、梧桐、蔷薇、紫藤、凌霄，枝叶交缠，几天不见，就长得密不通风。有一种叫洗澡花的，紫色，鲜妍，喜欢开在早晨或傍晚，真是越开越艳。还有一种叫指甲花的，有红、白、粉、紫诸种颜色，花瓣呈半通明状，取其花加明矾捣碎覆盖于手指甲上，指甲会变得红艳，亦是好看。小时候是外婆教过我，我至今怀念。洗澡花、指甲花还有一种叫太阳花的，都很泼皮，适合生在乡下，种在民间，让民间有一种自在的美。

梅雨季候、天气是湿热的，蝉叫得最热烈欢快的时候才算是真正的夏天，这时明晃晃火辣辣的太阳下，更多的植物与农作物开始开花结实，北方的土地上多的是玉米、大豆、花生、高粱、棉花、向日葵，那是一种气派，是一种令人感动的苍茫。南方的庭园则种满了南瓜、黄瓜、丝瓜、葫芦、茄子、辣椒、芝麻，还有田田的莲叶，所见是一种清丽，亦是一种好看与富足。

夏天北方和南方似乎温差不大，但是北方日照时间长，所以新疆瓜果更甜，东北大米更好，简直可以说珠圆玉润，煮出的饭又糯又油亮。

蝉就是知了。三伏天，是蝉叫得最热烈欢快的时候，整座村庄或整片林子都在响，那是蝉们在集体唱歌，歌声像下雨，下的是金属雨，是无数支板擦摇动的声浪，所以有"蝉声如雨"这个词。蝉们唱了很久，声音才慢慢弱下去，有时是戛然而止，有时中间停顿一小会儿，不知哪只蝉调了律，蝉们又重新开始新一轮的大合唱。

夏天会唱歌的不止是蝉，至少还有蝈蝈、纺织娘、蟋蟀、蚱蜢。星光如水的晚上，斜倚一张竹床，摇一柄蒲扇，这时艾烟袅袅，萤光点点，幽蓝的天幕作背景，你闭着眼睛细听，夏天的田野简直就像在上演一曲大自然的田园交响乐。

往日时光里，我们用麦秸草编小笼子，捉绿蝈蝈，也捉灰蝈蝈，养着，大暑时节，蝈蝈总是唱四二拍节奏的歌，铿锵又美妙，简直与它小小的身子不相匹配。蝈蝈吃蚊子，我们就把捉来的蝈蝈放进蚊帐里，没看见它如何吃蚊子的，第二天早晨睡眼惺忪，枕边是一只压扁了的绿蝈蝈，真是伤心。

与蝉与蝈蝈相比，纺织娘与蟋蟀就抒情多了，它们喜欢待在草丛和石缝里，歌声中带有一丝凉意，尤其是立秋以后，愈见清凉，让劳碌了一夏的庄稼人心里增了几丝宁静，吃饭亦香，睡觉亦是踏实。

蚱蜢喜欢栖于农田，真是多得不可胜数，尤其在收割稻子的时候，镰刀落到的地方，蚱蜢是“轰”的一片飞跃到前面，镰刀再一落，又“轰”的一片向前飞跃，简直是射出去一般。有时候在稻浪间还会看到大蚱蜢的背上背着一只小蚱蜢，像母子又像情侣。真是生灵间的亲爱和浪漫。蚱蜢有大有小，触角细长，有翡翠绿的，有枯叶黄的，有金刚赤的。因为多，所以比较容易捉到。蚱蜢善跳，小时候念过一首儿歌：

小蚱蜢，
学跳高，
一跳跳上狗尾草。

腿一弹，
脚一跷，
哪个有我跳得高？

草一摇，
摔一跤，
头上跌个大青包。

我们当然也捕过蝉，用漂洗出的面筋，亦用口香糖黏在长长的竹竿梢上，竹竿循声慢慢移过去，对准蝉翼，还没等那只蝉反应过来，就被牢牢地黏住，“吱吱吱”地手舞足蹈起来。其实就是不用竹竿，“蹭蹭蹭蹭”三下五下爬到树上，一个中午亦能捉到十几只。

有时看似一只蝉，其实是“蝉蜕”。“蝉蜕”是一味中药，薄薄的一层壳，几近透明的赭黄色，一碰就碎。《本草》曰：“蝉乃土木余气所化，饮风吸露，其气清虚。”我试过，蝉蜕和防风等十几味草药一起熬，汁浓而味苦。现在的小孩子玩具多，很少去黏知了玩了，即使是乡下孩子，父母也不允许他们爬高上梯。“这多危险啊。”他们说。

江淮丘陵地区多蝉，有一种金蝉，很名贵，不可多得。有一年夏天，我父亲不知从哪里得来一大碗蝉蛹，用油爆了，蝉们一只只蜷曲着，愣是不敢下箸。“油炸金蝉”在江浙一带是名菜，我在绍兴的餐馆遇见过。

屯溪老街有摆地摊的手工艺人，他的双手粗糙，可真是灵活。瓶子里插着各种昆虫，有蝉、天牛、螳螂、蜻蜓、蚱蜢、蟋蟀，用篾纤编织，一只只全都活灵活现的。

“垂緌饮清露，流响出疏桐。居高声自远，非是藉秋风。”古人以蝉喻其高洁。今人仍爱之。以玉石雕琢，或佩戴，或把玩。古玩店里多得很。汪寅仙先生三十年前制有一款斑竹提梁壶，墨绿紫砂泥塑，一鸣蝉为壶钮，寓意一鸣惊人。真是把好壶。茶煮好了，蝉该叫了。

窗外的蝉就这么一个劲地叫，蝉愈叫得响的时候，夏天愈热，愈热蝉是愈叫。稻子黄了，玉米熟了，南瓜绿豆汤可以同熬了。芝麻开花节节高。莲叶、莲子在骄阳下，是灼灼的美艳和丰满。有蝉鸣的夏天，才是真正的夏天哩。

葫芦事

从前的葫芦是生长在乡下的，小南风低低地吹，葫芦花就开了，葫芦花开是很好看的，清清白白，干净得有些不真实。秋阳如酒露凝成霜之时，葫芦的青枝绿叶不再，只剩大小葫芦连蔓缀，吊在蓝天白云间，很有些沧桑的况味。

种植葫芦不是件难事。葫芦种子初春时落土，过不几天，松松软软的土壤中就冒出星星点点的绿芽来。葫芦出芽和辣椒、茄子、瓠子、南瓜、黄瓜、丝瓜出芽一样，得小心呵护，尤其是给嫩苗浇水，不能用蛮劲，浇“死水”，要“描水”，我母亲用长柄粪瓢舀满一瓢水，掂了掂，泼出去，是莹绿清亮的一片，葫芦苗亦立刻亦是一片莹绿清亮。

有时只在房前屋后栽几株，就不需要育太多的幼苗，只将一小把葫芦籽洒在一个废弃的瓦盆里，再薄薄覆层草木灰，留出供嫩苗呼吸的空间。葫芦苗长到约莫三寸高，就可以移栽了。

夏天的园子菜蔬真是丰富，爬藤植物也多。冬瓜、南瓜开黄花，它们的花朵和叶子不细心看，真不容易分辨出来。冬瓜、南瓜就栽在路旁，瓜结很大了，也没人发现，它们常常隐藏在荒草瓦砾间，给人突然的惊喜。瓜们躺在地下其实也没什么，总有一天会被农家欢欢喜喜地发现并摘走。如若垂挂在一壁长满青苔的老墙上，或者正好爬到一棵大树上，大树又正好紧挨着池塘，池塘生春草，但是现在是秋水与长天了，水面上白晃晃的都是苇花，那顺着树枝倒垂下的一条藤蔓，枯黄细长的茎上悬着一颗硕大的果实，还是很吸引人眼球的。

黄瓜和丝瓜也开黄花，它们的花朵和叶子不细心看，也不容易分辨出来。夏天的餐桌，黄瓜适合凉拌，丝瓜更宜清炒。

葫芦花和瓠子花，东瀛人一律称为“夕颜”。《源氏物语》里有诗曰“夕颜凝露容光艳，料是伊人驻马来”（丰子恺译）。《诗经·豳风·七月》里有“七月食瓜，八月断壶”之句。“壶”通“瓠”，即葫芦。与夕颜相对的朝颜呢？指的应该是牵牛花吧。瓠子和葫芦开五瓣白花，蝉鸣如嘶的夏天，四处树荫一色青葱中，有点寂寞的美丽。

小时候乡下的庭院很大，当然，冬天会显得更大。靠东的墙角处有两棵很大的广玉兰，几丛海棠，一株绿梅，树下有一口井，井旁常年置一口大缸，大缸里常年浮着一只水瓢，是又老又旧的葫芦瓢。在我们姊妹的抱厦旁，祖母每年都会搭一蓬瓜架，栽几棵葫芦，土沃风暖，葫芦苗窜得快，藤蔓爬到瓜架上，又顺着竹竿爬到屋檐上。早晨，推开纸窗，呀，窗棂上缀着几只小葫芦了。

葫芦谐音“福禄”，在民间有很吉祥美好的寓意。葫芦挂在藤蔓上亦是好看，毛茸茸的，鲜嫩碧绿，尤其是老了的时候，更见神韵，是“雅色素而黄，虚心轻且劲”。葫芦的好看不只是它的形状，简直像是艺术品。葫芦嫩时可摘食，老后可玩赏，真是个好东西。因此文人雅士青睐它，市井百姓亦同样喜爱它。

我在皖南街头的一爿小店买过一对小葫芦，可托在掌心摩挲的那种，有十年了吧？那回我们晚餐后漫步在新安江边，在悬浮着满街山珍味与水汽的氤氲中，有家不起眼的卖文玩的杂货铺子。店主好脾气，会治印，还写得一手好字，墙上挂着他仿金农的漆书，一任我们叽叽喳喳、挑挑拣拣，还教给我们鉴别文房四宝的一些小窍门。结果是，一个根雕花篮，一方太极歙砚、几串玉石挂件、两只小葫芦皆各归其主。而今，小葫芦还挂在鸡翅木的笔架上，神思恍惚的时候，会取下来搓搓，看看，再搓搓，再看看，从那个年轻人手上买回来的时候，是赭黄色，如今像包了层浆，红润夺目。

在淮北运河古镇也买过一回葫芦，那里的葫芦又多又好，葫芦上雕刻山水，雕刻花卉，还有雕刻佛像的，我选了只《百子嬉春图》的，刻工不俗。淮北汉子出价公道，没有犹豫就抱走，我要去古镇旁的茗阅阁喝茶，葫芦多籽，或许这只葫芦会给店主人带来好运气，我祈愿他多子多福。

在吾乡，见过长辈给小孩子脖项或者手腕上佩戴过葫芦的，不过那葫芦多半是金葫芦或银葫芦，用五色丝绦系挂着。大街上遇见过时尚女孩，红艳的唇，夸张的民族服饰，竹编包包上挂一只工艺小葫芦，亦是别有一种风情。

说葫芦，不免想到与葫芦有关的画家。古画中的葫芦多是作为盛水贮酒的容器抑或法器，是画面或画中人物的一个配角罢了，但金农的《葫芦图》《一壶千金图》却使这种民间植物堂而皇之地变为主角。近现代写意花鸟的画家几乎没有不画葫芦的。齐白石老先生喜画葫芦，只用水墨与藤黄。他画葫芦与草虫、葫芦与牵牛花、葫芦与葫芦，白石老人九十八岁还画了幅葫芦图。有一幅葫芦图题款曰“今年又添一岁八十八矣其画笔已稍去旧样否湘潭齐璜谨问天下之高明”，活脱脱一个天真可爱的“老顽童”。

白石老人纪念馆内，有一幅座像，老人布衣宽袍，拄着杖，长髯飘飘，襟前挂一枚小葫芦。

我们的村庄

母亲是最后一个搬出村子的。去年腊月回乡过春节，听母亲说村庄就要拆除了，左邻右舍已有不少在城里租好了房子。元宵节一过完，果然村里一多半人家都陆续搬迁了。母亲签了字，画了押，却把老屋的钥匙紧紧攥在手里。

终于，剩下的几个老姐妹也来和母亲告辞了。村里很快停了水、断了电，不放心母亲一人留在村庄的老屋里。在我们姊妹的一再催促下，弟弟接走了母亲。

算起来，也不过十多天的日子。母亲借故搬得仓促、老屋里要带走的旧东西还没有拾掇完，隔三差五又独自回老屋，这次寻回一只旧香炉，下次又背回一小袋麻豆。

一直不愿意相信村庄要夷为平地的事实。三月的一个周末，我借故和母亲一同回乡下。曾经熟悉的家园已人去屋空，村庄像被洗劫了一般，进村的道路遍布瓦砾和残渣，没有来得及关闭的门窗，被风吹得啪啪直响，更多的门窗早被拾荒者卸走，远远望去，像一只只黑洞洞的眼睛。

所幸村庄四周还有大片泛着金色波浪的油菜花地，即使岑寂，也使得村庄远远看过去还像个村庄的样子。鸡鸭和老牛自然都没有了，连叽叽喳喳的鸟雀也杳无影踪。是被大风吹跑了吗？这些油菜花像懂得村庄将要在黄土地上消失似的，作为守护家园的最后一季农作物，它们拼命绽放生命中的活力与绚烂。

沿着油菜花和蒲公英花开满的小路，回家。回我童年的故乡。

那时候的春天，茅檐真是低小，梁间有飞来飞去的燕子。盘桓在田野里的斗笠蓑衣，像会走路的蘑菇。我出去割草、喂猪、放牛，脖子上挂一把钥匙，婆婆纳开着蓝色小碎花，蓟菜和紫云英到处都是。有时候割一整天才回来。饿的时候就拔茅针，挖委陵菜，也嚼紫云英的茎。冬天，寒风吹彻，大雪倾野，那个叫"猪三"的孩子光着脚，在雪地里喊痛。晚上，我和弟妹在豆粒般大的煤油灯下写字，火柴冻红了鼻头。父母清贫，却是年华正好。

以为一生一世都会待在这里，谁知过着过着，我们都生活到了别处，只留下年迈的父母。母亲独守老屋，父亲长眠于青草覆盖下的另一座"村庄"。

在土地上劳作了一生的母亲身体还算硬朗，愣是将与父亲一起耗费了毕生心血翻盖的几进大瓦屋一一扫净。母亲已汗珠涔涔。我劝母亲别再打扫了："都不在这里住了，还扫它做啥呢？"母亲说："屋子打扫干净才像个家啊。"我问母亲，大门口的花坛里那株二十多年的海棠树哪里去了？母亲说，弟弟费了好大的力气才把它挖起来，带回山里他买的大院子里去栽了。

母亲扫完院子，取下挂在墙上的父亲的照片，仔细擦净上面的灰尘，想了想，又小心翼翼地挂回去。父亲在十年前的秋天猝不及防地离开了我们。父亲不在了，每次回老家，我就会默默地对着墙上的照片说："父亲，我回来看你了。"我看着看着，就会觉得朗朗的大笑声马上会从他的身体里迸发出来，很快，一屋子都回荡着他朗朗的大笑声；有时候，我也会觉得父亲的脚步声还像年轻时那么仓促有力气，匆匆地进来又匆匆地出去忙别的事。十年里，我从未觉得父亲已不在人世，与我们阴阳两隔。像谁说的，或许，父亲只是在逗我，故意藏到挂在墙上的那张照片里。不要多久，他就会扛着一把铁锹，或者挑着一担麦子，悄悄地在某个夜晚，回到我们熟悉的家。

恍惚的我，此刻却不知道要做些什么。我在父母住过多年的房间里来来回回地走。有时停伫，有时目光转向一个角落。我在母亲老旧的梳妆匣里，发现一叠发黄的打印纸稿。是父亲去世前一段时日写下的几篇文字。我已经找了它们很久了。原来竟给母亲收藏在这里，而母亲早已记不起来了。我将它们一一摊开来，坐在地上，一行行地阅读它们。反正此刻我没有别的事情可做。我仿佛听见父亲在对我说话，说那些他还没有来得及告诉我们的事情。读着读着，我就眼睛模糊，鼻子也酸酸的了。

穿过老屋的最北院门，是个偌大的菜园，是母亲在家务之余开垦的，收拾得妥帖整齐，绿蔬们营养充沛，莴笋与药芹的叶子水淋淋的，油乌发亮。母亲蹲在菜畦里，地上已经堆了许多摘干净了的生菜、芫荽、大蒜。这是母亲的习惯，每次回家，车里装着的不是母亲收获的山芋、玉米、花生啥的就是大包小包的各种时令蔬菜,“自家种的,吃着放心。”母亲总有我拗不过的理由。我劝母亲别再侍弄这个菜园子了,“人生七十古来稀”,早到了该“享福”的年纪了,可是母亲怎么闲得住呢?“一天不下地,这胳膊不是胳膊,腿不是腿了。”以后母亲住到城里的儿女家,无法再到田野和菜园里劳作,她会不会很快感到浑身不对劲呢?

沿着村庄向前走,夕阳正一寸一寸向下挪,照着许多空空荡荡的门框,村里从没有过像现在这样令人不安的寂静。村口的老槐树下,孩子们追逐嬉闹的身影不见了,陆家媳妇门口每天约好了似的坐成一排晒太阳的老人不在了,该到做晚饭的时辰了,高高低低的烟囱冰冷冷地戳向天空。

这让我想起许多年前,泥土芬芳,草木清香,也是这样的黄昏,我们从学校或者放牛回来,父母亲挑着稻草或扛着锄头回来,一顿简单的晚饭使劳累一天的家人围聚在一起。父亲点燃一根烟,母亲默默地收拾碗筷,弟妹年幼,缠着祖母讲故事。不一会,村庄的上空就亮起许多星星,如果再迟些日子,池塘里的青蛙和一些叫不出名字的昆虫就会此起彼伏地响在村庄四周。

紧挨着村庄不远的,还有许多掩映在油菜花间的坟茔,村里的人老了或病死了,和父亲一样,他们不愿意将一把白骨、一小撮骨灰埋到远处。现在,他们长眠在这里,村庄的儿女们搬走了,他们还能在这里睡多久呢?

你看那坟前开满鲜花,
是你多么渴望的美啊。
你看啊,漫山遍野,

你还觉得孤单吗？
尘世间多少繁芜，
从此不必再牵挂。

人的一生，能活多久呢？一个村庄的一生呢？它有多幸运，比一个人加一个人再加一个人生活得永久吗？人死了还有一把骨灰，而养育了一代代人的村庄死了，它能剩下什么呢？

行走在童年的、行将消逝的故乡，我能带走什么？一家子团圆的笑声，村庄里的遮天蔽日的浓荫，房前屋后的一砖一瓦，田野里稻菽与野花的芬芳，还是一场又一场的风雪，一个人对另一个人黑黑的、天长地久的怀念？

大圩这个地方

大圩这地方，我不能说不熟悉，也不能说很熟悉。大圩离我的故乡很近，但毕竟隔着几十里地，何况，我离开故乡也几十年了。更何况，故乡的小村庄在城镇化的建设当中，早被拔地而起的一幢幢现代建筑所替代。

去大圩转转吧。每到周末，城里的许多人就会这么提议。于是，或约上三五好友，或携上全家老幼，汽车一溜烟，绝尘而去。去做什么？采摘、垂钓、观湖、吃农家乐、体验一回民俗的乐趣，或者什么目的也不带，就是到大圩随便走走看看，再做几个深呼吸，就令人十分愉悦。

大圩现在真是鼎鼎大名，声闻遐迩了。出合肥城往南，再转东，迎着丽日蓝天，繁花绿树，一二十里路，好像车子还没有开过瘾，就到了。通往大圩的沥青路面乌黑油亮，真是好得无话可说。

我之往大圩，有 N 种理由。民以食为天，食以安为先。去大圩逛早市是件令人高兴的事情。露天的市集，乡土气息加上七七八八的土产物杂,总给人有种莫名的激动。鱼虾、禽类、菜蔬,都极鲜活、水灵。碰到运气好的,还会遇见农妇搬来的一点坛坛罐罐,是腌制好的雪菜、生姜、蒜头、辣椒,拿回家佐粥,开坛即食,端的便宜。阳春三月野菜尤其多,荠菜、草头、香椿、枸杞、马兰头,还有蒲公英、野豌豆,拢成一小堆一小堆地摆在路牙边,或者随意装在竹篮里,一般是这些野菜都不多,刚一露面,立马即被倾囊收走。

若遇年节,大圩的市集还能尝到蒿子粑粑、青团、油香、菱角、姜糖、糯米圆子等时令小食。蒿子粑粑里艾草和腊肉的鲜香远远就把人的味蕾打开了。大圩人热情,一定要叫你尝尝。

"尝尝,不要没关系。"他们憨憨地笑道。我是一般不尝,一般也都不会拂逆人家的好意,节令食品本身有其特殊的含义,不免就买几个,再买几个,打包带回家,慢慢吃或分享亲友。

夏秋之交的露水市集可就丰富多彩多了。花生、芋头、莲藕,全都是新挖新采的,花生的根须还在,芋头和莲藕的身上还沾着腥黄的泥巴,却是非常受人喜欢,买的人欢欢喜喜地买,看的人,不买,心里亦是一种欢喜。不知何时,农妇农夫们逐渐积累了一点买卖的经验,或者,岁月熏陶了他们,产生了一点美的意识亦未可知,卖起了新鲜的莲蓬荷花。荷花总是几支点缀罢了,莲蓬们插在木桶里,抑或扎成一把把,莲蓬大的有小碗口那么大。荷花粉粉的,还带着露水,是那么的洁净与清艳;莲蓬呢,在花花绿绿嘈嘈切切的市井声中,亦是种另类的朴素与好看。我的书房便插了一瓶这样的老莲蓬,经年过去,它们变得又老又黑,曾经饱满的莲房显得有些空落,莲子却坚硬似铁。在夜晚,尤其是雨打窗牖,书架上的这瓶莲蓬总会令人怀想盛夏的荷塘、萤火虫、一波一波的蛙鸣，令人心醉的，混合了泥土、水与植物气息的芬芳。

当然很多人是奔着采摘来的。大圩的圩区真大，飞机若航拍，一定像个巨大的棋盘，人走在里面像走进了迷宫。大圩如今以葡萄盛名，已经举办过十六届葡萄节了。任何一个地域的一个民间开采节，连续举办十六次，那真是不容易的。这里有用心，有付出，我想更多的是坚持、理想、信念吧。葡萄成熟时正是骄阳似火、烈日如焰的盛夏。圩区内除了笔直的杨树，就是葡萄的天下，葡萄的王国。成熟的葡萄的颜色真是五彩缤纷，简直可以用"浪漫"一词来形容。那么多多汁的美艳的甜蜜的葡萄，怎么不让人的心里充满惊喜、感激和感动呢？走在棋盘似的圩区里，我就想，是脚下那些不起眼的道路，把田地与田地，村庄与村庄，这里的人与那里的人，大圩与城市甚至与中国链接在一起了，我禁不住要咏起诗来了：

我距离一首诗歌中的祖国遥远
距离一只翩飞的白鹭
如此之近，在流水经过的村庄
我的热爱多么发自内心
我的村庄，田野微风荡漾
百鸟自在徜徉
站在一支荷旁
我的衣衫便有荷的清香
那些柔美的光影与色彩

那些时光之果
一定有它们不为人知的秘密
我的亲人，以劳作之姿喂养它们，玲珑、剔透、圆润、美满
我愿意像阿尔的农妇
在双足亲近泥土之后，再用眼睛和手指，小心翼翼
触摸这些隐藏在青枝绿叶间的幸福
我喊它们小玫瑰、红地球、夏黑、醉金香、金手指……
我无限甜蜜的心，像熟透的葡萄
盛放着一个秋天的清风明月——

这是真实的写照，去过大圩的人心里会这么认同的吧。在大圩的葡萄园里走，我想起了读过的一本书，名叫《普罗旺斯的十二月》，我想起了阿尔的农妇。大圩人和他们一样，采摘葡萄的样子是那么美，他们平凡的日子是那么美。

但我深知，很多年前的大圩可不是这样子的。圩区没有规划，堤坝单薄孱弱，道路像羊肠，七弯八扭的，也没有参天的白杨树。一望无际的是水稻、大豆和其他农作物。大约九十年代初的一个夏日，圩区内白浪滔天，一场突如其来的洪涝使大圩人一年的收成顷刻化为乌有，即将收割的稻子毫不留情地被洪水吞噬，我的昔日同桌和她的母亲、姊妹伤心欲绝。多年后，当我一次次站在已经风情万种的大圩葡萄园。我知道，那一页，早翻篇了。

大圩的村庄亦是我很愿意去看的地方。道路是那么洁净，树荫是那么浓密，房屋错落，一幢幢徽派建筑风格的小楼，是那么质朴典雅。不远处的湿地公园，就是个巨大的天然的氧吧。那些摇

曳的野花、雁阵、向日葵、果树，那些长势茂盛的菜园、开满荷花的荷塘，都在我的身边，距离我如此之近，让我感觉到温暖和富足，当然，这样的温暖和富足更是属于大圩人的。施口村的门前，就是浩渺的大湖，湖面波光粼粼，渔舟往来如梭，湖水与天空融为一体，是水天一色。端坐湖岸，落日熔金，植物、天空、大地、人类，原是这样丰满和谐的一个整体。那样的时刻，真让人泪水盈睫。

有一年春天，我和朋友来看油菜花，那时葡萄还没有形成气候，圩田里满铺着金子似的油菜花，远远地几株杏花、桃花、李花，映着粉墙青瓦的农舍，咕咕嘎嘎的家禽在圩田里列队觅食，鸭子们都很肥，昂首挺胸、摇摇摆摆的样子滑稽极了。这真是一种乡间的大雅，怎么能让人不喜欢呢？我甚至跟着一个农妇——她牵着一头老牛——跟着她和老牛走了很远很远。

夕阳西下时，我们走进了一个村子，村子里处处弥漫着乡村那种独有的气质与宁静。在一座宽敞的大屋里，我们看见一位须眉白发的老人正专心练书法。院门上贴的对联，还很清晰，虽然已经褪了大红的颜色。那对联写的是："忠厚传家久，诗书继世长。"

我们进去向老人讨水喝。其实哪里用得着讨呢？还没张口，老人倒先让茶、让座了。

我们继续走。村西头，一位大嫂正在收门口栅栏上晾着的干苔菜。

"大嫂，你家的干菜卖吗？"

"自己家吃的，不卖。"

带着淡淡的遗憾，我们离开了村子，就在我们踏上田间小路时，那位大嫂追了上来，硬把一个袋子塞给我，说：

“我家的干菜不卖，我给你们拿了点。”

“我们给你钱。”

“要什么钱，送你们的。”

这一幕，又是哪一年呢？

这个秋阳如酒的时节，我又一次来到大圩。暖风熏得游人醉，还是绿水逶迤，风含甜香，但总觉得哪里不一样了，是什么在悄悄地改变着呢？走在熟悉的村道上，心存的疑惑便都迎刃而解了。美丽的赛道、高品质的书吧、时尚雕塑、艺术馆、书画院——那些在城里的一直被文化人热衷的艺术与文化元素正悄悄地落户到这里。这，是大圩人向高品质的现代生活迈进的又一宏大举措吧。

大圩，其实是不管你认识不认识它，了解不了解它，它一直就在这里，并且已经几百年了。这里自古碧水风荷，良田万顷，史称“庐州粮仓”。二十一世纪的今天，大圩已经成功实现农业生态产业结构的调整，成了新农村建设的示范点，乡村振兴的旗杆。“蛙声喧乱草，犊影带斜阳”“结庐在人境，而无车马喧”，恰是距离闹市亦是咫尺之遥的大圩，自然而然地成了链接城市与乡村的最佳契合点，因为它满足了当下物质生活日益丰富的人们对于诗意田园美好生活的向往。

姓名风雅

灯下汲萃，遇见带有“庵”字的作者或将自己的书屋、居所称为“某某庵”的，就有好几处。想到《负暄琐话》里张中行老先生曾写过三位字蘋香的女史，不妨东施效颦一下。

查阅几款词典，“庵”字约略可释义为“圆顶茅屋”，亦说旧时文人多用此字作号或书斋名。追根述源，中国人取名字历来大有讲究，古人云身体发肤受之父母，姓名亦然罢，现代人读书识字以后，除用生养者父母赐予的名姓之外，而另择字或笔名，多少含有一点风雅或别有一番寓意也未可知。赘话少叙。

（一）

先说止庵。止庵顾名思义是笔名，2000 年以前，我买过他的一本随笔《俯仰集》，记得是和车前子《手艺的黄昏》、鲍尔吉·原野《一脸阳光》等并列为《散文星座》丛书中的一种，由上海文艺社 1998 年出版。书中内容似乎显得有些繁芜驳杂,驳杂的益处是于字里行间随处可见作者阅读的广度和思考的深度。全书四十九篇文章,大都作于二十世纪九十年代,有深植于记忆里关于故乡的《我的父亲》《故乡的话题》《我的哥哥》等;有关于形而上的哲学思考的,如《来世与现世》《子在川上曰》《在死与死之间》;有书序跋语如《樗下随笔序》《〈关于鲁迅〉编后记》等;更多的是议论性文字,如《原壤孺悲》《迂阔之论》等。彼时我对止庵的名字并不熟悉,他有何著作我也知之甚少,但不知为何将此书淘了回家。他的文章有知堂遗风,某些读书随感看似信手拈来,实则纵贯古今,穿透社会人生,抓住哲理闪光的瞬间,形诸笔墨,发人幽思。

忽忽一二十年过去,止庵的名气大了起来,不仅因为他是著名诗人沙鸥的儿子,和学工科的父亲一样"弃医从文",而在于他"以著撰丰茂,声闻盛播,其编校功德或尤在著作之上"(谷林语)。《庄子·德充符》有云:"人莫鉴于流水而鉴于止水,惟止能止众止。"止庵之名即源于此。他说,"止"是时时告诫自己要清醒,不嚣张,悠着点;"庵"是他想象中读书的所在之处,就是荒凉处的一个小草棚而已。

迄今为止,止庵已出版《樗下随笔》《周作人传》《插花地册子》《远书》等十多部作品,他所编校的整套知堂《自编文集》《废名文集》《杨绛作品集》等,已让众多读者熟知止庵,而似乎忘记他原名叫王进文。

（二）

再说傅月庵。宝岛台湾，初看并不惊艳，但那种内在的教养和书卷气让人迷恋。除了一代代锲而不舍逐梦文学的人，其中有一拨资深访书、淘书、猎书、编书、写书人，他们爱书成痴，嗜读成狂，傅月庵便是其中的一个。他说这笔名来自英文 Who am I，这满地绿荫一片清凉的名字让人联想到古刹春意唐宋诗情。傅月庵本名林皎宏，曾任台湾远流出版社总编辑，人到中年事业顺遂却不假犹豫辞却出版公司总编辑的重要职位，去经营二手书店，可见爱书成癖并不枉言。

去年冬天，我几乎是一口气读完他的《生涯一蠹鱼》《天上大风》《蠹鱼头的旧书店地图》《我书》等作品。著述不算丰，几乎俱是书话文字。自言“逼稿成篇，非为稻粱谋，都是趣味耳”。展阅《生涯一蠹鱼》，那一怀“浮生梦欺书不欺，情愿生涯一蠹鱼”的读书心情，让人生出诸多羡慕。喜欢傅月庵的文字，是因为淳素中见酣畅，绵邈中见情致，风行草偃，幽默有致。书人书事，一经落笔，便韵味深长，满纸生香。他藏书广，读书博，编书杂，朋友圈内是人所尽知的十足的书痴，书痴尤其痴迷旧书。凡来北京，都要挤出闲暇，熟门熟路地直奔北京的琉璃厂、报国寺、潘家园等旧书市场，怕是比老北京还“老北京”，古书、典籍、珍藏、善本，凡心仪的一本也不会逃出他练就的火眼金睛，从京津沪等地抱回台湾的好书自然不计其数。古人有语“仆仆风尘缘何事，焦头烂额为买书”，这样一个痴迷旧书且兼有藏、读、写、编等多种身份的台湾同胞，围炉听雪或者大风起时，我们倒是愿意不时能读到他的诸如《藏书有福》《我的老师和他的书》之类快意恩仇、语淡情深的美文。

（三）

唐代一位出家后曾给自己的居所取名“绿天庵”的，便是著名大书法家怀素。怀素俗姓钱，少年为僧，酷爱书法，因贫而无纸，故摘蕉叶练字，于是在其寺旁空地遍种蕉树。数年后，蕉叶飒飒，影波浮动，染绿天空。“绿天庵”之名便由此而来。

因喜欢怀素的书法，于是知晓他诸如“盘板皆穿”“秃笔成冢”等故事，亦知他一生好酒，每每酒至半酣时，凡衣物、被褥、寺壁、院墙，无不书之，时人遂有“狂僧”之称。太白有“天子呼来不上船，自称臣是酒中仙”傲视贵胄的狷介，而怀素饮酒则更到“忽然绝叫三五声，满壁纵横千万字”的境界。如此看来，那些因豪饮而成的绝妙杰作，其酒的魅力竟是不可低估了。

于书画鉴赏笔者是门外汉，但偶尔品读怀素的《自叙帖》《千字文》《食鱼帖》《北亭草笔》等各种传世名帖，犹如谒见绿天蕉影里，一袭僧衫的素师，酒酣兴发，墨气纸色精彩动人，奥妙绝伦犹有不可形容之势。《苦笋贴》的内容尤为可爱，文字不多，仅十四字，即：“苦笋及茗异常佳，乃可径来。怀素上。”梅雪争春雨打芭蕉时，观此类书帖，对王僧虔“书之妙道，神采为上”突然间若有顿悟。

某年，途经古永州，凡“砚泉”“笔冢”一片苍茫都不见，仅有一块《千字文》残碑，存永州城内高山寺后的一座五角亭内。千年后，一代草圣算是荣归故里。

这么看来，古人今人还是多喜用“庵”字的：蜀人张岱即号陶庵，又号蝶庵居士；明末清初学者兼诗人冒襄的书斋名即为“影梅庵”，冒辟疆曾撰《影梅庵忆语》；再如，追随孙文多年，曾任广州国民政府财政部长的叶恭绰先生便是字誉虎，号遐庵，著有《遐庵谈艺录》；1946年秋，从战时的重庆应聘到“台湾大学”的台静农先生也曾将自己的书斋名之为“歇脚庵”，如此等等，不一而足，因篇幅冗长，故略去另谈。

走马看北京

北京城里的树真多，尤其是垂柳。颐和园、什刹海、未名湖畔、北海公园，街头路边，多得是。古槐呢，也随处可见，都是枝繁叶茂又粗又壮。槐树别称国槐、家槐，每逢花期，风一吹，像玉色的小蛱蝶一片片凌空翔舞。今夏的北京真热，开出租车的老师傅这么说。但是往树下一站，脚下落花堆积，柳影乱叠，是日朗风清。

北京不仅柳树多槐树多，花亦多。月季与玉簪都开得极美。月季花娇媚却不娇惯，该开时毫不含糊。种在公园、四合院以及胡同门口，更多的是作马路中间的行道花。花挑在枝头，高出绿篱许多。除了寻常的红色、橙色，多是白色、粉色，给北京城增添了几许清嘉之气。玉簪真像玉簪。紫色的玉簪却是第一次在北师大校园遇见。厚萼凌霄牵藤扯蔓，橘红的小喇叭一对对，在夕光下别有风致。大观园里的蘅芜院，苍翠幽深，除了香草，就是凌霄。凌霄种在雪洞似的蘅芜院真是妥帖极了。还有雨儿胡同，青年旅舍门口，稀里哗啦的，真是开得一片惊艳。不知白石老人可曾见过此花——他在雨儿胡同只住了两年。

白石老人旧居就坐落在东城区的雨儿胡同，距离南锣鼓巷只有一箭之地吧。一如北京的其他老四合院，青砖灰瓦，绿树繁花，但这里比别处多了笔墨丹青的味道，多了"草间偷活"的一些草虫的鸣叫。我想很多人愿意从大老远跑来，就是为了看看这个院子，闻闻墨香，听听那些在发黄的宣纸中虫子们的振翅或鸣叫声吧。

当然，也顺便领略北京风物。比如，历史遗迹、嘉木名卉，再比如，胡同。北京人取的胡同名字，除了地域文化因素，却亦有婉转生动、意韵悠长的。南锣鼓巷内就有板厂胡同、帽儿胡同、北兵司马胡同、东棉花胡同、秦老胡同、东不压桥胡同。还有个叫蓑衣胡同的，名字真是好，是好得让人一下子就记住了，让人想到"青箬笠，绿蓑衣，斜风细雨不须归"。北京是国际化的大都市，更是积淀了丰厚历史文化内涵的古都，一砖一瓦乃至一草一木，都浸润数百上千年的时光印记。而今，这些作为北京文化历史缩影的老胡同，不知是谁想出的妙法，将其定格于巷口那一方方精致的图文并茂的牌匾上，让驻足品读的人是愈见欢喜。漫步胡同，曾经的一些人一些事仿佛亦正从历史深处向你走来。在北京那个蝉鸣如嘶的午后，我就是这样走进鲁迅故居。又一天，走进白石老人的旧居。

说到树，不能不令人想起中国现代文学作品中的"两棵枣树"。"在我家的后园，可以看见墙外有两株树，一株是枣树，另一株也是枣树。"一九二四年秋，北京阜成门内的绿林书屋，鲁迅在

《秋夜》的开篇这样写道。秋天，枣树落尽了叶子，枣子自然是没有的了。但现在是夏天，一切都在生长着，蓬勃、旺盛着。将近一百年过去了，不消说，鲁迅故家的枣树是更加的葳蕤，更加的茁壮，简直是冠盖如华。枣子真是多，拇指般大小了。庭草衔秋，枣子很快会熟稔而饱满，那时，曾经寂寞的朴素的园子该有一番热闹罢？真是希望有这样的几天热闹。鲁迅生前不是喜爱青年亦喜欢热闹的吗？

玉河呢？北京城内的玉河真是一条年纪古老的河流，七百多岁了，紧邻白石老人旧居，一抬脚，就到了。玉河亦称御河，元代通惠河的一段。二十世纪八十年代，我与同窗契友曾盘桓流连于此。若干年前，这里还是一条湮塞废弃的暗渠，目下却是翠带蜿蜒，清流如碧，是“绕堤柳借三篙翠，隔岸花分一脉香”。还是柳，北京的柳树就是多。驻足玉河，只见曲桥卧波，花影浮荡，往来的行人，休闲的市民，观光的游客，络绎不绝，配上两岸修葺一新的明清四合院群落，像是一幅新时代的北京民俗风貌图。

北京的吃食亦是丰富，汇聚了五湖四海的风味。有怀旧的糖葫芦、酸梅汤，护国寺街的特色小吃驴打滚、艾窝窝、豌豆黄、炸糕，真叫物美价廉。到北京势必要吃回羊肉吧，曾客居京城的苏北这么说过。吃羊肉最好在北京吃，有大红门楼的名店当然好，门脸不大的小馆子也不错。北京有最好的羊肉馆，羊肉馆里有羊肉还有羊蝎子，都是好东西。故宫、地坛、长城，尽可慢慢欣赏。一个民族的文化景深值得敬仰，一个民族的美食亦有其独特的审美视角。当然，北京外来人口多，口味亦是五花八门。中国有影响的八大菜系，在酒店中只要你耐心慢慢寻找，肯定都会找到。

如果一两人，偏又喜欢清简饮食，就来一碗北京炸酱面，那个炸酱，现炒的，香醇鲜美，那个菜码，那个粗瓷大花碗，都那么养眼。饿了就地找一家面馆，来一碗老北京炸酱面，呼啦啦下肚，这来自民间的美食，地道又实惠。

在北京城乘车，可真叫方便，十几条地铁四通八达，可以把你送到任何想要去的地方。京城几日，换乘站竟熟悉了不少。那天在潘家园旧书市场，偏叫了辆“滴滴”。车内收拾得清爽干净。而且蓝天下一路的花、树，宛若游龙的立体交叉公路，真是赏心悦目。于是与师傅“拉呱”：

“每月挣多少？”

“一两万吧。”

“日子过得好啊？”

“北京这地儿，有间房子，每月挣一千也能过，一万也是过。”

司机五十多岁，光头，微胖，操一口地道的京腔。

“导航吧？”上车时，我问。

“不——用，太熟悉了。”他拉长了声调。

他把我说的“丽枫”当成了“丽都”。跑了几十公里，结果可想而知。又原路返回。因为是两个相反的方向。下车付车费，硬是不要。

“只能从潘家园算。多的，不能要。”

“那哪能？”

“您是北京的客人。”

“……”

在琉璃厂，购了几本齐白石的画册。店家说，可以代寄。结果人未到家，东西已经到家，实在是“中国加速度”。

“中国加速度”不是我讲的，是在美术馆看的一幅画。画面全部由火车组成，十几列，从蒸汽机到绿皮火车再到高铁。时光真是最快的列车。三十年前，从合肥去北京，在绿皮火车上要待一天一夜。现在坐高铁，三个多小时即可抵达，可不是名副其实的“中国加速度”？

“我爱北京天安门，天安门上太阳升……”这是小时候唱的童谣。北京，是首都人的北京；更是我们大家的北京。

北京之大、之美、之古老，难以尽述。我罗列的这些走马观花的印象，只是我的点滴感受罢了。

回首迢递男人街

我搬离龚湾巷久了，一数，竟有八九年了。如非必要，我不来男人街也久了，但是偶尔途经三孝口，我会有意绕行于此，看看那些熟悉的人物与场景，因为它已成为我生命中悠长时光的一部分。

二十世纪八九十年代，位于合肥三孝口商业圈中的核心位置处，有两条被冠以性别头衔的小街巷——这在别处似乎没有听说过的——女人街、男人街，非常红极一时，老合肥大约没有人不知道吧？

也就在那个时候，偶然得一机缘，我住进了省城最繁华的闹市区——男人街顶东头的龚湾巷（那时叫永红路），一住就是七八年。说繁华可是一点不假。步行不出五分钟，皆可抵达学校、医院、商场、银行、影院、博物馆等，是名副其实的三孝口商业圈中的核心位置。如果再往南偏东一点，会遇见一座年月更久的月坛庵或者尤其让合肥文人引以为豪的赤阑桥——它们都紧挨着有“翡翠项链”之称的合肥环城公园。

男人街真的很不起眼。它正在发生和经历的一切可能是任何一条小街巷正在发生和经历的一切。窄窄的巷道内住着男人、女人、老人、孩子,有钱的、没钱的,身份尊贵的、出生卑微的,他们同样不可避免地经历着人世的生、老、病、死。

紧挨着男人街的大多是些老旧的居民楼,电线柱子上松垮垮的电线,拐角处不甚干净的垃圾箱,墙上有些褪色的橱窗,道板砖看似平整,一遇雨,踩上去,“啪嗒”溅你一身一脸的污水。

说男人街、女人街是合肥“大名鼎鼎”的“小街小巷”,这身份真算是非常贴切的。从长江中路与金寨路交口处的三孝口天桥往南不足百步,以金寨路一分为二,路西为男人街,路东则为女人街,长度均不足五百米。在我居住那个年代,拥挤与热闹皆超出常人的想象。

男人街、女人街是民间的称呼,为何有这样的命名,我没有调查、考证过,反正大家一直这么叫,我们也跟着这么喊。

曙色未晞,男人街照例在弥漫着豆浆、油条、饺子、包子的味道中睁开惺忪的眼睛。这些带有地方特色的小吃流传了一代又一代,人们吃了一年又一年,似乎谁也没有厌倦。

春天,太阳艳艳的,站在男人街西段,可以清晰地听到永红路小学孩子们烂漫的笑声和歌吟一样的读书声;夏天的傍晚,不少人家在户外晚餐,桌子上有馒头稀饭、辣酱咸菜,也有豆干肉丁,或者一盆冬瓜烧肉,一大家子围着桌子,啪嗒啪嗒地吃,无限享受的样子;天空高远,秋阳如酒,有收破烂的老人摇着拨浪鼓经过,脸上带着比这个城市还古旧的沧桑,远远地传来“磨剪子咪——

铲刀喔——"的吆喝声，不是本地人——那声音也是缓慢而沧桑的；冬天是很冷的，暖烘烘的太阳升起两三丈高了，坐轮椅的老人被家人推了出来，不一会就在暖烘烘的阳光下打起了瞌睡，也有几位老太太，拢着棉衣袖，长一句短一句地拉着家常。

男人街的四周没有多少大的行政机关，多是这个城市的土著居民，因而生活节奏是舒缓的，充满浓郁的市井味，人间烟火在此演绎得淋漓尽致。不长的街道两侧，有卖外贸出口转内销服装的，有水果摊贩的，有修鞋修拉链的，有开书店、文具店的，有沿街叫卖萝卜干、豆腐乳的，有修伞、配钥匙的，还有收旧书报以及废铜烂铁的，应有尽有。

我似乎没有见证过男人街经历过多少大事件。没有显赫的建筑，主要的几栋高楼譬如天都大酒店、邮政局、银行，都是面对长江路，背朝男人街。它的非凡之处就是有一家名为"小有天"的餐饮店，店前的门廊上有一幅对子："道道非常道，天天小有天"，用红纸写的，褪色了，应该很久没有换过了吧？

小有天门前有个大铁炉子，炭火殷红，生意异常兴隆。它店面不大，一二十平方米，有个隔层，踏着吱吱呀呀的木板台阶可上二楼的"雅座"。

主打早点有大饼、油条、糍糕、麻团、豆浆、糖糕、米饺、稀饭、豆腐脑等。殷红的炭火上，早晨是一锅油，滋滋地冒着香烟。中午和晚上，上面摆了很多瓦钵蒸的熟菜：小葱鸡蛋、梅菜扣肉、毛豆鸭爪、粉丝牛肉、千张咸肉等。小有天最好吃的是白斩鸡，嫩、爽、滑，调料好；其次是牛肉粉丝，牛肉切块，烂、香、辣，汤汁芬芳浓郁。小有天因为价格公道，符合工薪阶层的消费水准和普罗大众的舌尖美味，所以渐渐有些名气了。先生出差日，我和小孩便是那里的常客。

巷子里有位卖糯米饭团的老妇人，小推车上，一只木质饭桶，几个搪瓷茶缸，分别盛着雪菜、炸酱、海带丝、火腿肠等物。老人很清爽，齐耳短发，穿戴得整齐利落，盛饭、夹菜、卷油条，再用一块湿湿的白方巾一拧，就将饭团拧成小孩拳头大小的橄榄球形，几乎一气呵成。我读小学的孩子那时迷上了老人的饭团，吃了多少回？数不清。

更多的时候，我会在街中间那爿名叫芳知书店的店堂内翻阅一些似曾相识的老书，然后闻听店主轻声细语地告诉我又到了哪些新书。即使没有新书，碰巧看见可买可不买的书，店主又真心地说："感谢您光顾，今天有雨，成本价给你。"说罢殷勤地替你包装，你岂有不买的道理？于是，安心站在书架前，等雨声渐息，主人也不催，道别后提着包好的书离去。

书店隔壁是窄窄的一间厢房，有一对修鞋兼制鞋的乡下小夫妻，男的话少，只顾低头干活；女人活泛些，洒扫、采买还兼修补、待客。落了灰尘的鞋子送去，不用论价格，下班顺便取回，不仅修好脱落了的鞋跟，而且擦得纤尘不染。那女人有一对长麻花辫子，递鞋子时，黑幽幽的眼窝里全是满足，真是好看。

还有修伞、配钥匙的老人。一年四季，除了雨雪天，他都时钟一样准时地出现在固定的位置。六十岁上下，黑瘦，常年围着一条深蓝色长围裙。他脸上有一块块粉色的斑点，手臂和手背上也有，是白癜风的一种。有次遮阳伞的骨柄坏了，去取时，他说："五块"，我没有零票，给了张十元的，说不用找了。他连连摇头说"不值十块”，一面在破旧的抽屉里翻找，我已经走了很远，他追了上来，硬是塞给我几个硬币。

但是，夏天到了的时候，男人街就显得炫目、牛气了。尤其华灯初上的夜晚，男人街真正呈现出男人的气概来了。龙虾成为男人街特色小吃的一道靓丽的风景。东头两棵硕大无比的梧桐树下，挂满闪闪烁烁的霓虹灯，向西一溜排开的快餐桌上，高高堆起一盘盘红彤彤的龙虾。树梢微漾，天气是极热的，热乎乎、红彤彤的龙虾前，是穿着短叉、背心，踢踏着拖鞋，脸上冒着汗渍，面前啤酒泡沫冒得老高的人们，当然以男人居多。店家的吆喝声，顾客的喧闹声，碰杯的噼啪声，卖小玩意的招徕声，踢踢踏踏的脚步声，甚至打赤膊口吐脏话骂娘的都有，一律有滋有味，是一幅活脱脱的市井生活画卷。

男人街除了上述这些方便人们物质生活层面的东西，还有可供附件居民近水楼台、率先享受精神生活的一个重要场所——光明影都。男人街最东端，面朝金寨路的光明影都当时是合肥声名远扬的四大影院之一，其余三家分别是解放电影院、长江剧院和江淮大戏院。

有点文艺情怀的人们在夜幕降临时，换了一身干净的夏装，摇一柄芭蕉扇，悠悠地步出家门。有的一家子一起，有的爷爷奶奶带着小孙子、孙女，孩子的身上散发六神花露水或者痱子粉的香味，也有半遮半掩、一前一后走着的情侣，和着盛夏的晚风。在乡下人看来，他们算得上是都市里的贵族。光明影都的门前铺着红色的化纤地毯，我们去看过《泰坦尼克号》和《阿凡达》，走出院门，孩子一脸喜气，不停议论着影片的内容。

几百米长的男人街朝北有两条小巷，名曰西菜市支巷和邮局巷，朝南有一条名曰教堂巷，因为紧挨着的光明小区，有一座建于二十世纪五六十年代的教堂，简欧式建筑，罗马柱，耶稣的十字架直立在屋顶。

有一阵子，我天天路过小有天，因为三孝口天桥寿数已到，要拆迁了，我必得绕道回家。我也曾偶尔于天都大酒店宴请过师友长辈，书信式微的年代去邮局给远方的朋友邮寄过一些书籍、明信片这类。当然，更多的是与冗常生活相关：来不及做早餐时，匆匆拎袋豆浆包子什么的；挑两件童装、几支水笔，下班回家顺便给孩子买点水果。

后来，我迁新居的时候，光明影都似成一栋烂尾楼，矗立在城市中央，岿然不动。数年过去，我偶尔再去男人街，似乎找不到多少变换的痕迹。只是在它的东边竖起了百大 CBD 等几幢高楼。红旗百货大楼、龙图商场在激烈的商战中不断改弦易辙。为更好地辐射优质教育资源，金寨路上的 46 中迁校至滨湖新区。

男人街的人们依旧在此生活，该早出晚归的依旧早出晚归。豆浆、油条依旧在卖。修锁、修鞋的大爷还在埋头劳作。修鞋店的一对夫妻孩子早进学校读书了。遭遇网络书店的冲击，和许多小的旧书店一样，芳知书店静悄悄地没了影踪，不知是搬迁了呢，还是被浪潮淹没了。光明影都正投入伟大的建设中。

旧旧的光阴还在，只是，有的人，或者死了，活着的人，都看得见老了。就在前几日，在桐城路某校开会，我特别绕道男人街、女人街，认真看了两街的指示牌，在男人街的东段入口处，新竖了一块牌子，上面却豁然写着“西菜市巷”。而对面修葺一新、颇具小资韵味的巷子前,则是崭新的“女人街”,使我突然觉得女人街像“嫡子”,男人街却像“庶出”。

我走过一些地方,看过一些颇有名气的街巷,比如成都的宽窄巷、福州的三坊七巷、安徽桐城的六尺巷、古镇三河的一人巷,当然名气再大超不过唐代的韩愈、刘禹锡,这两位文学大咖诗中描述的“天街”和“乌衣巷”了吧?这些街巷或许正在苍老、枯萎、凋敝,但它们曾与这个城市百姓的生活密切相关,更见证着城市的人文和历史。这些富有传奇、蕴含深厚文化底蕴的小街巷,大多被定格在时光的印记里,多少年后的多少年,还将被人继续流连、咀嚼。

男人街是不能等同于这些名巷的,但它亦有安然与寻常的好。自从我搬到城北以后,这些拉拉杂杂的真算是城南旧事了。梅雨季节到了,不说出来,这一箧子的旧事,真怕要发霉了。

到上庄去

安徽省绩溪县上庄村，是胡适（洪骍）的家乡。作为古徽州“一府六县”之一的绩溪，地处皖地之南，四周群峰巍迤，川流纵横，徽杭古道便是发源于此地的伏岭镇，历史上更是文人荟萃、名彦辈出。有一篇文章曾这样写道：全世界都知道一个名字叫胡锦涛，每一个经商的人都知道一个名字叫胡雪岩，每一个读书人都知道一个名字叫胡适，他们都来自同一个地方——安徽省绩溪县。其实不然，此地还是徽墨大师胡开文、茶叶巨贾汪裕泰、著名诗人汪静之以及中国第一位农学教授曹诚英的故里。

这个名叫胡洪骍的辛卯年小兔子，1891 年 12 月 17 日生于上海，大约 1906 年，也是在上海，为赶时髦，他二哥替他改名为“胡适”，取自严复译《天演论》中的“物竞天择，适者生存”之意。1910 年胡适应考庚子赔款官费留学美国，遂正式启用此名。若干年后，这个名字“在中国享盛名，历四十年而不稍衰”，成为一个时代的文化象征。

丙申初冬，我们是从仁里经龙川再到上庄的。汽车行驶在蜿蜒的山道上，这是通往上庄的一条县级公路，水泥路面，并不甚宽，甚至有些颠簸。越临近目的地，心情却越有些莫名激动。一百多年前，少年胡适远赴上海、美国求学，抑或就是沿着这条山路走出上庄、走出徽州的吧。

抵达上庄大约下午四时许。此时朔风浩荡，几缕斜阳正好，照着眼前青山环抱一水襟带的小村庄。我们将车停驻在常溪河边。抬头便见一座小广场，村西头建一亭，古色今香，亭前矗立一尊胡适雕像。雕像为全身，半米左右的黑色基座，四周青石雕花环廊，太过简素，却与周遭的山川风物相谐和。雕像面朝东南方，青褐色，着长衫，微微地昂首，应是中年的胡适。

取出相机拍照时，一个挎着竹篮子的驼背老人站在身边几步开外，友好地看着我这个不速之客。我问老人胡适故居怎么走，老人指着右侧的一条小巷。谢过，疾而徐趋。白墙乌瓦里的巷弄里间一律青石铺就，幽深洁净，几无行人，最宽处仅容二三人并行。

胡适故居——适之路28号，在一群不起眼的徽南乡间建筑群中间，门楣上书有“阑惠书屋”四字。前排的轿房与故居中间是一处约莫二百平方米的庭院，满铺青石板与鹅卵石，隐约可见精心装饰的几何纹样。确是童年胡适和村里的一班小朋友们“掷铜钱”游戏玩耍的好地方。

故居整体为三栋建于清代光绪年间的徽派建筑，并不高华，但朴素、典雅、庄重，是胡铁花先后为胡适母亲和同父异母的几个儿子建造的。中间的一栋略高于两旁，门口悬挂“胡适故居”黑色描金条匾。胡适三岁多随母亲从台湾回绩溪上庄，几个月后在台湾做官的父亲因病病逝于厦门。胡父去世后，母亲冯顺弟在上庄便独自带着年幼的胡适，艰辛度日，一直到他十二岁，在母亲的坚持下，胡适才随赴沪看病的三哥去上海求学。胡适故居里，家具什物依约是旧时模样。变换的或许是故居开放后，书房、厢房、厅堂等多处悬挂胡适的“名句名言”以及名家字画罢了。

看管故居的是胡适的远房族侄，他与我们聊起了祖父与胡适的一些往事。胡适幼年聪颖过人，敏而好学，尤其表现出与众不同的读书禀赋。在台湾时三岁的他在父母亲的启蒙下已认识千余多方块字，回上庄后，家塾里先师从叔父介如，后进蒙学馆——来新书屋，拜禹臣先生为师。遗憾的是来新书屋久已关闭，我们连目睹一眼当年的旧景也是不能了。

胡适母亲是个了不起的女人。她对失去父亲的胡适寄予无限期望，宠爱有加的方式便是命其发奋读书，她更知道先生的重要，别人每年交 2 元学费，而她坚持给 6 元，后增至 12 元，为的是让先生多给儿子“讲书”。这一切为胡适的基础教育奠定了良好的基础，后来胡适远赴上海求学，无论在梅溪学堂、澄衷学堂还是中国公学，都不断地跳级，甚至能够引经据典指出先生授课的不足之处，让老师刮目相看。

在绩溪上庄，胡适完成九年多的家塾教育，系统阅读了“四书五经”等儒家经典著作，奠定了他一生的思想和做学问的基础。《四十自述》里，胡适对九年多的乡村教育念念不忘，对自己的母亲更是感念不已。母亲的人格魅力在童年胡适的心中深深扎下了根。胡适说：“我母亲待人最仁慈，最温和，从来没有一句伤人感情的话。如果我学得了一丝一毫的好脾气,如果我学得了一点点待人接物的和气,如果我能宽恕人,体谅人……我都得感谢我的慈母。"

胡适的《尝试集》是新文学诞生期的第一部白话诗集。零散读过其中的部分,老实说,和诗才出众的刘半农的《叫我如何不想她》是无法媲美的。司马长风在《中国新文学史》中曾说胡适"缺乏诗情"。

但是,"我从山中来,带着兰花草;走在校园中,希望花开早……"二十世纪八十年代,这首名为《兰花草》的台湾校园民谣被偶像级歌手刘文正演唱后迅速风靡大陆,歌词质朴、深情又带点寂寞惆怅,至今魅力无穷。彼时的我们不知道这首歌的词作者竟是胡适,他三十年代写下的最好的白话新诗名《希望》,而创作此诗的灵感,正是来自于他的故乡。细细地看,故居的门窗和格栅果然均以兰花为题材,平地阴刻,毫无毁损,清雅至极。此诗现在工工整整用律书抄录装裱镶嵌,与四幅兰花立轴悬挂在堂屋的西墙上。

堂屋西边,就是当年胡适与江冬秀成亲的婚房,1917 年底,胡适从北京大学返回上庄,"洋博士"娶了一位"小脚太太"。婚房依稀似旧年。雕花木床、妆奁、橱柜等家具,皆给人无限的遐想。

先生书中有一帧插图,古稀之年的胡适在机场迎接由美国返台的江冬秀。满头银发的胡适笑容满面,圆圆胖胖的胡太太怀抱鲜花,两人几乎相偎相依。好个"执子之手,与子偕老"的温馨画面。事实上呢?

胡适 14 岁时遵从"父母之命媒妁之言"与江氏订了婚。他事母至孝,尽管内心有过波澜但无决绝的勇气拂逆母意。江冬秀也算旌德江村家境殷实人家的小姐,胡适在美读书期间曾对她抱有过美好的幻想,诚恳地勉励她多读书,不期举案齐眉但愿知书达理。多年过去,台湾学者夏志清说,这个旧式的乡下女子"不立志、不求上进""不能算是我们一代宗师最理想的太太,辜负了胡适在留美期间对她的期望。"

据说胡夫人的麻将技艺是一流的,美国和台湾两地都打得昏天黑地,唐德刚在《胡适杂忆》中有过精彩的记述。胡博士却给了太太无限的同情与理解,以至于去世前两日,还嘱咐他的秘书王志维,在台北温州街附近替他买一栋房子给太太住,因为傅孟真先生曾有规定,台大宿舍是不准打牌的。

对于翩翩浊世佳公子的胡适来说,生命中的红颜弥足珍贵,美国小镇绮色佳可算是胡适的情感圣地,在此他遇见一生的精神伴侣韦莲司、文采斐然的陈衡哲,且与她们保持终生的友谊。最痴情的要数孑然一身的曹诚英,死了也要埋在旺川村路边,以期胡适魂魄归来能够再看她一眼。这些伟大的女性,都是胡适生命里的光辉。正因为弥足珍贵,所以胡适任何回忆录对情感问题都只字不提。而胡适能于包办婚姻的乡下姑娘江冬秀牵手一生,唐德刚说,"胡太太是同时代千万个苦难少女中最幸运、最不寻常的一个"。

从书本与影像中看过太多胡适先生的照片,少年、青年、中年、老年,与子女、发妻,与同学友人,衣服永远是竹布长衫或西装革履,那洁净,那风流,那儒雅,真是仪表堂堂,让人过目不忘。

胡适于 1962 年 2 月 24 日突发心脏病去世。他的"诤友"蒋介石除了颁赠“智德兼隆”的匾额外，还亲书一幅挽联：“新文化中旧道德的楷模，旧伦理中新思想的师表”。如今，这副挽联就立于胡适故居之内，让胡适迷们浮想联翩。

当我抱着一摞书走出胡适故居的时候，恰遇上庄小学的学生们下学，三三两两的孩子迎面走来，我停下来问一个孩子：“你知道胡适吗？”他歪着头，想了一会儿，告诉我：“他是我们的爷爷的爷爷。”

电视纪录片《胡适先生》最后有一幕送别胡适的镜头。公祭日当天，全台湾约30万人自发向“我的朋友胡适之”做最后的告别。这些胡先生的朋友里，有达官显贵，有文人雅士，更多的是布衣白丁，大家肃立目送这位能使庶黎哀伤的伟人。面对如此感人的送殡和路祭场面，夫人江冬秀忍不住向长子胡祖望长叹一声：“祖望啊，做人做到你爸爸这样，不容易哟。”

是的，胡适先生的一生，可谓“名满天下，谤亦随之”，但究竟，他是绩溪上庄的儿子。

我家曾住赤澜桥

这些年,我走过许多城,停驻过许多城,但是深爱的,仍是生活在此处的这座城。

(一)

自十五岁时将乡下的户口迁往就读的师范学校,算脱了泥胎,跳了“龙门”,这样说来,我在这个城市已经生活了三十多年。那时读书的学校远在偏僻的东郊,新校始建,仅几栋次第错落的楼房。长江东路坑坑洼洼、又曲又长,沿途的屋宇与店铺并不富丽甚至有些灰暗,毕竟是城里,到底比乡下强多了,这处处让一个乡下女学生充满幻想与好奇。求学年代,从故乡义兴镇先徒步乘公交再换乘,二路公交车从老博物馆始发,学校是终点站,半日就在颠簸和换乘中过去了。这条路走了多少回,当然是不计其数了,只觉得往返路程是无以复加的长,那辆“哐当哐当”中间以帆布链接的双节公交车开起来是无比缓慢。

不务农活时我们才晓得,读书原来可以这样美好与愉悦。佯装着带上书本,我们三五成群到麦地与油菜花丛里嬉笑玩闹,“所有的日子,所有的日子都来吧,让我们编织你们,用青春的金线,和幸福的璎珞,编织你们……”那时,时光很浅,日子青涩,青春令人卑微又令人豪迈,哪里理解“尺璧非宝,寸阴是竞”的含义。

一九八零年秋季入学,中师三年,毕业后分配到合肥北门的一所小学,在环城路以外,距离老省市政府也就三四千米之遥,但在彼时,夜幕一旦降临,学校附近同样路断人稀灯若流萤,胆小的几个女生结伴上夜大,要经过阜阳路桥一带,那里逝水静流,阴翳铺地,每每提着一颗惴惴不安的心。

十多年后的某个春天,我由蜗居的筒子楼搬进了安农大的牧场区教工宿舍,五楼,靠东,三居室,明窗绿野,霞映澄塘。尤记得小孩子穿一双雨鞋,撑着一把鼓着两只大眼睛的青蛙伞,啪嗒啪嗒踩积水玩,我站在阳台上,看他小小的蹒跚的身影,突然就泪湿眼睫。也记得带他去楼对面的池塘里捞小蝌蚪、捉红蜻蜓,小人儿无限快乐的神情。

教工宿舍是三栋孤零零的高楼,矗立在低洼的村野与池沼之上,最宜处是风日晴和,鸟惊庭树时。遗恨的是出门,从牧场区左转往安庆路,有一个奇兀的陡坡,被载重卡车碾压得千疮百孔,灰尘蔽日,即使雨过天晴,几日过去,出行也必得穿深筒胶靴,更况遇雨。此道没有公交车,出行只能徒步或骑车,骑车属不得已,虽然总是买,总是丢,因单车后座可驮着三四岁的娃。我上班,他上幼儿园。我们时常于泥淖中艰难而行,我推着车,他举着肥嘟嘟的小胖手为他妈妈加油，一腿泥浆一身汗的狼狈不堪。最令人难堪的是殡仪车，若从东向来，此道是必经之路，每每纸幡乱飞，吹吹打打、呜呜咽咽的情景直逼耳目。这是九十年代中期的霍山路。2000 年后，一环畅通，此地方圆数里规划为赫赫有名的安徽省大学生公寓，霍山路早已大道通衢，数万名大学生出入此地，其繁盛喧闹可想而知。

城市中央的安庆路是再熟悉不过的，因为工作不久，我便调离北城，在闹市中心城隍庙东端的一家公立学校扎了根，花样年华，为赋新词强说愁，时常有种“少年听雨歌楼上，红烛昏罗帐”的怅惘与愁绪。却不曾想到，时光如白驹过隙，晨昏夕暮，弹指挥间数十年，安庆路的风霜雨雪、繁华凋敝尽皆悉收眼底。如若细说，自是一种别样的情感。

去师范读书之前，家乡的羊肠小道皆是无名。说某人在哪里，只不过以方位呼之，曰“南面岗”“西岗”“东头岗”村人便会明白其意，仿佛约定俗成，一找一个准。这之后的若许年，长江东路、霍山路、安庆路、蒙城路，往复回旋，都曾久久地定格在记忆中，从少不更事到如今人到中年，放眼回眸，长长的光阴里深埋着看不见的岁月。

（二）

之所以想说说桐城路，因为它承载了青春岁月中太多挥之不去的记忆。

H、M、N 与我皆师范同班，因年少家贫成长背景大抵相似，故形同姊妹。H 运气不坏，师范毕业旋即分配在桐城路上一所声名遐迩的名校——合肥师范附属小学，孜孜耕耘于三尺讲台，并且终生不贰别家，N 曾揶揄她“胸无大志却从一而终”。而今已到退职年龄，她对教学生涯依然无限眷恋，吾等祝贺她脱离“樊笼”迎来春风得意，再不用起早摸黑搭校车往来滨湖与城北，亦再不用日日打卡签到，为期中期末考试排名而耿耿于怀，而她却闪烁其词、若有所失。推己及人，我们猜想或许是一种叫作“情怀”的东西在心中作祟，亦或许慨叹岁月易老转眼韶华白头。遥想当年，豆蔻年华孰不是翩跹袅娜、花容月貌？

最先知道省城的桐城路，便是因了 H。歌德有语录云：“青年男子谁个不善钟情？妙龄少女谁个不善怀春？”四人中，H 算长姊，也最先名花有主，如意郎君是她故乡的邻家学兄，高中毕业后考在本省南方某院校，毋庸置疑的青梅竹马，后来晓得两人遂在读书时便鸿雁往来、私订终身。毕业没几年，邻家男孩用一辆“永久”牌自行车迎娶了他的俏娇娘。两人率先过起了柔情蜜意的小日子，浪漫新居便是附小北边的一间平房，书房、厨房兼卧房、起居皆在一处。

彼时新郎分配在故乡下塘中学传道授业，佳期蜜月只在周末。一俟新郎返校，我们三姐妹往往开始“鸠占鹊巢”。H 是天生的教书料，深得孩子们相亲爱，H 更能下得厨房，烧得一手好小菜，我们常常结伴去打牙祭，或在校园里高谈阔论，或在桐城路上漫无目的地闲逛。有时候几人混说、混玩、混闹，路灯打烊，车站空寂，干脆打地铺，倒把新房闹腾得不像样子。我们与 H 往来甚为频繁，结果连他们的邻居们很快也厮混得熟络了。

也记得新郎官骑着笨重的自行车，横梁上坐着娇妻，后座上载着M或N，晃晃悠悠地招摇过市。彼时的桐城路尚未改造，两侧的店面也不甚明艳，与老城中任何一条普通的街道无甚区别。

除了合师附小，安医门诊部、老八中、月潭庵、红星路与庐江路，一回回、一步步地闲步过去，也终是记得了最早开在桐城路上的一家不起眼的名叫“袭人”的花店，结识一个文静闲雅、能很快将一束鲜花剪插出好看造型的女孩，以至于年轻时一直怀揣渺茫的梦想，有那么一座美丽的山坡开满鲜花，此生只是种花、卖花。记得无数次走过的赤阑桥。

当我们记住并熟悉这条街巷的时候，和它们日渐疏离的时刻亦就到了。忙着出嫁，忙着职场，忙着锅碗瓢盆，忙着相夫教子、尿布围裙，四姐妹不再如单身时毫无顾忌地说走就走。多年后的某个秋夜，我们都已经不是当初可率意挥洒情感的任性小女生了。四姐妹再度聚首，记得在赤阑桥畔，木樨飘香，皓月当空，因了晚宴的几杯薄酒，M大有不胜之态，说着曾经，说着从前，竟醉眼朦胧地念起了“我家曾住赤阑桥，邻里相逢路不遥……”我们戏谑她是不是该给远在首都的旧日同窗打通电话，相恋十年，无疾而终，她那点小秘密的每个细节我们姊妹岂有不清楚的道理？殊不知电话拨通的刹那，M竟然哽咽无语不能自已。或许正如白石词中所写“肥水东流无尽期，当初不合种相思”吧。怀旧是一代人的心病，而怀念只是一个人的心痛。人生就是这样，错过，悔过，才懂得珍惜。可是，没有谁能够为自己曾经的选择和彼此造成的伤害埋单，除了自己。

桐城路其实是颇有些风情的。九十年代，环城路已修葺一新，作为合肥最早的一条被美誉为“翡翠项链”的环城公园深受市民青睐，河水清碧荡漾，古树茂密参天，鹅卵石甬道与不期添置的健身器材成了老人散步锻炼时的最爱。久留米美术馆与亚明艺术馆理所当然成为热爱艺术的风流雅士交流品鉴之所。而西山公园段，造型简约、线条流畅的各式雕塑恰到好处地置身于绿树红墙之中。一到周末，孩子们便欢欣不已，我的小孩尤其喜欢老一中围墙后的那三头姿态优雅的长颈鹿，戏耍时每每乐不思归。其后稻香楼后园茂林修竹处又新辟一爿儿童乐园，电动玩具疯狂刺激，不下十多种。某年除夕将至，小人儿甩着冻得通红的手，仍是兴致盎然。我们的春节历来简单，倒也无甚大事，只得由他，但那一颗心却是怜惜的。看着用心玩耍的他，看着从自己鼻唇中呼出的热气瞬间在空气中凝结成迷雾，看着眼前的一湾碧水如玉带迤逦，老树枯藤似遒劲草书。那一刹那，只觉得天地人皆是这样的澄澈静美。

某日环城路与桐城路交口的西北角突然旧貌换新颜，翘檐飞角的灰砖廊檐下挂起了几只雕饰精美的宫灯，匾额上书“茗典茶轩”的字样，不多时，赤阑桥南端的东南角也开设了一家名为“常春藤”的茶楼。仿佛一阵风，茶楼风靡如雨后春笋，与安医大门诊部比邻的“避风塘”，因经营灵活时常推出新花样，很快聚集了超高的人气，尤其更是颇得青年人的拥趸。青春无敌的他们，常常借酒装疯在此通宵狂欢。

“常春藤”与“茗典”的装饰风格，可谓一中一西，相得益彰。两店皆借助赤阑桥与环城公园的独特位置，拥有了相对稳定的茶客。“常春藤”的名字总让我想起欧·亨利的小说《最后一片叶子》。古典的音乐，袅袅的茶香，颇有怀旧格调的装饰让人从喧闹的市井突然遁入幽静的清凉瓦舍之地，竟有种生活在别处的错觉。

但是我清晰记得的是位于庐江路西段的一家“青松咖啡屋”，那是二十世纪末的最后一个下午，画家叶公全家带着五岁的小雨，我们带着七岁的儿子，以及孩子们的大朋友在此辞旧迎新，礼炮振聋发聩、烟花如雨绽放，整座城市似乎都沉浸在狂欢之中，几个女孩带着两个小小孩，兴高采烈的样子全都妩媚极了。

风飘飘，雨潇潇，流光容易把人抛。“常春藤”与“茗典”在激烈的市场竞争中多次更换门庭，“避风塘”也不知去向，唯有青松依旧，路过几回，固执地坚守在原地。灯光依约还是温馨的，桌椅和我们一样，不复年轻，多了岁月的印记。小雨胜出，以优异成绩大学毕业后角逐她梦寐以求的央视，叶公与他的妻子移居首都，我们的小人儿如今已是堂堂七尺男儿。

（三）

桐城路距离我主事的幼儿园算起来真是咫尺之遥。园子与省城第一街——长江路上的长江饭店仅仅一道围墙之隔，站在长江饭店的门楼上，桐城路上的街景悉收眼底。九十年代中后期，随着办学声誉逐渐突显，几家建筑开发商寻上门来，遂创办了几所分部，其一便是庐阳区的亳州城幼儿园，开园庆典上，彼时任职于市人大的何炳章先生应邀参加揭牌仪式。作为合肥本土著名教育家，何先生一生衷情教育，谦和俭朴，为学问却又极其谨严，非亲躬而不能述。何先生主政合肥教育多年，对待教育界后辈总是深藏若虚。上海科技出版社曾出版过《何炳章教育文选》，蒙先生抬爱，曾亲自寄信函与我，鼓励鞭策。当年先生的函件想来是用心收藏的，近日找寻，无奈未见，或许在书柜的哪本书中，成了珍贵的收藏也未可知。

闻听先生有恙，我曾拜望过一回，可巧退休后的何先生当年就住在合师附小的宿舍，从月潭庵旁的小巷道内进去，居室不大，却也棐几临窗，缥缃满架，新篁弄影，幽静非常。丁酉仲秋，何炳章先生从教50年及其教育思想研讨会暨合肥实验学校创建30周年展示会刚刚落下帷幕。如今何先生已出版煌煌五卷本《何炳章教育文选》，可谓倾注毕生的心血结晶。他的“自育自学”教育理念与“回归教育原点”论已在庐州大地结出丰硕之果。

我与桐城路的缘分还不止于此。其时因缘际会，我已搬迁至市中心的龚湾巷，算是与桐城路与赤阑桥搭了点边，区区几百米，晚饭后常会漫步到此。去工作单位，出门穿过那架曾让合肥人引以为傲的三孝口圆形天桥，徒步亦就几分钟。H又在附小内分了一套崭新的大三居，我们姊妹又得以常聚。有意思的是，我所在的幼儿园与位于桐城路上的合肥市武警支队消防中队缔结为军民共建单位，春秋佳日，园里应邀组织师生前去参观军营，在消防战士的保护下，师生们登上高高的云梯，云梯升到高空，路人驻足瞠目，师生欢呼雀跃，其情其景历历在目。每逢假日来临，园里师生也会精心编排文艺节目前去慰问演出，或者举办党团联谊活动。那年月，飒爽英姿的军人是女生们心目中的偶像，所谓联谊，双方自有期结秦晋之好诸意。

而声名遍及大江南北的安徽省黄梅戏剧团就坐落在附小对面，我也曾特别邀请著名黄梅戏国家一级演员黄宗毅与主持人梅兰来校园给教师们举办戏曲学唱指导与礼仪培训。

曾经，桐城路经赤阑桥过芜湖路有一条拖沓多年的烂尾街，名“香港街”，不知道为何取了这个不伦不类的洋名字。但我清楚香港街的重新修复与竣工是闺蜜 N 的夫君在困难和矛盾重重中完成的，为此差点吃了官司，酸甜苦辣一箩筐也道不完。而多年后的今天，我却时常出入那条烟火弥漫的街巷，去往省书协副主席谢道佑先生的书法工作室，请谢先生面授机宜。谢道佑曾是我小孩的启蒙老师，六岁的儿子随他学习书法直至中考前夕。记得童年时每周接送他上下课，督促他如期完成练习任务，他可曾想到多年后的今天，他的妈妈也做了谢老师的小学生？

真是闲处光阴易过，倏忽又是数度寒来暑往。如今的桐城路早已非同二十世纪的情形了。师范附小迁往滨湖，并且已经发展为一校四区，满足百姓对优质教育资源的需求，此地已新建百年名校南门小学的分校。合肥八中曾是国务院总理李克强的母校，如今已于合肥政务新区重建，无论桐城路上的老八中还是政务新区的新八中，“李克强”这个名字注定成为莘莘学子心中的一道标杆。赤阑桥畔，姜夔与合肥的不解之缘，使赤阑桥逐渐演变为一种历史文化遗迹，从而名垂青史。赤阑桥文玩市场位于附小之侧，《桐城派历史人文之光》《新安画派之海阳四家》巨幅浮雕令人想起千岁云烟、文脉昌隆的古邑名郡。

一条路，一条河甚至一个老物件，都会承载一个城市多年的历史记忆。那些有故事的街巷，新的故事还将不断衍生。风华正茂的年纪，我们曾与桐城路、安庆路、霍山路、长江东路那样耳鬓厮磨过。如今我们依旧爱它不复年轻的容颜，爱它的闾门里间、烟火味道，爱那些曾在生命旅程中淡泊或亲密交集的人，甚至爱它的某些缺陷，就像爱自己不完美的人生。

台北的老街

赴台旅行，台北当是心仪之地，涵蕴丰富的地标建筑为我所仰止；焦桐、舒国治先生笔下的士林、师大、华西街别具创意；色彩斑斓的夜市文化亦为我所衷情。短短的行程告捷，流连美景、饕餮美食，走过台湾无数的大街小巷后，与我来说，居然愈加留念隐藏在现代都市元素后面那些韵味悠长恍若隔世的台湾老街巷。

西门町附近，接踵的人群里无意中瞥见某巷口，矗立一方人字形屋顶的木质牌匾，用繁体字书写“剥皮寮历史街区全区示意图”，骑楼正中悬挂三只褪了颜色的红灯笼。这条闻名遐迩又颇带点匪气名字的老街，是因为四五年前赵又廷主演的电影《艋舺》将此作为拍摄地而为许多大陆人所熟悉。“艋舺”为方言，意为独木舟。剥皮寮街是现今台北保存最完好的清代街道之一。老街不长，三几百米，闽南风格建筑，陈旧的红砖映衬黑瓦和深褐的木门、木窗，环廊和拱圈上花木扶疏，显得苍古、深幽。穿行其间，犹如翻阅一帧帧泛黄的老相片，又恍若置身于一幅二十世纪的黑白故事片里，自己一不小心成了片中的主角。

因为新春佳节，原本寂寥的老街变得人声鼎沸，两旁错落的店铺招牌亦满溢喜庆之气，吃穿用度等丰美富足的各类商品，充塞了整条街，应有尽有，使人目不暇接。商客怡悦的交流汇成一片欢欣的熙攘之声，中国古老的集市文化和年节气氛在这里展露得淋漓尽致。

卖茶叶的阿婆告诉我们，剥皮寮街的老住户大都迁移，平时买卖都不多了。“住了一辈子了，舍不得离开这里啦。”老阿婆喃喃自语。环视老街，各种艺文创意的痕迹依然宛在，历历醒目。看得出，现在是年轻人来此挑战他们的梦想，古老的街市更多的是用来观光、举办各类文艺展览。几百年后的今天，剥皮寮街俨然作为一个地区的历史缩影和文化地标，抑或老台北人尘封记忆和缅怀故旧的地方了。走出街口，对面的青砖墙面上用夸张的漫画手法，涂抹疏密有致的彩绘图腾，给人以较强的视觉冲击，犹如穿越时光隧道。

未来宝岛之前，我对台北的印象，基本得益于台湾现当代作家的文学作品，掩卷后每每心驰神往。人文荟萃的台北，好在它的书香卷溢，好在它的草根味道，更好在它的温暖曼妙。

旅行的第四日，期盼中，我们终于由台中乘大巴至台北。下车后，按图索骥，直奔“温（温州街）罗（罗斯福路）汀（汀州街）”街区，因为这里地处“台湾大学”和“师范大学”的腹地，老街纵横交错，既有闻名遐迩的永康街，也有一百多年前台北最早的洋楼街，还有保存着巴洛克风格建筑装饰的迪化街。占地利之便，这里分布着无数的书店、咖啡馆、古董店、唱片店，以及一些有趣的手工小店。如有诚品这样的享誉海内外的新书店,也有二手茉莉、万圣书园、秋水堂、女书店这样别具特色的专门店。额,紫藤庐茶馆、挪威森林咖啡,还有,还有那个街角前有绿色花圃、旋转马铃声的冰激淋小店……所以,此处应是既可品味书香卷溢,亦可体验台北巷弄之美的最佳出发点。

地处台北闹市的"台湾大学",全宝岛的顶级学府,书法和文字皆可列为逸品的、诞生于安徽霍邱的台静农先生,和荣膺首届"中华诗词终身成就奖"的叶嘉莹先生,都曾被聘为这里的教授,这里也曾培养出享誉海内外的诸多杰出人才,余光中、白先勇、李敖等许多名字我们或可耳熟能详。但是凝视眼前古朴低调的台大校门,却让人油然生出一种敬意。二十世纪三十年代的清华校长梅贻琦先生有著名论断:"所谓大学者,非谓有大楼之谓也,乃大师之谓也。"窃想台大算是践行此名言的最好例证之一罢。

穿过台大旁边的窄巷,便是温州街。冬阳微暄,光影西斜,咖啡、书店、音乐,时尚、雅致、安静,迷人至极。据说此地是各地的文青必来此朝圣之处,也是本土诗人作家常来此淘书、捡漏、品酌、小聚的雅集之地。

同样为台大教授的林文月先生的作品里,多次提到温州街,她的恩师台静农先生的"龙坡丈室"便在温州街十八号。台先生1946年来台,直至1990年辞世前夕,一直住在被台先生称为"歇脚庵"的台大宿舍。她的另一位恩师郑因白住在温州街七十四号。

林文月是有"台湾太史公"之称的连横的外孙女,连战表姐,更是台先生的得意女弟子,她身兼研究者、文学创作者、翻译者多种身份，以翻译日本名著《源氏物语》等被人称颂。林文月有深情回忆两位恩师耄耋之年交往的一篇文章，名为《从温州街到温州街》，那时郑先生双腿已不便行走，台先生亦罹患重疾，作家亲自驱车接送郑先生，将他新出的《清昼堂诗集》送往台先生家里。孰料这竟是两位老友生命里的最后一次会晤。

温州街十八巷，不长，应该到了台先生居住的十八巷六号的位置罢。那些熟悉的文字在脑海里涌现：上了台阶，进了那座日式老屋，书房内层层叠叠的书橱，两壁垂挂着沈尹默先生的字、张大千先生的画，书桌对面是大风堂主所书匾额“龙坡丈室”。但，这只是脑子里的幻觉罢了，十八巷六号早已不复存在，耸起在原址的是规划整齐的高楼大厦。

其实早知道是这样的结果的。史书中有记载，台北共有四位文学家的故居相继开放，即钱穆、林语堂、殷海光、胡适。沿温州街再前行，转角处却偶遇自由主义大师殷海光故居，而相隔不远的云河街则矗立着修葺一新的、台北市第五位文学家梁实秋先生的故居。

抗战胜利后，台湾大学有许多教授栖身于温州街，自然这里书香弥漫，书香之地，处处也有温柔乡。看过一则故事，乐评人张晓舟初来温州街，遇到巷子里的一阕旧书店名“旧香居”，欣喜不已，因为他不费多少工夫，在这家藏品“最古、最丰、最佳”的二手书店竟然淘得一套“版本、版式、手感俱佳的《金瓶梅》”，老板娘连声道谢，还附赠送茶水一杯、肉干一包，他忍不住抒发道：“如此古道热肠的旧书店，令人想念”。

温州街往北就是“台湾师范大学”和永康街。师范大学的建校历史同样悠久，校园内的东洋红楼庄重典雅，大礼堂的中世纪哥特式风格给流光似水的校园带来几许浪漫的欧洲风情。师大对面的和平路，层次林立的小店铺，经营笔墨纸砚，还有出售字画的，都布置得疏朗有致，气韵清雅。

华灯初上，夜幕下的永康街，人流若潮水一般涌动。在这个世界级的饮食商圈里，“日本话在信义路转角口的‘鼎泰丰’前面排队，英文则在靠近师大图书馆后门的小酒吧里喧哗，而在一条暗巷里的印度餐厅，总有几个印度人坐在那里……”（徐国能语）。永康街往金华街方向漫步，会遇见许多文艺小店和咖啡店，咫尺之外，又营造出另一种恬淡冲和的人文气息，时光在此，轻盈如水，甜美似蜜，呈现出台北特有的品味与质感。尤其夜晚的永康公园，光影弥漫，绿意袭人，为熙熙攘攘的永康街披上一件优雅的外衣。寂寥芳菲处，仿佛正在上演一出白先勇的《游园惊梦》。

下一站的旅行景点是宜兰、花莲，今夜我们将夜宿淡水，所以还有足够的时间在此流连。僻巷里一家名曰“冶堂”的茶艺馆吸引了我们。它深隐于民宅，诸款古器物看似寒素，实则皆极具品味，且室内无一角不置花瓶。端坐这里，顿生平静满足之心。老板娘是个懂茶、爱茶之人，于是在这里一边啜饮香茗，一边聆听老板娘细细介绍台湾的茶文化，实在惬意无比。临别，捎带了几盒台湾的冻顶乌龙，回家分赠友人，亦为自己日后当捧起一杯清茶时，还能再回味台北的味道。

台湾是个充满细节的地方，台北更是一座独居风情的多元化城市，传统与现代彼此交融。我想，可能很多旅人和我一样，初访台北时都会错愕于这座城市的质朴，甚至老旧不够姿彩，某些存在还显得不合时宜,其实台北的魅力并不在于它的基础设施乃至摩天巨厦,而在其隐匿于曲坊巷弄间的市井滋味、曼妙人情与恬漫之美。

流年碎影安庆路

徐国能有篇获台北文学奖的作品，名《石榴街巷》，用娴静温雅之笔，深情回忆台北名闻遐迩的永康街，是谓青春的母亲和少年的自己永以为怀的街巷。合上书卷，似乎还能听到作者轻微却执拗的喟叹，虽然多年过去，但是永康街，仍然是自己心中最深爱的一条街道。

（一）

在我心中，也有这样的一条街道。它初看并不起眼，但在经济尚未腾飞的年代却是那么红极一时，粲然夺目，那即是曾被省城人骄傲地美誉为合肥“小香港”所在地的安庆路。我与它朝夕相处几近三十年，仿佛弹指挥间，这条路已静静伴我走过流水一样的青春，饱满温润的中年，生命里许多永不会再回来的时光。

如今，我还会偶尔路过这条街道，默然伫目那些似曾相识的场景，只是沧桑沧田，物换星移，那些熟悉的人与事如一池疏影，只能与岁月共杳渺了。“街道拥挤，不吵醒往事，没有人比我更懂你……”每次听到孟庭苇的这首歌，心弦会不由自主跟着颤动，往日时光犹若荷塘的涟漪，一圈圈荡漾开来。

二十世纪八十年代，那时何等青涩的花样年华。某一日，揣着一纸毕业证，懵懵懂懂地被一辆敞篷卡车拉到了这条街道的一所园子里，一同到来的还有校友姊妹春和俐。

放下几件单薄的行李，四顾，只觉眼前的一切都新鲜而又迷人。微雨飘潇，三三两两的行人，不紧不慢地走，看不清油纸伞下的面容。街道两旁低矮的平房，青砖乌瓦，亦有二三层不高的红砖楼房，有些黯淡、有些逼仄，青石板铺就的路面凹凸不平。春日茸茸的细雨下，老庐州府学斑驳的粉墙犹有半阕唐宋诗词的风韵，勾栏瓦檐下的水珠滴滴答答。远看朦胧，是有点寂寥的雨巷。

我们“被搬进”的这所幼儿园，位于安庆路的顶中心位置。进得紧闭的朱漆园门，是座偌大的庭院，一幢五十年代建造的二层小楼，室内和楼梯铺设的皆是木板，走在上面吱吱呀呀地响，有点破损、有点弹性。穿过葡萄满架的绿长廊，便是一栋老旧的校舍，砖墙、瓦屋，曲折幽深的回廊，靠西边的一大间，原是教室，因我们到来，便成了集体宿舍。每人一桌一床一架书，是我们青春时代的全部家当。

公立的幼儿园，三九、三伏依旧有寒暑假。八月底开学，立秋已大半月过去，草乱院荒，葡萄长廊成了鸟儿的天堂，因为雨水丰沛，孩子们放假了又无人玩耍，各种稗草杂花一个劲疯长，有半人高罢？秋虫和蚱蜢乱飞，竟有一种说不出的野趣。用镰刀、铲子、锄，执教鞭的手费了九牛二虎之力才将它们打败，很快场院平旷，校舍俨然了。九月的第一天，新一批孩子们来了，寂寞了一个夏天的园子里又是哭声、笑声、叽里呱啦声汇成一片，是寂寥的雨巷里的另一片生机。

教书读书之余，曾在宿舍前的泥土里笨拙地侍弄过菖蒲、葵、蔷薇、菊、月季等，都野野地开过，真是记忆里最美的花。“家有三斗粮，不当孩子王”，年轻的日子总是闲得要命，无缘由的迷上威廉斯·鲁波佐夫的诗，“而那个海/围成一圈，安详地/在花木的茎上晃动”“雨和花园将要在彼此的怀抱里死去”。屋檐下的雨嘈嘈切切，常常心猿意马，哦，花园、花园！玫瑰、百合、铃兰、郁金香……若能做个种花卖花的姑娘该有多美。这个愿望根植在心里，没能实现，也没好意思再向别人提过，觉得是人生里的一件憾事。

蔷薇花开时，在这里，室友兼同事俐遇到了她的肥西同乡，白皙的男生，对俐一见钟情，呵护备至，有一种不到黄河心不死的决心。清纯妩媚的女生，经受不住这样美丽的诱惑，两人频频约会。八十年代，爱情至上，物质简单，俐被彻底俘虏，白皙的男生从这里迎娶了他的小娇娘。公主和王子过上了幸福的生活。从此，宿舍里少了俐宛转可人的身影。九十年代初，满院葡萄飘香时，大龄剩女如我，终于罗敷有夫，告别单身，三姐妹中我最后亦搬出庭院。

如今徜徉在安庆路上的人们，稍加侧耳便会听到，闹中取静的这里时常传出贝多芬的《致爱丽丝》、舒伯特的《摇篮曲》等钢琴曲，更有孩子们一阵阵天真无邪的笑声。“啊，这里藏着一所幼儿园呢”“还是范曾先生题写的园名哩”。是的，隐于闹市的幼儿园是名副其实，范曾先生题写的园名也端端地在墙上挂着。这，也是二十多年前的往事了。

几年的粉笔生涯终让我明白对于职业操守必须要“坚于信而笃于行”，那年“芭蕉分绿上窗纱”的时节，战战兢兢地成为这所园子真正的“孩子王”，因慕范先生诗书画大名，遂约请《合肥晚报》著名美编叶家和先生促成此事，岂料不费周折，竟成，叶先生尚记得此事否？大名如雷贯耳的范先生，墨宝千万流转于世，还记得题写过这样一所小小的幼儿园名吗？

(二)

安庆路的地理位置比较特殊。它东起花园街，西至蒙城路，长仅千余米。与其平行的南有城市第一路、繁华与阔绰并存的长江路，北有比安庆路更狭窄的霍邱路、淮河路，再北即是寿春路。若以我供职的幼儿园为坐标轴，方圆不出一华里，分布着省城最知名的新闻机构、报社、学校、书店、博物馆、名人故居、文化团体以及三孝口四牌楼合肥老城区两个重要商业网点，可谓位于整座庐州城的政治经济文化与商业中心。

而安庆路在一夜之间声名鹊起，是缘于合肥城隍庙商业区的顺利竣工。史载，城隍庙于北宋皇祐初年始建，后毁于太平天国的战火，遂于清代同治年间复建，继又毁于“文革”，二十世纪八十年代中期，合肥城市改造指挥部仿徽派建筑，历时数年终于将其修葺一新。彼时，江淮大地春风浩荡，政治解禁，文化复苏，社会事业蓬勃发展，配合政府规划，市政改造同时亦将安庆路拓宽成今日的模样。

落成后的城隍庙市场，定位为小商品零售兼批发，开设了诸如白石斋、九狮楼、徽光阁、庐阳宫等近千家商店，以及酒楼、茶肆、艺苑、舞厅等，转瞬之间，商贾云集，人声鼎沸，这给安庆路带来了前所未有的商机，也给敢于吃螃蟹的省内外首批“下海”的商贾们赚得盆满钵满。多年后与几个朋友小聚，他们用“日进斗金”来形容在城隍庙经营生意的那些时日。

三十多年过去，风过尘往，城隍庙山门前的两尊瑞兽依然威武不减当年，注视着时代的兴衰更替。拓宽后的安庆路，青石路面不知去向，老庐州府学即第四中学的围墙重新修砌，古风不存，简约有现代意味的新大门矗立在蒙城路上。位于六安路与安庆路交汇处的老电影公司厚重的旧式影楼亦推倒重建，取而代之的是豪华高端的艺术电影院。城隍庙客流量的激增，使得安庆路成为寸土寸金的黄金地段，各色商铺顷刻林立起来，路牙上一溜排整齐的铁皮屋亦像从地上突然长出来似的，一间挨着一间。从早到晚，安庆路上几乎都是车水马龙，大街上日日流淌一幅幅市井生活风俗图。

彼时的我们精力充沛又多么无所事事啊，有的是大把大把的时间可供挥霍，“明日复明日，明日何其多。”因为安庆路集中了整个省会城市最时尚、最前沿的服装佩饰：深港台流行的喇叭裤、马海毛衫、田园风味的束腰长裙等时装，几乎一夜之间便被复制，高高亮相在各具特色的门店里。所以，足不出户，我们便可以常常花枝招展地穿梭在这条因为人潮涌动依然显得局促的街巷内。

如是，漫步街巷，或者从临街一间茶吧的窗户向下俯瞰，目睹的宛若新时期的《清明上河图》,安庆路上多了撩人的喧哗与躁动,小贩叫卖声、汽车喇叭声、客商的讨价还价声,不绝于耳。卖冰糖葫芦的、烧饼油条的、庐州烤鸭的、五香鸡蛋的、麻辣炸串的、蜜汁豆糊的、荷叶糯团的,应有尽有;玩杂耍的、沿街乞讨的、兜售旧书画的、阿炳一样的流浪盲艺人的各行其是;飞凤街与城隍庙大门转角处,卖栀子花、白兰花的、新鲜杨梅的,五花八门。

安庆路再不复往日的幽寂与从容。夜幕降临,原先黝黑的街道被五光十色的霓虹灯所替代。

（三）

在安庆路上生活过的人,怎么会忘记那位"蚕豆大王"呢?

老远就能听到他的吆喝声。每天早晨九点始,雷打不动出现在城隍庙大门口,穿白大褂,带顾城式的白帽子,坐在一辆旧式马车改造的售货亭上,面前齐胸腰高的半圆台子,一沓沓火柴盒大小的白纸袋,五香蚕豆馥郁的浓香飘散到空气中,似乎在整条街弥漫。他身材魁梧,既高且胖,取掉口罩可见鼓突的肥腮帮,嗓门粗、大,招牌式的口号:"一毛唻,吃热的……"他煮售的豆,软、香、糯,递过一盒,总会嘿嘿一笑,再加两粒。我乡下有生动的比喻,说蚕豆"花似紫蝶面若如来"。因为他独特的叫卖方式,又因为真的货真价实,来逛城隍庙的人,谁不肯花一毛钱而品尝"蚕豆大王"烹制的闻名遐迩的美味呢?"蚕豆大王"不知是谁赠给他的美称,总之一传十、十传百、百传千、千传万就这样叫开了,相信老合肥的人都会记得安庆路上这道特别的风景。

关于味蕾的记忆还有周贵妃凉皮、麻辣串、棒棒冰、珍珠奶茶、永和豆浆、香草蛋糕、史义兴和陶永祥的炒货、老字号点心店“张顺兴号”。

“小孩小孩你莫馋，过了腊八就是年”。很快冬雪飘飘，安庆路从早到晚被围堵得水泄不通。年关到了，家家户户要置办年货，城隍庙市场便是最佳的选择。因为春节家庭所需的生活用品皆可在此一次性置办妥帖。于是，除了城里人，更多的是不计其数的乡下大伯、大妈、姑娘、媳妇们，逛逛合肥城，时髦一点的年轻人，看一场电影，搓着冻得通红的双手，安庆路上找家小馆子，价钱不多却够美美地饱餐一顿，然后不紧不慢到城隍庙挑选需要的年货。

几个时辰过去，鱼贯而出，满脸幸福与满足的红晕，肩上挑的、身上背的、手里提的，日历对联、花炮彩饰、笔墨纸砚、花布衣裳、床单被褥、干果菜蔬、糖酒糕点什么的，都带着浓浓的节庆情思，三轮车、脚踏车、摩托车，甚至拖拉机统统在这条路上你推我挤的。中华民族一年一度的传统春节，让安庆路张灯结彩喜气洋洋了许久，也让我们跟着莫名兴奋、忙碌了许久。

城隍庙思惠楼旁的古玩市场是古玩爱好者收藏与交流的雅爱之地。几百家铺面古色古香装帧典雅，极具文化品位，经营古旧陶瓷、名人字画、文房四宝、翡翠玉器、铜器、红木家具、旅游工艺品、邮币卡等，聪明的庐州城人依托徽文化的厚重历史底蕴，丰富的民间收藏，厚积薄发，使城隍庙古玩市场迅速发展成为带动全省，辐射全国的古玩集散地。

我曾为打发周末无聊的时光，常常在此闲逛，翻翻拓印的碑帖，买几本旧书，等攒够了一点碎银子，还将两幅我喜欢的画家的大作搬了回家。也是在这里，我迷恋上邮票，看见那些方寸之间蕴含的大千世界便爱不释手，此后就成了逛四牌楼邮政局的常客，凡新出邮票，宁愿舍弃华裳而捧得一帧四方联，或者抱得一本邮册归。不经意的小癖好，也给单调的生活增加诸多趣味。

淮河路与六安路交口，是市文联、画报社和《希望》杂志编辑部所在地，大约八十年代末的两个暑期，我在这里的函授文学院兼职，学院曾成全几对才子佳人的故事，在此暂卖个关子。编辑部有两位女同事，父母亲起了很有学问的名字，分别叫徐海砚、车泽湘，偏偏有自由投稿的作者误写成"徐海观""东泽湘"，函至，她们彼此就开心地大声读错了的名字，惹得大家嘿嘿一阵嬉笑，其乐融融。老《希望》后来因故停刊，有的编辑调离，有的在此继续服务，有的高升，还有的才气加勤奋后来在全国颇有名气，成为皖军文学队伍的旗帜人物。我那时迷恋西方现代派文学，在编辑的悉心指导下，竟然有些诗歌在省内外报刊发表，过屠兴嚼，如今回味，犹甘馨邈然。

自然还要说一说与幼儿园亦可算邻居的新安晚报社了。被誉为"安徽都市报第一品牌"的《新安晚报》创刊并落户安庆路是1993年。作为偶尔读点书码点字的文青，对该报的副刊自然情有独钟，尤其颇有影响的《人生百味》版。记得投稿是用工工整整的信笺撰写，再通过邮局传递。大多泥牛入海，某一天，熟悉的文字豁然在列，怀着喜悦和敬畏看一行行排列整齐的铅字。窃以为这便是自由投稿的乐趣，以为山重水复，陡见柳暗花明。函来信往，H和M编辑，十多年后方才谋面，而因其职业品质和人格魅力竟亦成了诤友。

霍邱路上有出入境管理局、省民政厅办公大楼、假肢厂，但是印象最深刻的却是路两旁的缝纫铺子，几乎全合肥最优秀的裁缝师傅全部集中在这里，足足半条街，旗袍、迷你裙、直筒裤，真正量身打造私人订制，合心合意的工艺无可挑剔，再到“纽扣大王”处挑几粒纽扣，画龙点睛，又美美地和姐妹们一起招摇过市。

某天，心血来潮，寻访四古巷，原来与幼儿园仅一墙之隔。冰激凌汽水忽然不再流行，啜饮着忽然风靡起来的珍珠奶茶，脑子里还在转着四古巷之名到底是古树说还是古墓说呢？不料一条大花狗从巷子深处猛然窜了过来，吓得落荒而逃……

（四）

记忆从来就是一条深长的古巷。

俐为了孩子的前程，十多年前去了遥远的德意志；春和我分别居于城市的两端，一年不及一见；“蚕豆大王”料想早作了古人罢？“张顺兴号”在激烈的市场竞争中遭残酷的淘汰；香草蛋糕被更多精致可口的西点所替代；缝纫一条街不知何年何月早作鸟兽散；省、市政府机关和学校大都迁往新区；《新安晚报》归于更大的安徽报业集团的麾下，迁往潜山路；城隍庙的徽光阁还犹有一点旧日鱼龙混杂的文化韵味，供一些比岁月更老的人在此盘桓、流连。

那所我谋生了三十年的园子还停驻在原地，只是拔地又重建，幼儿园的地面千篇一律的塑胶，草木和蚱蜢活在二十个世纪，城里的孩子不知季节已变换。“丢……丢……丢手绢……”这样的童谣一代代的孩子们还会唱下去。

曾经作为地标级建筑的城隍庙和璀璨耀眼的安庆路已不复往日的门庭若市，盛景不再，朴雅难现。但如今却更多了一份闲适，一份岁月停留后的沧桑。溪木咖啡或地下铁里小坐，克莱德曼的钢琴曲如一泓曼妙的泉水，灯光柔柔地，有点暧昧，要一杯卡布奇诺，靠窗依坐，却又油然生出一点漫兴随意，一点寂寞的欢喜。

是的，一个时代过去了，许多人的青春过去了。更多的人依然在此生活。宋代诗人舒邦佐有诗曰《小巷》：“萧条一径微，来往觉人稀。忽听邻家闹，欢寻稚子归。卷书真是懒，添火且相依。强起扶行处，斜阳正满扉。”

疏影清浅时，斜阳正满扉。或许，和徐国能一样，在遥远的时光里，我还是愿意，把这条街道放在心底，最尊贵的位置。

阅读梁小斌

再见梁小斌先生，是深秋一个晴好的周末，在马孔多工作室。因为有事耽搁，我比约定的时间稍晚了点到。进得欢喜斋，但见画案前的梁先生已埋首疾书渐入佳境，马孔多与田晓华、姚云诸君在侧，展纸、研墨、读诗。斋内静雅至极，书香墨韵缓缓萦绕。

因为一场突如其来的病痛，诗人几乎悉数丧失原本就孱弱的那点可怜的视力。观梁小斌赋书，竟觉与常人大异：脸庞与身体几近与桌面弓成九十度，握笔也低，大臂几乎不动，而腕部柔润灵动、开阖自如，似乎所有的力量皆攒向那只遒劲的手腕，一幅条屏转瞬间一气呵成，只署“梁小斌”仨字，无章也无款，完后，掷笔，后退，带着轻微的自鸣得意：“嗯，这个，拿得出手。”诗人亦如多年前，一副若孩童一样天真可爱的神情，让人忍俊不禁。再读那字，时如空谷稀音，时如枯藤曳地，端端地飘然纸上，七弯八扭，拙趣纵横。

始知梁小斌应该始于二十世纪八十年代初，那时我就读合肥刚成立的某师范学校，学校的图书馆是小而促狭的，图书种类与数量自然算不上丰厚，但这足以让我们这些渴望通过读书升学改变命运的乡下姑娘如饥饿的人扑在面包上一样。那是文学似乎能够救赎一切的年代，除了师范必修的文化课外，图书馆文学类的书籍就像一座璀璨的迷宫，让多愁善感的青春心灵有了释放之地。爱上现当代诗歌应是从徐志摩的《再别康桥》、戴望舒的《雨巷》中不知不觉开始的吧。

大约在 1985 年前后，偶然在新华书店觅得一本《朦胧诗选》，如获至宝，因为那时朦胧诗以其独特的艺术魅力很快给阴霾初散的中国诗坛注入一股强劲的时代的潮流，大有星星之火可以燎原之势头。这本诗选集里不仅收录了当时颇负盛名的诗人北岛、顾城、舒婷的诗，而且收录了梁小斌先生的二十多首诗歌，如果说北岛、顾城、舒婷们作为诗人的形象距离我们遥远，那同在庐州城生活的诗人梁小斌于我们简直就是咫尺之遥了，尽管当时梁小斌的身份还是制药厂的工人，可是拥挤在通向光明与辉煌未来的文学青年们谁个不熟悉诗人的《中国，我的钥匙丢了》《雪白的墙》《我热爱秋天的风光》等代表诗篇呢。

购得《朦胧诗选》不久后的某个周末，无事，依旧流连于书店。在一排齐刷刷的新书里，发现薄薄的一本不起眼的小册子，竟是梁小斌的诗歌单行本《少女军鼓队》，心下甚喜，毫不犹豫捧回家中，反复阅读。该诗集百首不到，公刘先生作了情真意切的长篇序言，由中国文联出版社发行。展读全集，诗人忧郁的特质、奔放的激情、深邃的诗句、撕裂的痛楚甚至病态的生活都让人欲罢不能。自此，工作之余，一边读书试着练笔，一边继续追寻和关注诗人的创作踪迹。

二十世纪八十年代文学创作式样、思潮、流派均层出不穷,一部分学者文人深受西方现代文化的影响,外国作家和诗人的作品亦纷纷被翻译进入中国图书市场,记得后来陆续购得《意象派诗选》《美国自白派诗选》《阿赫玛托娃诗选》《泰戈尔诗选》《在大海边》《孤独的玫瑰》等外国著名诗人的诗选集,但梁小斌先生的《少女军鼓队》却是我最早拥有并完整阅读的诗作者个人的一册诗歌单行本。如果非要挖掘它的非同寻常之处,就是:诗人与我生活在同一座城市。如今,这册素朴的小书仍然和众多有名和无名的作家的书一起,接受时间和真理的检阅。

工作、读书、学习、写诗是那个时代很多文学青年的真实生活写照,笔者也概莫能外。在刚出版的散文随笔集《缓慢的雪》的自序里,我曾说过本世纪初,我的第一本诗集《囚禁的风》便是请梁小斌先生作的序言。

大约是2001年秋天,某次诗会与梁小斌先生不期而遇。我正欲将几年间写下的一些分行字句结集,名为《囚禁的风》,闲聊间,竟脱口请梁小斌写个序言,没有料到慨然应允。不久后的某天傍晚,诗人将写好的序言竟亲自送到我工作的园子里来了,梁小斌先生架着深度近视眼镜,说找了几个小时才找到的,言语里颇有孩子似的委屈,令我感动又赧然。那序言的题目是《伊甸园里的回眸,生命在这里歌唱》。诗人这样写道:"我又一次站在吴玲老师的幼儿园的门楣下,笑容可掬的吴玲老师在孩子们中间,就像白雪公主和她的小矮人。这时,天边飘来几朵乌云,一旋疾风掠过,围墙外面的尘埃扑向孩子们的乐园。欢笑嬉闹倏然逃遁，孩子们纷纷涌向她的身畔，她尽可能地伸长自己的手臂，俯下身躯，护卫着惊恐的队伍，像一朵蘑菇云，缓缓飘向室内。伊甸园里的守护神对喧嚣大千的回望。……依然是爱，一份让蒺藜扎伤心房的别样的爱。”

间或加入文朋诗友们的聚会，偶有遇见或者专门邀请梁小斌先生的，不止一次得到他签名的《独自成俑》《地主研究》《梁小斌如是说》等随笔专著，亦逐渐近距离感知平素生活状态下的梁小斌先生：拥有一颗睿智的大脑，却如孩童般天真；拥有哲人般的智慧，却又幻灭和怀疑；拥有“城堡里的幽默”，又如此安静与孤独……渐渐地，人们发现，诗人往“碗里夹几种菜的幸福”没了，他悄然隐藏在喧闹的世间，仿佛进入一种禅定的状态，只埋头沉思和写作，《地主研究》等随笔里大量运用借代、隐喻和象征等修辞手法，其独特的视角，对人性、对生活、对艺术精辟的论述，都像是远古飘来的神话和寓言，给人以洞察与警醒，而后啧味其中。活在自己精神世界里的诗人与歌者，似乎周围的一切都与他没有关联，他就是这样沉默地只身践行一种常人遥不可及的高贵的文学理想，哪怕贫穷，哪怕疾病，哪怕就此沉没，他像一位拄着拐杖的智者，茕茕前行，甚至连顾影自怜的机会都不给自己。

聆听梁小斌先生的谈话，那确是一件非常有趣而又开心的事情。“他是一位天生的演说家，他语调沉缓，节奏独特，出语谨慎，有时甚至带有一些羞怯。他使说话回到了它纯净的源头，像个魔法师般地向你展示出言说这一古老艺术的无穷魅力。”的确，一度又一度，诗人靠打工，作杂志编辑，做公司策划挣得微薄的生活费以潦草度日，但上天赋予他深刻的思想、智慧的头脑，在人群中，他显得如此瘦弱单薄却又如此卓尔不群，原因就在我们常人熟视无睹的世界里，他用自己的声音，发出了洞察世界的，无与伦比的真知灼见。

2005年，梁小斌先生被评为年度推荐诗人，推荐者认为：梁小斌诗歌中蕴涵的深情和智慧，是汉语写作历程一个多棱面的见证，难能可贵的是，这样像冰块一样生活着的诗人，通过自己卧薪尝胆的努力，恢复或者说绵延着一种纯粹、高贵的文学理想，以透明消解阴晦，以深沉埋葬浅薄，以少战胜多。真实概括出诗人生命中最可贵的精神品质。

但是获奖并不意味着能够实现诗人坚守的崇高的文学理想。或者因为生活的窘迫，或者在这个城市已曲高和寡，或者奔赴远方，欲重寻一条寂寞的思想者之路，都未可知，但陆续知晓梁小斌先生在读书写作之余，开始涉猎书法，并苦心演练，接着又悉知诗人去了遥远的北京。

直至2013年初冬的一个晚上，梁小斌先生的好友，诗人简宁在微博上发了一条大意为"梁小斌先生因脑梗在京紧急入院，因无医保，巨额的医药费让诗人面临救治的窘境"的消息在网络上迅速流传开来，在诗人成长的故乡，安徽合肥以及全国各地的诗人，纷纷自发奔走呼吁进行募捐，抢救病中的诗人，作为他的合肥老乡，作为其诗歌的拥趸者，我们能为梁小斌先生尽一点绵薄之力并获知他身体逐渐康复而心里得到些许的安慰。

再见梁小斌先生，已是多年后的这个秋日，岁月流转，而诗人情怀依旧。我们已习惯称呼梁小斌先生为诗人，其实称其为思想者或者更为合适。正像叶匡政先生在《独自成俑》的访谈录里所说的那样:“十多年来,梁小斌先生从未中断写作与思想,这是一条真正的寂寞的思想者之路,像一位孤独的异乡王子……湮没于市井之中,写作与沉思,像一块普通的石头隐藏在喧闹的海潮与泡沫之下。有一天,当人们愿意想起他时,我们相信,他会带着卓越的光芒从深海中升起……”对于梁小斌先生来说,写作与思想,是“做自己所爱之事。了解自己的骨头;啃骨头,埋掉,挖出来,还要啃。”

那天在马孔多工作室,田晓华先生说,这是梁小斌最近创作达到的“极少有的饱满的状态”。的确梁小斌那日不但状态极佳,而且心情大好,朋友们凡求必应,只让人读出来,略一思索,便凤舞龙飞起来,一幅作品,转瞬完毕,行书速度之快让人瞠目结舌。“清川澹如此,我心素以闲”“云霞生异彩,山水有清音”“刀下留诗,扼住纯芳”“何须魏帝一丸药,且尽卢仝七碗茶”“人闲桂花落,夜静春山空”等数幅作品一气呵成,夹杂点跛扈和逸宕,端然有味。最后应姚云女士之请,为其题写书名《坐等夕阳披挂下来》。

“我置一纸于枕下,失眠时,于黑暗中书写。”梭罗这话与梁小斌先生当下的状况颇有些异曲同工之处。即使在黑暗中书写,我们坚信诗人仍然有一颗纯真清明的仁爱之心,而承载这颗心的思考的大脑,仍然会让世人敬仰。

祝福当年的诗歌英雄。

华枝春满　天心月圆

蔷薇花开，是最美的人间四月天。女友春君，因为久远年代画事上的某些细节，欲当面请益陶老，约好云君，三人同去陶天月先生“冷香居”工作室。

太宁花园紫兰苑，一间不大的画室内，两组书柜加上一张画台，一摞摞垒叠整齐的书画典籍，余下的空间就非常有限了。几张椅子围坐，画室顿时显得局促。知晓老人惯常对小辈亲切和蔼，又不是初次拜会，所以我们并不拘谨。

南面墙是整体落地窗，窗外一帘幽色，几尊峻石。其余三壁悬挂几帧书画和几张放大的照片，其中书柜旁醒目的《水仙》，即创作于二十世纪末，曾获全国版画展金奖，使得陶先生名声大噪的作品。画面上水仙一改众家清雅脱俗之常态，而是扎根沃土，茎叶繁茂，花朵盛放。案几的后墙，是庚申年湖南书协主席陈天然先生题赠的一幅立轴，如痴如醉的笔墨，恣肆遒劲，浑然一体。照片则是陶老早些年出访西欧诸国时拍摄的，儒雅风流，尽显其中。

这间画室我并不陌生，曾冒昧请求陶先生为我的幼儿园题过园名，也曾和慕先生大名的友人几次三番前来寻字求画。

陶天月先生，身边的朋友不论官位大小、地位尊卑，似乎一律都尊称他为“陶老”，我们亦然。八十五岁的老人了，这天身着深紫红衬衣，咖色细格西装和领带，头发梳得亦是一丝不乱。问候过，春君开门见山，问陶老曾捐献给省博的一幅黄宾虹的山水画作的相关情况，老人印象深刻，思维清晰，略加思索后一一肯定作答。

回忆之门一旦打开，往事便如滔滔洪水过闸。陶先生出生于安徽长丰陶楼镇家境殷实的一个书香之家，父亲开中药铺，不仅写得一手好字，还以乐善好施八方闻名。陶先生六岁即跟随饱读诗书的祖父在镇上念私塾，因为自幼聪颖活泼，记忆力又强，深得祖父疼爱。陶老说，那时读《百家姓》、《千家诗》、“四书”、“五经”、《古文观止》等，“每天摇头晃脑学背书，背不出就罚站，用戒尺打手心。因为祖父要求严格，所以学习用功，从不敢偷懒，那些课文至今记得”。说到动情处，《陈情表》不知不觉脱口而出，几乎一字不差，记忆力之好，让我们惊诧。

“您什么时候开始学画的?”看陶老兴致高，云君立即紧跟着追问。“我的绘画启蒙老师是我的堂兄陶余九，那时我十岁。”陶先生满怀深情地回忆：堂兄年龄与他父亲相差无几，是一位乡村绅士，琴棋书画兼备，对其传道授业，精心施教。长此以往，不仅使得陶先生自幼便拥有较深的童子功力，也培养了先生对书画艺术的终生兴趣。

书香门第，爱好书画诗文，又有祖父的私塾功夫垫底，陶先生15岁便以优异成绩考进当时的合肥国立第一中学（现合肥市第一中学的前身），还因为能写善画被推选为学校壁报总编。“那时我画画像是着了迷，白天画，晚上画，夜里画，下课还在黑板上画。画猫、画狗、画同学，有次竟把老师的画像大大地画在黑板上，忘记擦去，上课时就乖乖站着，等着老师责罚，孰料老师看到画像与自己如此相像，不但没有批评，反而鼓励我说‘画得好’。”说到这里，陶先生像个孩童朗朗大笑起来。但是，激进的思想和聪明的大脑也给他惹来了祸端，高二时因带领学生闹学潮，被学校劝退。陶先生是在古城寿州完成高中学业的。

陶老给我们讲了一个耐人寻味的小故事：新中国成立前夕，刚在华东大学江淮学院读了几个月大学的陶先生作为国家需要的人才被分配工作。那时，合肥的城墙上有许许多多各式各样的国民党标语，领导要求他三日内必须把合肥城墙上的标语刷新重写，他就独自一人站在连接两架梯子的高度上日夜奋战，直到把该标语变成组织上要求的鼓舞士气的抗战语录，受到夸赞，初出茅庐的他也终于舒了一口气。从此，青年陶天月能写会画的名声不胫而走。

陶先生还是一位诗人。说话之间，陶老从书柜里取出一个牛皮纸袋：几本保存完好的1955年的《安徽文艺》杂志，封面即是陶先生的版画作品：一叠发表过的连环画复印件，一本黑色封皮的笔记本。老人将笔记本打开，里面工工整整撰录着的竟是他在五十年代初期创作的许多现代诗歌！有钢笔写的，也有毛笔写的，诗文的右下方，清晰完整的注明年、月、日。拿着放大镜，翻到其中的一首，陶先生声情并茂地朗诵起来，仿佛那如火如荼的青春岁月又展现在眼前。

画案旁，一帧照片颇引人注目。那是旅美著名作家陈香梅女士，正从陶先生的手中，接受赠送的水墨画《红梅报春图》。画中的红梅构图深稳，笔墨饱满，色泽明丽，气韵生动。照片上的陶先生俊采依旧，陈女士笑容婉转。摄影师拍下了这个珍贵的瞬间。

陶先生是新中国成立后的第一批美术专职创作人员，一辈子为人们大众而创作，先后在连环画、版画、国画、书法等领域成绩显著，深受江淮人们的推崇和爱戴。陶先生年轻时顺应时代的要求创作连环画，印成小人书后走进千家万户，流传甚广。五六十年代，师从版画艺术大师赖少其，学习版画，两人共事二十多年，共同搜集创作素材，足迹遍布大江南北，创作出一大批具有划时代意义的、在全国深有影响的版画作品，如彩色木刻《旭日东升》《百万雄师过大江》《治淮工地》等被广为传颂，有的还被人民大会堂以及国家美术馆所收藏。客厅通往二楼的过道上，悬挂的正是一幅两米多高的大型套色版画《黄山》，画面恢弘壮阔，气势雄伟，还有书房内的《江南春早》《沸腾的生活》等，这些版画作品早已成为艺术珍品。

陶先生八十年代初转向国画和书法，对于国画创作，陶先生坦言也下了许多功夫。他初临《芥子园画谱》，后临“四僧”“四王”，学习今人，师法古人，师古而不泥古。陶先生凡花卉、山水、人物，几乎无所不含，可谓“笼天地于形内，挫万物于笔端”，并且均有较高的艺术造诣。他的国画花卉有灵性，山水有知音，人物有魂魄。陶先生说：“画家要有诗人的眼睛和感情，才能捕捉生活中最美的东西。”无怪乎陶先生的作品如此深受人们喜爱。

“除了少年拜堂哥为师，我是自学成才派”，陶先生笑着调侃自己的绘事生涯。“一笔里要有一波三折”，关于书法，陶先生如是说，自己多年如一日，临颜柳和历代名帖，待有了不错的功底后再临“书圣”和“神笔”王铎。陶先生尤爱王羲之被后世誉为“飘若浮云，矫如惊龙”的《兰亭序》，心摹手追不计其数。经年的日积月累、广采众长，加上自己的谦和洒脱个性禀赋，终于形成如今的既温柔敦厚、典雅端丽，又灵动秀逸、沉雄豪迈的“陶式风格”。

多年前，参加安徽省诗词学会的几次笔会活动，因缘际会得结识陶先生。记得去六安响洪甸采风，晚宴毕，照例是诗书画联谊，此亦为众人最为热切关注的内容。诗歌朗诵结束，我们回到书画现场，但见陶老身边，总是围聚众多仰慕者，为一睹陶先生风采，有的索性站到椅子上。几个时辰过去，天上星汉灿烂，四周万籁俱寂，其他书画家收拾画具，已陆续回宾馆房间，却独有陶先生一人身边仍拥着一群久久不愿离去的青年朋友。七十多几的老人，直到最后一个求墨宝者，满心喜悦捧着得意的宝贝，陶先生才被簇拥着，蹒跚离去。

这样的场景，我见诸多次。桐城嬉子湖采风，陶先生不仅一鼓作气绘山水长卷，还为索字者题写了数幅楹联、匾额，扇面，真的是“有求必应”。陶先生喜爱小孩子，曾抱恙来我们的校园为孩子们写字绘画。他勉励孩子们“好好学习，天天向上”，希望同学们珍惜美好的读书时光，“劝君莫惜金缕衣，劝君惜取少年时”。陶先生还为孩子们画墨竹，雾霭清秋，林语潇潇，几只振翅的麻雀，孩子们喜爱极了。这些字画一直在园子里的书画长廊里挂着，吸引家长和来宾的瞩目凝思。陶先生走进大、中、小学，为孩子们创作过多少幅书画呢？恐怕连他自己都记不清楚了。

陶先生是有大慈爱的人。但凡有人登门求字，不仅几无拒绝，他还唯恐自己记不真切，每每用笔记本记录所书内容，几乎已成公开的秘密。他的字码也从不标润格，先生的惯常口语是“你看着给就行了”。遇到家贫又极爱先生书艺的，陶老连象征性的润笔费也坚决不肯收。

每年三月，陶先生的故乡陶楼，草长莺飞，桃花万顷，踏春之人鱼贯。他家乡的政府邀请陶先生回乡。那一年春天，在陶楼中学，当他看到孩子们还在破旧的校舍寒窗苦读时，他的眼睛湿润了。这件事久久印在陶先生的心坎上，他辗转反侧，精心创作了数幅字画，价值六十多万元，为孩子们建造了一座崭新的教学楼，被师生命名为“天月楼”。这让我们看到一个艺术家的悲悯情怀。

陶先生的声誉早已家喻户晓。如今，走在合肥城的大街小巷，稍加留意便会发现，许多学校、饭店、宾馆、书店之招牌字是陶先生题写的。他看淡世事，不图名利，热心社会公益，为艺术的大众化、民族化而默默做着自己力所能及的事情。在陶先生这里，你体会不到什么叫“一字难求”。“书画必须走进民间，才有恒久的生命力。”陶先生如是说。他是百姓心中敬重的艺术家

“陶老要出画册、办画展了？”当我们看到画案上一本《陶天月书画集》清样时，忍不住异口同声地问。陶老说，他的画展时间初步定在今年秋天，这是太多朋友、同事、家人多年的心愿。“办一次画展，出一本画集，是对自己一生从事艺术工作的一个总结。”陶先生说，出画册和办画展的经费全部由他自费，不花政府一

分钱。

如今85岁高龄的耄耋老人，终于愿意将自己毕生的心血做一次回顾展望，人们可以流连于陶先生的艺术世界里，安静地一窥堂奥之妙，怎不让敬重陶先生人格品德的人们欣慰呢？兰德有著名诗句："我和谁都不争/和谁争我都不屑/我热爱大自然，其次是艺术/我双手烤着生命之火，取暖。"这诗，对于陶先生，或许是适合的。

不知不觉，暮色渐起。陶老坚持送我们出门。院子里鸟语花香，静谧宜人。陶老指着园子里高大挺拔的桂花树、水杉、含笑等，告诉我们这些花树都是他刚搬迁进来的时候亲自栽种的呢，如今已高达数十米了。"树大根已老，叶茂人亦衰。春花依旧开，遥等故人来。"老人望着夕阳下的阴翳，戏谑地对我们吟诵。

这一瞬间，我想陶先生是否想起了自己顽皮的童年，风华正茂的中年，以及人生美好过往的点点滴滴？但是，岁月匆匆终究不会停留，那些无法忘却的将永远根植于人们的记忆。

唯愿陶天月先生艺术之树常青。

堂　　哥

山里早春，朔风料峭，抵达甘棠镇，微雨中竟夹杂窸窣作响的雪子，在车窗的堂风玻璃上跃动。得知吾等一行已入住轩辕旅店，明峰堂哥和堂嫂撑着油伞，在我们去往湾山小区的道口，已迎候多时。

堂哥与共和国同龄，是我族中大爷的长子，若论年齿，约略长我十五有余。在我刚记事的时候，堂哥便离开生养他的故乡，落户皖南太平，成为一名辛勤的"园丁"，且终生服务于大山深处的孩子们。堂哥进山那年，是二十世纪七十年代初，他二十岁刚出头。那时没有通讯设备，交通蔽塞超乎想象，从山里的小学校回一趟我们的村庄，先要徒步翻越数十里山路，搭顺风三轮到县城，再辗转乘坐黄山开往合肥的长途班车，最后还得再换几趟公交方能如愿抵家。所以堂哥一年也难得回故乡一趟。每逢年节，我婶婶因思念远方的儿子，常常暗自垂泪。

堂哥幼年家境颇殷实，因先祖开了间作坊店，颇积了些基业，比起薄祚寒门的乡邻，家里尚有余力送堂哥去私立学堂读书识字。这也算我大爷对子女的远望。堂哥自幼敏而好学，过目能诵，尤其一手好字深得塾师夸赞，十四岁时，果然在全市860多名考生中拔得头筹，以总分第一的成绩被当时的合肥一中录取。因为成绩优异，堂哥很快成为学校里赫赫有名的“尖子生”，除了担任学生会干部，还成了校长的得力助手，人称“二校长”。

我与堂哥暌违已久。记忆中的一九八零年暑假，堂哥领着新娶的嫂嫂回了趟故乡，因为那年我中考成绩尚好，放榜填志愿时曾在我婶婶家征询过堂哥的建议；再就是八九年前我大爷寿终正寝，堂哥赴老家守孝，我亦从城里回故乡祭奠，与堂哥匆匆一晤。彼时的堂哥已双鬓斑白，但青年时的俊眉秀目依约可见。

堂哥说那年春天，他背着一只帆布书包，提着一网兜简单的生活用品，在姑表兄弟引荐下，来到他教书生涯的第一所学校——皖南太平清溪乡何家小学。所谓的学校，只是几间破败的教室，趔趄在一座小山坡上，全校一到五年级，共22名学生，全校只有他一个老师，各年级的语文、算术、体育、图画等课程皆是他一人兼授，是名副其实的“一个人的学校”。课桌椅坏了，自己修；墙壁油漆脱落了，自己刷；咳嗽感冒了，去山里采草药自己治；冷清寂寥时，就数天上的星星或者对着远方的山谷说话……

同是教书育人，第一次听堂哥说起前尘往事，不免感慨又讶异，竟想一睹究竟，堂哥连连摆手：“老旧，学校拆并，不得再见了。”谈及那时的生活状况，堂哥尤念兹在兹，用碳炉蒸一碗米饭，所有的菜蔬都是学生轮流从家里捧了来。山民淳朴，鱼掐头去尾，捡最好的一段带，即使学生家中清寒，也会一次揣四只鸡蛋，家境略好的，上学时父母会在学生书包里装上二十只鸡蛋。山里荤菜稀罕，周末闲暇，堂哥就去山崖上采石耳抓“石伢子”（石蛙），“石伢子”每只有八九两重，一条山沟可以捉一蛇皮口袋，自己吃，也分发学生一起打牙祭。在“一个人的学校”，堂哥硬是一直坚守将学生全部送进中学。

几近四十年的传道、授业、解惑，堂哥“坚于信而笃于行”，治教踏实谨严，为人正直明朗，几将三口镇的九所学校轮了大半。某年，巷里小学五年级算术课无人接招，因为市里统考这个班的总分排全镇倒数，任课老师羞答答借故撂了挑子，也不见谁有勇气接手这样的一个“烫手山芋”。堂哥见状，二话不说，从校长手里领受了“军令状”。那一年，堂哥和学生摸爬滚打在一起，既是老师又是家长还是学生们的兄长，按堂哥的话说，是将“连哄带骗”的办法都用上了。一年后，毕业会考揭榜，这个班的数学成绩一跃排全镇第一，且超出平均分 19.2 分。学校一时哗然，这样的成绩，简直是不可思议。

又某年一个关键的时刻，班上转来一个特别的女孩，瘦小、怯懦、少语寡言，算术测试只得了二十几分，配班教师面露窘色，恐其要拽班级“后腿”。堂哥一股不服输的蛮劲上来，哪里肯依？析疑、帮带、补缺、克难、鼓励，三百六十日过去，全区 2800 多名毕业考生中，该生跃居第 27 名，女孩喜极而泣，脸上绽放出如花的笑靥。

古语云“三十而立”。三十岁的堂哥工作上不俗的业绩令同行瞩目，与此同时也赢得了佳人归。这年，堂哥迎娶徽州姑娘余美琴。堂嫂亦多才多艺，在邻校执教，与堂哥可谓珠联璧合、伉俪情深。但是生活的美好亦总伴随突如其来的遗憾。

彼时，堂哥业已执教清溪初级中学，并担任初三年级班主任，更令堂哥欣喜的是，盼子心切的妻亦即将临盆。但是预产期到了，孩子却迟迟不肯出娘胎，堂哥只是让堂嫂自己多加小心，而他则和学生们一起争分夺秒备战中考。这是他带的第一届毕业班，除了班主任的身份，他还兼语文、政治、生物、历史、美术科任老师，必须全力以赴。私心里的他，是多么期望以学生的优异成绩来迎接新生命的诞生。七月十四日的最后一场考试，直到把学生们全部送进考场，堂哥才心如火焚他赶至家中，将待产的妻子送往黄山市医院，此时孩子已超出预产期整整四十天。医生当即实施剖腹手术，四千多克重的男婴终因于母腹里严重缺氧，出生不久即呈现诸多发育异常的状况。直至如今，他们唯一的儿子，生活起居仍需堂哥、堂嫂如婴孩一样照料。

或许堂哥天生就是块做教师的料，尤其还是转化“后进生”的高手。堂嫂直言，若遇到统考，全镇的语文、数学前三名基本是堂哥的班级包揽。

九十年代初，堂哥被提拔为学校的行政负责人，带毕业班是他的“嗜好”，此外还兼任四个班的美术课。面对逼仄又老旧的校舍，履行校长职责的堂哥又开始谋划学校的发展大计，授课之余，带着孩子四处化缘，当筹得 1.3 万元办学经费时，便不假犹豫带领全校师生兴建校舍，地基带头夯，墙壁众人垒，眼看着檐角飞翘、黛瓦粉垣的楼房一天天长高，在师生们巨大的欢呼声中，新楼落成。我于返程时特地绕道，遥看那栋被云霭萦绕的，如今已布满青苔与岁月痕迹的教学楼。那一瞬，我恍惚明白堂哥的感叹：回首往昔,倒像是人生很美的一段梦幻。

在清溪初级中学,堂哥一待就是十九年。之后又调往三口中学,继续任职十多年。其间堂哥亦有机会回到省城,但均被婉拒。安徽地图上,太平不过弹丸之地,但周遭一方好山水,以及其博大精深的徽州人文,倾倒无数挚爱和迷恋它的人们,堂哥只是其一吧。在堂哥的执教生涯中,从大山深处走向四面八方的不计其数,当下中国人民大学校长助理黎玖高便是莘莘学子的代表,亦有人从医、从政、从教、从军,成了各行各业的骨干。我想,大凡为人师者,最大的欣慰莫过于曾经的学生成了社会的栋梁。

时下堂哥离职已近十年,退休后的他一刻也没有闲着,重拾画笔,再度拜师习字绘画。徽州文化深邃宏博,新安画派青史留名,堂哥和嫂子牵着儿子的手,一起寻梦新安源头,师法自然,寄情笔墨。幼年的童子功加上堂哥的执着个性,使他的水墨作品氤氲着一股苍劲雄浑之气,而牡丹花卉则不拘章法意趣天成。读书、研墨、临帖、漫游,堂哥让这一切来清洁自己的精神生活。

我试探,堂哥可否会重回故乡,抑或再置业,也好与兄弟姊妹长叙阔别。堂哥吸了口烟,悠悠吐出,道:“故土消逝,早已无可寻觅。我在太平已近五十年,父母在世时未能前去侍奉汤药,而今都早已归西,亦不拘在哪里祭拜了。弟妹们自幼便是聚少离多,他们安好,便无挂碍。”半晌,又道,和嫂子已将百年之后的墓地择好,那里,山水怡然,春暖花开。我默然,故乡是浸润在骨子里的血,而太平,将是他永远的家。

辞别堂哥、堂嫂,忽地想起一位媒体人曾以“一个人的学校”为蓝本拍摄了一部纪录片并捧得大奖。欲求证,话到嘴边,又咽下。对于堂哥来说,生命中最繁华的乐章已经翻阅过去,酸甜苦辣都成了生命中一笔最宝贵的财富,有的细节,不去打捞,也好。

堂哥姓朱,己丑年生人,属牛。父母按照辈分取名先林。问及易名一事,堂哥答因崇拜明代讨饭皇帝朱元璋,遂改名明峰。

人生若只如初见（一）

丙申年正月初八晚，我在同庆楼为从北京回乡省亲的同学饯行，因为他的返程车票即是初九日。那段时间，我的健康状况尤糟，仍极力故作无恙。席间，时任班主任老师和他当年的学生们借着粼粼酒意畅叙别情，感慨生之何易年华似水穿流，继而对中学毕业三十五周年即将筹办的同学会各抒己见、献计献策。那几日，一场偌大的暴风雪夹着寒潮汹涌而来，残雪未消，缓行在夜月高悬的天空下，只觉得上齿磕碰下齿，浑身疲乏无力，噤若寒蝉。

夜半，抱着热枕，方辗转睡去。不知几时，只听得卧室门“砰”的一声脆响，接着是博文惊慌中掩饰不住的喜悦之声撞进耳扉：“妈，妈，343 分！”末了，还加了一句呓语般的补白：“打开分数条的刹那，我的手都在发抖哦！”我分明听得清清楚楚。

这是博文的考研成绩，去年 12 月 25、26 日，博文加入浩浩荡荡的一年一度的考研大军，在陈宇飞先生的分析与建议下，报考了合肥工业大学美术学专业。其时博文大约已在网上做了点功课，告知我们成绩一般在次年三月上中旬公布。

还有八九十个昼夜，无须赘想，谁能预料得到结果呢？且让这似水流逝的日子该干吗干吗。是夜，窗外渐悄，新月如钩，却反侧无寐。

二十二年前的一个冬阳暖日，孕育了十个月的小生命即将瓜熟蒂落，我期待、兴奋、恐慌。记得初到医院孕检，却发现“O”型血的我与他血型不合，我们的孩子出生时将会导致“RH 型溶血症”！据医生解述，此病主要表现为新生儿贫血和黄疸，严重时可影响其他脏器的功能。由于红细胞破坏所产生的胆红素对大脑神经系统亲和力较强，或可致使脑神经细胞受损，影响神经系统发育。毫无怀孕与疾病常识的我于是诚恐诚惶，在医生的指导下服用药物，不知何故，此种药物常引发腹痛与腹泻。这，也让我在生产过程中遭遇前所未有的痛苦。

整个孕期，从未请过一天假。才荣任单位“一把手”不久的校园百废待兴，几百号孩子和教职工，老园长退休，副职调离，还有正在改造的教学楼……多少事情亟待料理，所以亦不容我请假。直至子宫羊水已破，手忙脚乱抵达医院，已经傍晚，司空见惯的医生草草处置后，便独自待在冰冷的候产房里，等待分娩。起初腹痛间隔时间稍长，夜半，腹部频繁地掀起一阵阵撕心裂肺的阵痛。汗水湿透了衣衫，头发像从水中捞起的一般。整整一夜，没有护士问询，没有医生前来，因医院规定家属不得进入待产室陪伴，粗枝大叶的他早已回到温暖的“鸟巢”。孤独、恐惧、无奈，简直感觉被抛置在没有人烟的荒岛，那晚陪伴我的只是一盏孤零零的白炽灯，蛇一样丝丝吐露令人悚然的声音。

黎明，伴着一次次腹泻，阵痛加剧，一夜的翻江倒海，加上昨日因腹痛吃不下任何食物，此时连翻身的力气都没有了，更让人难堪的是一次次腹泻，哪里能爬得起来上公用卫生间？后来这细节多次出现在脑海里，疼痛让我几近疯狂，或者连想死的心都有，因为清醒时发现床头皆是自己在毫无知觉中揪下的一绺绺长发。

分分秒秒的期盼与煎熬中，终于盼来了值班的护士。这时，即将降生的孩子已经有些迫不及待地想来到人世。看到床上的污渍，即将出生的婴儿，护士"呀……"的一声惊叫，倏然离去。半晌，急匆匆来了一位大夫。才清晨六点多，白班医生还未到岗，听她们交谈，得知她是临时帮我接生的。

接着是一阵手术器皿的叮当碰撞之声，医生指挥助产士的口令绵绵的若飘在云中，而我竟仿佛正踏在生与死的边缘，只听到医生急促的呼叫："使劲！使劲！"可是，浑身哪里还有丝毫气力？

我被弃置于无垠的大海上了，一叶小舟载着我，摇啊摇啊，我看见了遥远的海平面那端，海水突然变得异常黑黝，黝黑的中心点托着一缕猩红，似蓓蕾初绽，缓缓上升，接着海水耸起万顷碧波，一轮红日旋即一跃喷薄而出，万道霞光瞬间照亮了宇宙万物，混沌的天际刹那变得澄明……这无限漫长的时光呵。

十一月二十九日早晨七时许，在昏昏沉沉的梦境中，猛然觉得沉重的身体，平时圆圆鼓胀的腹内，像只大气囊，"噗嗤"地爆炸了一声，一下子竟是空荡荡的了。只听得"呜哇……"随着一声嘹亮的啼哭，一个全新的小生命诞生了！护士将婴儿托在手心，对我说："是个男孩，2900 克。"接着对着门外喊，"十九床，家属在吗？"无人应答。他还没到医院。我愿意想象他正挥汗如雨，向着妻儿所在的地方狂奔。

我转过脸,看着这个小小的婴儿,顿时泪流满面,突然觉得十月怀胎,此前经历的所有的苦痛,都值得了。

饿,怎么觉得这么饿啊,饿得天旋地转,两眼发花,是前所未有的饥饿啊。我就是这么一直处于饥饿状态中吗?我有多少天没有吃过东西了吗?我的记忆突然变得一片空白。什么也想不起来了。

一周后,医院开具的出院证明清晰地写着:母子平安,允许出院。医院送给孩子一本相册,上面印着小孩可爱的足印、一只镀金属相纪念牌;最关键的是,我们抱回了正常、健康、天使一样的小宝贝。他让一个家庭完美,他让一个女人一生不留遗憾。

其时我并不知,因为早晨交接班之际,因为匆忙和仓促,因为临时的加班医生对我的分娩状况不甚清楚,或者因为医术还没有过硬,抑或粗心,抑或别的,总之,因为胎盘没有剥离干净,回家几日后子宫大量出血,我不得不再次入院手术,而婴儿在家只能吸食牛乳。他给儿子取名"博文"。《论语·雍也》里有言:"君子博学于文,约之以礼。"

待我再次从生产的医院返家,一个"月子"满了。尽管之前输了400cc鲜血,体质依旧虚弱,甚至连起坐都不易。博文却顺风长,从出生时的2900克的体重,很快增加至6000多克。"胃口好,不挑食。"为人父的他眉开眼笑。我如释重负。

婴幼儿期的博文即使没有充足的母乳,但是因为"胃口好,不挑食",却比同龄的孩子都壮实、健美。印象深刻的是,博文因支气管炎和腹泻多次住院治疗,常常弄得我们焦头烂额、心急如焚。

某次我们半夜带着咳嗽、发着高烧的他去看急诊，那天恰巧长江西路上这家儿童医院分院开业庆典，打完点滴，夜已三更，漆黑的天空突然大雨倾盆，善解人意的老院长竟让医院接送他下班的车送我们回家。多年过去，这一幕感念仍深记在心。

我曾于微信选发过一组博文幼年时的照片。与同伴做游戏的、独自做着鬼脸的、专注与鸡崽玩耍的、我抱他他亦环扣我脖子的……博文三七分的卷发，方面大耳，唇红齿白，可爱至极。那时的我，而立刚过，一十八寸的细腰，肌肤紧致，眼神清亮，微友说端庄俏丽，我答："照片比本人漂亮。"

博文在我供职的单位接受学前教育，上下班带着这个小尾巴就变得天经地义起来。大班毕业入小学的那个暑假，在叶家和先生的画展上，偶遇书法家谢道佑，叶先生知晓我欲让小孩学点书艺，便力荐让博文拜谢道佑为师。谢老师八十年代河南大学书法系毕业，正宗的学院派书法家，功力深厚，却低调内敛。笔者撰此文时，谢老师早已成为安徽省书法家协会副主席——此是后话。博文师从谢道佑先生，言传身教，传道授业，书法学习至少九年，直至应试教育下的中高考来临，方逐渐疏离笔墨纸砚。

人生若只如初见（二）

合肥市长江路第二小学，与我所在的幼儿园几乎毗邻，当时教育系统对校园长有个不成文的内部照顾政策，孩子可以选择庐阳区内的任何名校，尽管我和儿爸皆从事教育工作，但我们因为各自忙碌，无暇全力照顾孩子，只得放弃择校，博文顺理成章就读该校。我的同事俐，她的孩子比博文早出生两周，却给儿子选择了百年名校——合肥市南门小学。

小学阶段细算起来应该是儿子整个读书期间最幸福快乐的时光。我们基本采取“放羊式”管理，没有给他任何学习压力，也从不要求他考试必须保持班级前几名，他不喜欢做的事情我们也从不强迫他去做。博文特别重视友情，他现在交往密切的朋友，不少都是他的小学、中学同窗，国内外均有，成绩优秀，出类拔萃，有的堪称专业内的“学霸”。

小学毕业博文直升长江路第二小学的对口学校，合肥市第四十六中学（2010 年前后四十六中搬迁至滨湖，归包河区教育局管辖）。转眼寒窗苦读又三年过去，我在诗集《紫陌红尘》后记中曾这样写道："《印象·古典》里的文字得益于儿子。读初中的儿子按照考纲要求，必得熟读或背诵美文多少篇、古诗词多少首，而假期则是他完成任务温故学习的最佳时机。'苦心人，天不负，卧薪尝胆，三千越甲可吞吴；有志者，事竟成，百二秦关终属楚'，儿子将此副对联用宣纸工工整整地写出，贴在他的书桌前，以此勉励自己的斗志。……或者说我是在儿子的朗朗诵读声中'听'唐人诗意或'释'唐人诗意。"

然，中考成绩揭晓，博文总成绩是 650 分。这大大出乎他和我们的意料，因为开场试语文他与我交流过，觉得题目不难作文尤其顺利，算是旗开得胜，可是成绩单上 150 分的卷面分清清楚楚、明明白白只得了 90 分，简直让他和我们全家目瞪口呆！

更意外的是，这年的一中、六中、八中联招录取分数线竟然就是 650 分。记得那晚博文和我们守在电脑随机分派的放榜单前，紧张不安又心怀侥幸，企望儿子能被一中、六中、八中中的某校录取，但是博文和我们一样，没有看到自己的名字，而与他同等分数的同学却豁然在列！一中、六中、八中，这几所合肥地区被千万考生、千万家庭瞩目的所谓最好的高中，此生就这样与博文擦肩而过。其实他可以借读或者我们通过其他方法让他进入联合中学，但是我们没有这么做。博文被合肥市第九中学录取。

高二时，学校分文理科，我们家庭的意见颇有分歧。博文和他爸主张选理科，理由是他中考数、理、化丢分极少，基础不错，理科适应面广，将来就业相对容易；我则建议选读文科，我的理由是将来的社会综合素养远比专业素质更重要，不要过于急功近利，跳开思路，不一定要走理科谋生的这条传统老道。结果可想而知，二比一，我的一厢情愿完败，博文毫无疑问毅然选择了要走“学习数、理、化，走遍天下都不怕”的崎岖之路。

与此同时，他拜师张进、孙传宝老师，悄悄参加艺术类考前班的冲刺学习，夜以继日地练习素描、速写以及色彩。不愿住集体宿舍，为了节省往返路程的时间，博文自己在美术学校附近的居民区租赁了一间小房子，坚持一个人住。那里位于合肥大学城附近，学子众多，流动摊点多，进城务工的外来人员川流不息，不安全隐患亦多，更害怕青春期的博文有“早恋”倾向。做母亲的如何不是揪心的牵挂啊！结果又是二比一，再次以我退让而告终。我曾在某些夜晚悄悄“潜伏”去那里，询问守夜的宾馆值班老人，又猫到宿舍“侦探”一番。一切并无异样，久久悬着的心方重回心窝。

四年前，博文面临人生第一个最紧要的关口：黑色六月——中国式高考。成绩很快知晓，美术专业课成绩全省排名名列前茅，没有预想的那么好（有美术教授说博文实力可考取全省前30名），但也说得过去。紧接着就是填报志愿，以为一切尘埃落定，却因为填报志愿被撞而被某名校拒之门外，几乎重蹈中考时报一中、六中、八中等学校的覆辙。但是这次没有退路可走了，因为第一批次若不被录取，第二、第三批次则无可选择的学校。那将意味着来年复读后，再考！

六月下旬，正是江淮地区的梅雨季节，空气潮湿植物疯长，一如人的情绪亦会膨胀发霉。博文闷在房间不肯出门，而我则抱着电话到处咨询求助，只有他爸一如往昔端坐电脑与书桌前，看不出任何异样，让人恨不得掰开他的嘴巴让它蹦几个安慰的字眼儿。

分分秒秒皆是如此煎熬。三天时间，分分秒秒等待第一批次录取结束。三天后，我们接到电话：到学校去填报征集志愿！博文在第一批次征集志愿中被安徽财经大学文化产业管理专业录取。这自然不是博文理想的学校，更非他喜爱的专业。但是只能如此。

博文被合肥工业大学艺术学院研究生部拟录取后，我曾发了一条微信，大意是因高考失利，儿子被征集到安财，青春期的冲动和偏执加上同学们的相互影响，处于这样的环境，博文在四年的大学生活里，对所学专业与学校并没有投入多少激情与感情，每每言及所学专业以及学校诸事，总是含糊其辞敷衍了事，做父母的岂不知道孩子心中的千千结？

考研是头年九月才作出的决定，从备考到实战仅有几个月的时间。乙未年底的西方圣诞节，博文没有听从他父亲的建议，可否考虑一所竞争力不是特别激烈的学校，而他坚持报考合肥工业大学的研究生，并郑重放言：别的学校，即使考取也不读。我们无言。依照博文的个性，他会说到做到的。

我们岂有不拧把汗的？大学几年，博文频繁往来于家校之间，而他报考的又不是目前所学本专业，文化课和专业课即使总分达线，但是英语和政治的单科成绩也必须达到国家划定的分数线，就是说，只有具有“三保险”方可进入复试。即使总分远远超出国家线标准，但是英语和政治任何一个单科不达线也照样被残酷地淘汰。

自去年九月，博文便泡在安农大图书馆，只带只水杯，吃农大学生食堂,每天早出晚归,直至考研日子的到来。屈指数来,仅三月余。

当博文报出考研总分 343 分的刹那,已基本可以确定,可以入围国家线规定的范围。英语和政治国家线均是 34 分达标,博文英语 58 分,政治 63 分,均高出规定的标准分数。博文几个月的努力有了收获,因为近几年,艺术类全国统一分数线在 320 分左右,几年未曾改变。

接下来就是焦急地等待博文的成绩在考生中的排名,合工大美术学在全国招生总数为 6 名,按照 1∶1.2 的比例录取进入复试,总成绩只能在考生中从高分到低分的前七名有资格进入复试。这,又是一个令人揪心的等待的时刻。能不能进入复试,没有底,这就是中国式竞争。何曾不是中国式家长的悲哀。

记得那晚是微信朋友圈中的一个朋友率先看到了合肥工业大学 2016 年秋季研究生院复试拟录取的名单,博文的名字豁然在列,她向我发来祝贺的短信,我们才知道,博文总分全校排名第六,但是因为第五名考生英语只考出 32 分,活活被甩出局。博文以总分第五的成绩进入复试。

后来,我们在合肥工业大学的网站上看到复试成绩,博文排名第一(有点不敢相信)。等待中,我们终于看到了合工大研究生院拟录取到雕塑系的详细信息。

对于博文来说,这或许是人生的一个机遇,将来还会面临更多的挑战。做母亲的撰此文以作纪念,更期望博文能够怀抱一颗感恩之心,记住那些在自己成长道路上给予关心和帮助的师友们,私心里也是对十月怀胎、一朝分娩的孩子的拳拳祝福吧。

祝你平安

（一）

中秋节前第三天，省城某著名医院八楼。上午九时许，只听得一阵车轮骨碌碌碾过地面的声音，一辆手术车徐徐停在护士站的吧台下。

“六床，准备！”一个个子矮小戴着口罩全身深绿衣裤满额头皱褶的小老头儿在楼道例行公事地吆喝。

我的床位位于八楼第二间，早晨七点不到，我已经换好了医院里千篇一律的毫无舒适美感的术前服饰。蓝白相间的条纹，因过度的消毒和搓洗显得色泽模糊，看上去有点令人不安的样子。

是服饰令人不安呢，还是我自己的胆怯令人不安呢，我似乎不能确定。

没有告诉亲戚朋友。连对单位的同事也是说要去东北学习一段时间,此间有事别联系。

可不是吗?更遗憾的是恰好此间,教育部抽调的骨干园长培训班在长春开班,只得忍痛请假。也深知,失去此次机会,可能以后将不复再有。还有,我梦里的北国秋色、滇池美景、冰雪胜境……这一切,也因一场病痛,再次与我失之交臂。

而现在,陪伴我身边的,是我的年逾七旬的老母亲、弟妹、妹夫,以及生性就不善言语的老夫子。清早,收到小侄子的一条短信:“姑姑,您的健康是我们全家人的幸福。祝您早日康复。”读罢,关了手机。眼泪无声地在眼眶打转,我没有让它掉下来。是的,小小的病痛,最好的医院,最好的医生,最高的医术,亲人的祝福,一切都会好起来。

(二)

这世道的太多事情,看起来正常不过,可是常常也会把人弄得焦头烂额。

等你手头的事情忙碌完,请好假,办好住院的各种手续,对不起,医院告诉你,你得等。等到啥时有呢?人家说:那可不清楚。

朋友告诉我,你选某名医吧,对症,技术娴熟,以求得心理安慰。医院告诉你:对不起,他要出差、开会、交流,你得等。

我说我要选择合适的时间,错开生理期。医院告诉我,等到有床位,预约的大夫没有出差公务,再者要看你前面有多少患者,你得等……我的天!

所幸的是:朋友鼎力相助,一切迎刃而解。喜矣?忧矣?在此之前，边处理单位的公务边抽空做完了医生嘱咐的各项体质检测。诸如胸透、X 光、心电图、B 超、血检、尿检等，攥着一摞单据，从住院楼跑到综合楼，从体检楼跑到门诊楼，预约、刷卡、排队、取报告。医院像座偌大的迷宫，十多栋楼，常常是从这栋楼出来，到需要找寻的那栋楼已经是晕头转向。仅血液检测那一天就采了三四次，不知是那位从县城来到所谓省城名医院培训的医生是疏忽呢，还是医技根本让人不敢恭维。

记得那天带着行李走进住院部的情景，现在回想起来仍然心有余悸。这座三甲医院的住院条件之简陋实在出乎我们的意料。站在走廊，只见楼道两侧挤挤挨挨的都是加床的病号，窗台上、扶手上、椅子上摆满了毛巾啦、杯子啦、脸盆啦、营养品啦以及所需的各种生活用品，病员或斜倚或半躺，呻吟的、打呼噜的、呕吐得翻天覆地的、趿踏着拖鞋举着输液瓶弓腰上厕所的、探望问候的、陪护窃窃私语的、不断催促护士换点滴的，皆或有之。

走廊尽西头，挂着"检查室"的字样，泡沫板，白底红字。只用简易的隔板分离。外面则是一溜不知哪个世纪的破旧的桌子，上面放着微波炉，各种瓶瓶罐罐、拖把扫帚以及换洗下来的污渍物品，胡乱地堆积，胡乱地晾晒——似乎从来无人过问。而整个楼层的唯一一台开水器也跻身在这里，不断有人出出进进，随鞋子溅出的水渍醒目又无奈。

许多天下来，我仅见一名矮胖、六十岁左右的女清洁工，而且似乎身兼数职。打扫卫生，管理水房，吃饭时，她像是伙食管理员，夜幕来临时她吆喝："谁家要简易床铺，五块钱一张，快来拿……"

堂堂省城著名的三甲医院，真让人大开眼界！

（三）

我也是临时加床，所以只能暂时住走廊，和病友们互为友邻。朋友悄悄告诉我，等手术过后我就可以转到正式房间。

大约因病相怜吧，在这里人与人似乎并不设防，陌生的病号和病号间，病号和陪护间搭讪起来那么随意自然。

得知我没有领到水瓶，对面病友的妹妹立刻送给我一只暖瓶。没有凳子，旁边病友的老公立马从什么地方给我找来一只，好让我摆放杂什，很快，知道了几点开饭、开水房的位置、所有病房的卫生间可以共用……

紧挨着我的床铺的是一位小姑娘。每顿负责送饭的奶奶告诉我，她孙女在某重点中学读初二，学习成绩优秀，竟然和我的学校在一个区，再而且，她的校长和班主任竟是我们多年的好朋友。话题遂立马多了起来。

爱孙心切的奶奶告诉我，她孙女开阑尾，特别胆小，这里每晚地上和墙壁会有很多蟑螂爬来爬去，吓得她孙女每晚睡不好觉。所以孩子和父母着急想早点出院回家。

“这里还有蟑螂吗？”我差一点惊叫起来。

我不是也害怕这些小家伙吗？不知啥心理，从童年起，看见蚂蟥啊、蟑螂啊、小蛇啊，身上就会起鸡皮疙瘩，产生本能的瑟缩，恶心害怕，直至如今。

“你看，虫子们就是从这些缝隙里钻出来的”。她指着墙上的一排排的柜子，陈旧、脱落，大约是用来装杂物的。

如此这般，更心生余悸。好在病友消息灵通，说新的住院部很快盖好，估计今年底可以搬迁。但愿越快越好。

（四）

常规检查那些天我不想晚上被蟑螂们缠身。心想会爬到被窝里吧？会爬到脸上吧？说不定早晨起来发现会压死几只蟑螂也未可知……

所以那几天晚上偷偷溜回家住，天亮再神不知鬼不觉躺在医院为我安排的床位。取号、排队、服药、量体温、听从医院和医生告诫。

偏偏抽血那天实习医生来得晚，快到中午了，当我把各种检查报告交给她的时候，她似乎恍然大悟，对我说："哦，你×项指标高，必须再采血做个检查。"

"拜托，我今天已经采过三次血啦，我的手臂已经淤血红肿了。"我伸出一条像涂了紫色颜料似的臂膊让她看。

她似乎有点过意不去，搪塞道："你是现在才跟我说你那里不好嘛。"操着一口浓浓的方言。

"你是我的术前指导医生，你应该早早询问应该注意的问题才能做好手术预案，不是吗？"无辜的我多挨一针是少不了的了，可是也知道是无可奈何的。

"美女，快到护士站采血，不然化验室要下班了，影响你周一手术。"她不生气，反倒温和地提示，叫来一位小护。我无言，知道眼下最要紧的是做什么。

一般采血为早晨七点或者更早,需要空腹。今天早已过掉采血的时间。无奈,只得乖乖听话。抽完血,该护士又说忙,走不开,让我自己将血样送化验室。

于是揣着装满血液的试管,边走边问,拐弯抹角来到医学检验中心。问收集标本的医护人员,答曰在九号窗口。我狐疑,明明看见他面前很多血液样本,为什么让我送九号呢?况且九号窗口里面空空如也,无人。想再咨询一下,看着他面无表情的面孔,遂又忍着没有说。左顾右盼,仿佛过了一万年,那人才姗姗来到。当我终于舒口气,把样本递给他,以为万事大吉,终于为不会影响周一上午的手术暗自庆幸时,不料里面冷冷丢出来一句:"你这血液标本不送在这里。"

"那麻烦请问一下,我应该送到哪里呢?"脑子里霎时像触电般的有些发懵。看看时间,快到十一点二十分了。距离下班时间已经很近了,我有些迫不及待。

"送到核医学大楼。"漫不经心地答。

"……"核医学大楼是化验血液的吗?

"请问如何走呢?"我小心翼翼。

"出门向后拐。"他低头摆弄什么,我已经觉得快晕眩。

匆匆出门,直行数米,左拐进一条巷道,再行几百米,没有看见需要找的地方,只得返回。

再继续向南,左拐进另一条巷道。见一幢正在施工的保健大楼,门口矗立一杆,上面依次数个箭头,左顾右盼,却没有要找的核医学大楼。路上,再问穿白大褂的疑似医务人员,不是回答不知道就是不清楚,有的干脆摇摇头。此时,一位花白头发的老者为我指点迷津，告诉我要找的地方就在左前方的实验大楼里面的二楼东。谢过老先生，三步并作两步走，当我赶到化验室，我清晰地听得见自己咚咚的心跳声，这时才发现衣服已经湿漉漉的粘在前胸后背。双腿打战，浑身无力。

没有忘记，看看墙上的指针恰好指向十一点半。十分钟简直将我煎熬得像虚脱一般。

（五）

其实说一点不惧怕那是假话。想想刀子将原本完整的皮肉之躯撕裂，再缝合，岂有不怕之理？但是面对疾病，你必须学会镇定，坦然面对。

就在手术的前一天晚上，八时许，我揣着护士分发的三粒安定，仍然坚定地要回家。

我深知这晚的主要任务是将自己的身体和头发清洗干净，然后，在安定的作用下，睡个囫囵觉。

我睡眠一向挑剔，需要无声、无光、无杂念。今晚，对我很重要。看了会书，记得睡得真好，一夜无梦。现在轮到我上手术台了。

很快，躺到那张窄窄的接送我的手术车上。那个绿衣小老头儿叫我脸朝里，护士在我的臀部注射一针。大约也是镇静剂之类的吧。

我清醒地睁着眼睛，在亲人的簇拥下，护工将我从八层推送到同楼的二层手术房。

亲人的身影和目光被隔断在门外。我知道,他们的祝福和关切的目光将会一直陪伴着我。

周围是白色的墙壁白色的吊顶,长长的白色的通道。我被搁置在七号手术室外等候。那个接我的小老头儿离去了。好奇,张大眼睛四下里张望。

来往走动的医护人员,一律是绿衣、绿帽、绿裤,戴着口罩,手套,露在外面的只剩下两只眼睛。

很久,没有医生过来问询。我像是被人遗忘了的一件物什。很久,七号手术室有人喊道:“她不是我们七号的,我们已经有人在排队了。”于是我又被稀里糊涂转了个圈送到了四号手术室外等候。

似乎无限长的时间过去了,我仍独自等候。记得一位护士过来给我打了点滴。我就这样看着瓶里的药水一滴滴滑进身体进入血液。偶尔侧过身体看着那个躺在手术台上的人。我知道,她被麻醉了,她一声不吭,无知无觉。我甚至清晰听见金属器皿碰撞的声音,看见上面浸染的血渍,医生戴着消毒手套的双手同样沾满鲜红鲜红的鲜血。我紧闭上眼睛,不敢再看。

这时我的耳边响起一个声音:“上一台手术没有结束,你再等一会。”是我的主刀医生。

哦,下一个就是我。我当然知道。

一瓶点滴只剩下小半瓶了。“别紧张,马上就到你。”还是我的主刀医生,可能看我等得太久了吧。

终于我被推进手术室,一群医护人员围着我,他们将我平移到无影灯下的手术台,调整到他们认为合适的位置。我看到了之前见过几面的据说技术精湛的主刀医生。

“别紧张。”那位主刀医生再次对我说。

接下来好像是谁问了我什么，我回答了。他们说，好，马上开始。

这时从头顶后方一台巨大的器械上伸出来一个面具似的东西，他们试了试，让我将衣服自己往下退一点。我似乎没有惧怕什么。他们给我戴上了面具。

是谁将我送回病房的呢？还是送我手术的那个小个子老头么？

“现在是一点五十分。”我睡着了，但是听见妹妹说。

我睡着了，但是仍看见母亲在微笑。好了，结束了。是的，好了，一切都结束了。谢天谢地。

我的亲人，我的朋友。愿你平安一生。

父　亲

父亲,这么多年了,何以你就是这样的放心不下,一次次那么荒凉、那么怅惘地走进我的梦中?你离去已经这么多年,何以一想到你,我竟还是这样的,心如刀割,泪流满面?

父亲,你给我你命的一部分,你将你的后半生不遗余力地陪着我的前半生。自出娘胎,无知懵懂的我一天天长大。我七岁时,你该是三十五岁了吧?多年前,我亦人到中年了。我记不住童年时的一切,更记不住你那时还很年轻的样子。你给我,那个时代,一个出生在荒寒的乡下的女伢儿多少疼和爱呢?我不记得你是否用你宽大的臂膊抱过我,我不记得你是否用你胡子拉碴的面颊亲过我的脸,我不记得你温暖的大手是否牵过我曾向你遥遥招着的小手,像我为人母后牵着我年幼孩子的小手一样,走过风吹麦浪,走过童言无忌,走过落日无声阴翳寂寥的大野。

我知道,父亲,我笑时你肯定是笑的,我哭时你也不会生气。你这个孤儿,从小便练就了一身的大力气,走起路来两腋生风。

那时,天多么蓝啊,云朵像雪在远方滚动,月亮明晃晃的,树影里漏着的光影好似散碎的白银,草垛在各家的门口,一堆一堆,都散发着好闻的香气。你高举着牙牙学语的我,从村庄这头健步如飞跑到村庄那头,我们的身边一定还有流萤星光,一树树的如雨蝉鸣吧?我们玩泥巴、跳房子、掷飞镖,你还给我削陀螺。你踢毽子时,翻转腾挪,你让毽子停在膝盖上,毽子就立在膝盖上,你让毽子站在你的鼻梁,毽子从半空中就稳稳落到你的鼻梁,停住了,不动。我看得眼花缭乱,小小的人儿知道替你捏把汗,其实毽子哪里会掉落地下呢。果然是你把毽子踢到空中翻转了几下又稳稳落到肩膀上了。围观的伢儿们都"咯咯咯"地笑,拍手叫好。夏天,后院墙根下的指甲花顶着露水拼命地开,有人走过,哪怕是阳光轻轻响一下,蜜蜂就四散飞,胆怯又慌张,像小小的人心藏的欢喜。

像很多的父亲们一样,你穷、忙,一年到头,从日出到日落,从此年到彼年。你那时年轻肯干,脑瓜子灵活,部队行伍出身的你还有一身好武艺,再苦再累也不能把你压垮。你耙过的土地比别人的平整,你挖过的沟渠比别人的深长,你扬场的谷粒比别人的抛得高远。你又像个落拓不羁的穷秀才,一手好字,算盘打得啪啪响,动不动还喜欢慷慨陈词,常常为一个死理争面红耳赤,知晓你秉性的人都说你是"刀子嘴,豆腐心",就这样的刀子嘴、豆腐心却让方圆百里的乡邻好生敬佩。那时我三岁不到,以至我以后如何也回忆不起来年轻时头发乌黑、胡子拉碴的父亲是否抱过我、亲过我,是否牵过三岁女儿的小手?我们晃晃悠悠走在村头的老槐树下,到那座老得不能再老的土地庙里,找土地公公,藏猫猫。

这些，或许是有的，肯定是有的，只是我没有记忆罢了。接着弟妹们接二连三地出生，你，要养，要教，所以我必须很早学会体恤、分担，学会劳作。

父亲，我把你的中年遗失了，我还没有懂得衰老是怎么回事，你就已到老年，仿佛一夜之间，白发霜鬓。

我再也找不到你的中年。七岁，你送我上学时，我已有三个弟妹，他们个个淘气可爱，妹妹和小弟身体又不好，你和母亲背着他们到处求医，花掉少得可怜的所有积蓄，而且背了许多债务。你就捉鱼、逮黄鳝，每天到几十里地之外拉“灰粪”去卖，我记得你汗如雨淋，躬身如牛，我记得你肩膀被绳索勒下的深深的凹痕。十二岁，我小学毕业，一直到我如你那时依旧健步如飞的中年，事实上就已经开始离开这个温暖但清贫的家，先是外出读书、求学，再是工作、结婚、生子。我忙我的小孩，忙琐碎的家务，忙人情往来，忙所谓的事业。渐渐地，父亲这个字眼，仅仅像是一个符号，只在节假日的天空些微地闪亮一下，旋即又如落日下山。以致我还没有来得及回头看看我人到中年的模样，还没有来得及目测一下我离家究竟走了多远，几十年，竟然就这样无知无觉地过去了。当那么一天，面对突然老去的你，无论我如何追悔惋惜，仰天长叹，千呼万唤，那些再也回不来的时光，一点一滴，永永远远地从我们各自的生命里流走了。而我，父亲，就是这样一天天、一月月年复一年地将你一点点弄丢的吧？

父亲，这么多年，我回到你身边有几次呢？来看你和娘，也像是做客。你只顾取出平时舍不得吃的、用的，命弟妹一股脑搬上桌子。乡下的风俗，嫁出去的女儿泼出去的水，更是我们这时代人共同的生活和思维模式,自幼便是,父女之间,不善交流,习惯寡言,更没有亲昵的安慰。中年的我,本可以给你再多一些细腻的体贴,可以给你更多一点关怀和怜惜,而不仅仅是你需要的几本书、一只老花眼镜、一块手表、几点碎银。我原本可以多陪你几次,去看望你还健在的战友,很远又不常走动的亲戚,或者开车带你去远足,你多么喜欢那些大山大河呵。我本可以让你不用那么辛苦地操劳,可以让你少一点莫名的烦恼,花点心思去关注你的健康。可是,我没有,或者说我做得远远不够。就这,乐天的你,已无数次的在亲戚、邻居甚至陌生的朋友面前夸过我,说你生女如此,已经很知足了。

我们父女穷尽一生都没有太多的形影相随,你过你的日子,我由着自己的性情,你追寻的我或许早已拥有,你坚持的我已经无端丢弃。那个秋天,该收割的进仓了,该栽种的下地了,园子里的花儿、草儿该修剪的修剪了,能放下的你记得放下了,还惦记的你依然装在心里。父亲,或许你真的累了,一句话不说,你尚能呼吸的生命就戛然而止。父亲,你叫我如何承受这突如其来的死亡的惊吓?

原谅你粗心的女儿啊,父亲。什么时候,你满头的黑发突然就一根根变白了?你饱满的额头已被一道道沧桑的皱褶所侵袭?我还没有看清你的中年,却这样目睹你的衰老,一种频近死亡的衰老。你躺在床上,眼睛睁得大大的,但一片空茫,但我相信你仍有知觉,像在受刑,像在遭受拷打,像千万条绳索在勒你、抽你、鞭你、你翻滚、抽搐、扭曲,我目睹你离世前的每分每秒,为的是要记住你临终时的模样。我的童年没能记住你,日子倥偬中我又丢掉了你的中年,我必须抓住现在,牢记你生前最后的时刻。你在努力,在挣扎,仿佛想把紧紧抓住你不放的死神从你身上赶出去。心如刀绞的我从来没有如此痛恨过自己的无能和无力,只能眼睁睁看着你的痛苦,那么的茫然无助束手无策!“我本是尘土,仍复归于尘土”,天下万物苍生谁最后不就是一抔尘土呢。那时,我真的只祈望你,早点脱离在人世的苦海,少受折磨,我想,你一定会懂的。真的,父亲,你听懂了我的心声,渐渐地,你安静了,生命最后的一点光亮黯淡下去了。悲伤、无助、绝望的我看出你一丝丝地用尽了平生最后的一点力气,你的气息越来越弱,手脚不能动弹,眼睛慢慢地,慢慢地闭上了,像睡着了一样,甚至还有一丝淡淡的微笑挂在嘴角。父亲,我知道你永远不能再醒来。你渐渐安静下来后,身体软绵得像个婴儿,就那样一动不动地将头靠在你最牵挂的小女儿的怀中,像个睡熟的婴儿一样。在你生命的最后时刻,我甚至没有抚摸过你的脸,而现在,我一遍遍抚摸你带有几分微笑、柔软的一点点冰凉下去的脸颊,可你再也感觉不到。憋了太久的泪水,才突然倾泻。衰老和死亡,真的是一瞬之间的事情?

父亲,你真是个没有福气的人,当你四个子女的日子一天天好起来,可以让你享受清福的时候,你已经不在,不在你眷恋的老屋,不在这热闹的尘世。我找遍了你以前经常去到的地方,前庭后院没有你,稻田麦地没有你,荷塘月下没有你,晨曦中没有你,雨雾里没有你。我在老屋里转来转去,你坐过的椅子还在原地,你喝茶的杯子仍有余温,你种的兰花开在窗前,你翻开的书页仿佛还在静静等待……

总以为父女一场，我们还有太多的时间，有些事，我想以后再做，有些话，我想以后再说，那说不出口的爱，总有一天会找到合适表述的机会。总以为你可以活得长长久久，安享天年，子孙绕膝，总以为我们还有太多的以后，太久的将来，却原来，一切，都来不及了。

父亲，如果我知道我们在人世间的缘分只有四十年多一点的时间，我必会舍弃一切，竭尽全力去完成你的心愿，你想见的人、你想做的事、你想说的话、你想去的地方，我都一一陪你去完成。父亲，如果我知道我们在人世间的缘分只有四十年多一点的时间，我必会放下一切来陪你，守着你的一日三餐，为你洗脸梳头、端茶喂药，你睡醒后，听你叮咛，听你把你的身世、我最初的那段人生讲给我听。我要让你不留任何遗憾地离开这苦过、爱过、痛过、留恋过的世间。

现在，父亲，这么久了，我把我从来没有说过的话，说出来；把我从来没有说过的爱，说出来；把我对你，对此生的遗恨，说出来。我知道，父亲，我在说，你在听。

第二辑

昨夜庭前有书声

读书的美好

在我生活的城市,可以自诩为读书人而又名至实归的大有人在,他们学富五车才高八斗,让寻常智商与情商的人不敢望其项背。有的我闻其人睹其书,有的我未知其人但读其书,凡见人见文皆若微雨解酲,清露润甲。笔者是不敢自诩为读书人的,但并不妨碍浮生年华乐此不疲地做一些与书相关联的事:买书、读书,经不住好友蛊惑,兴致一来再凑个热闹:咱也出本书吧。

寂寂寥寥扬子居,年年岁岁一床书。

新近购得上海辞书出版社的《开卷书坊》若干本,棕褐精装小32开,雅致精美。其中有周立民的《文人》、毛乐耕的《书缘深深深几许》、沈津的《书林物语》、彭国梁的《书虫日记》、韦泱的《旧书的底蕴》等,捧之展读,似风吹渡口,怡然忘却时间在书页掀动之间的冉冉流逝。

钟叔河先生在《左右左》里收录一篇名叫《爱书爱到死》的文章,说一个姓萧的故友,常常为了淘得自己钟爱的书,一连几小时站在旧书店里，实在支持不住，竟趴在地上继续挑选。此翁一生爱书——读书、编书、藏书、写书、出书，简直到了性命相依、生死与共的程度。钟老先生说："六七十岁的人了，做一个这样的'书淫'，总比作老花心、老风流、老婚外恋好。"窃以为这是对故友最深切、最朴素的褒奖。爱书爱到死，死在书香间，对于一介书痴来说，未曾不是一件幸福的事情。

《开卷书坊》到来之前，我恰有一些闲日，于是从书柜里抽出古人谈花、论酒、品茶、赏美的《瓶史》《声容》《觞政》和《茶经》的合集，总书名为《怡情四书》。张潮曰："读经宜冬，其神专也。"书已半旧，二十世纪末湖北辞书出版社出版，因了岁月的尘封，如今墨香不再，书的边缘有些薄脆、泛黄。那时胸有块垒，喧哗与躁动都渗透到血液里的每一个细胞，哪里能够静下心来读书。草草一目十行丢在一边，今日再读，已时隔经年，却是这样温暖与贴近。或许红尘中摸爬滚打心力交瘁之后，才会如大梦方觉。俯首当下，物质生活的极大丰富，人们的生活情趣并没有变得更加高雅，反而更多的趋于枯淡和平庸。与古人相比，生活中的那份飘逸洒脱、那份闲适雅趣、那份浪漫才情、那份直性率真，离现代人似乎越来越远了。而纵观此类小品，几百年前的古人能够不受虚名浮利的束缚，深谙生活的情趣，以琴棋书画、草木山水、清泉佳酿为好，追求生活的品质，尽情享受艺术的生活，不啻是对今人的当头棒喝。

暑期天气炎热，没有食欲，就以胡竹峰的《旧味》和《衣饭书》草草果腹，倒也不亦快哉。台湾徐国能的文字忧伤唯美，若玲珑水晶光华四射，薄薄的《绿樱桃》和《煮字为药》让人不知不觉和作者一起经历风尘往事残阳夕照，那些蘸着露珠的清寂文字“有如爱上一棵孤立的昏黄松树，松音随风细细灌耳，却是雷霆万钧”。焦桐说，徐国能青春的外表里藏着苍老的灵魂。很遗憾更被推崇的徐国能的《第九味》，网络书店只有台湾版，嫌它读来费劲，期待大陆出版社慧眼识珠早日发行，以飨读者。当然漫长的夏季蝉鸣啁啾中回味阅读废名、周作人、丰子恺、梁实秋的作品，再次感受旧时代文人笔下的书香百味，真若凉夜如水清风徐来，暑气悄然不觉。

由沈昌文总策划，孙甘露、陈子善等主编的《海豚书馆》丛书已陆续出版海内外著名作家近百种作品，其中有原创文学、文艺拾遗、翻译小品等，翻阅周士心的《我与大千居士》和陈尚君的《唐女诗人甄辩》等册，不过五六万字，纸轻，装帧讲究，携带又及其方便，书做成这样，一看就勾起人阅读的愿望。讲述的都是些过往的人事，语言又都平直干练，犹如温暖的炉边絮语。一场无聊的报告一字不能入耳，那散发幽幽墨香的小书已然从头阅读至结束。

2014 年，身边的朋友陆续出了很多本书，其中就有本人参与的《合肥姐妹》丛书七种，《以书的名义聚会》四种，诗人赠送的诗集《枫香驿》《乌鸦布阵》等，散文随笔集《涡河边的〈老子〉》《一钩新月天如水》《天上青藏》等，灯下闲读，随便翻开哪一部书，那些温暖的文字，牵动人心的人和事，便一一在字里行间浮现了。

深秋，记得家里多了一摞董桥、王鼎钧、高尔泰的文集，董桥作品早已陆续买过多册，但是目下广西师范大学出版的应是目前董桥先生作品最完全、最精致的版本，窃以为喜欢董桥的人此套书值得收藏。王鼎钧先生今年出版多部著作，其散文集《碎琉璃》亦是叙述故乡的人和事，带有浓郁的自传色彩。作者希望自己写出的作品能够“历历呈现，滔滔流逝，无沾无碍，似悲似喜”，诸君，不妨一睹为快。而高尔泰先生的《寻找家园》与《草色连云》内容上实有很多异曲同工之处，作为美学家、哲学家、艺术家的高尔泰，曲折艰辛的人生履历，让他比常人更多一种敏感以及千帆过尽之后的从容和淡泊。那些很深很深的伤痛，作者叙述起来也是温婉清冽，峻洁练达。半卷读罢已然有“小舟从此逝，江海寄余生”或者“曲终人不见，江上数峰青”的感觉，蹉跎了的是美好年华，依然漂泊的是没有归家的灵魂。

此际又是一年将尽时，窗外的雪正在簌簌落着，天地一片素洁，想起古人有凿壁偷光、囊萤映雪此类关于读书的感人故事，盘点一年的时光，真是买书如山倒、看书如抽丝。培根有名言：“读书足以怡情，足以傅采，足以长才。其怡情也，最见于独处幽居之时；其傅采也，最见于高谈阔论之中；其长才也，最见于处世判事之际。”吾等一介平凡女子，不要什么傅采、长才，只期望能够衣食无忧，于闲暇，可以捧一本喜欢的书，如果可以，再有一石、一茶、一曲，在古典的流水里，相忘于江湖。

春天，我们一起读《诗经》

春日迟迟，卉木萋萋。皖新传媒旗下的三孝口科教书店，在五月初的一个周末，举行一场《春天里读〈诗经〉》悦读会，主讲嘉宾是著名散文家程耀恺先生。

程先生出身书香门第，家学渊源，自幼饱览诗书，中国古典文学底蕴极深。谈起《诗经》往事，如数家珍。先生数十年间陆续收藏了民国至今几十种名家著述的《诗经》著作，诸如白纸线装的《毛诗品物图考》、木心的《诗经演》、扬之水的《诗经名物新证》，连私塾启蒙的读本也保留至今。展阅一本本古旧笃厚的各种诗经文集，但见书眉的空白处密密麻麻写满批语、注音、释义，除了陈年的墨香，满纸皆是岁月流逝的痕迹。骤然间，对程先生专心学问的勤勉踏实，不仅是钦佩，简直有些仰止了。

悦读会让我想起与《诗经》有关的邈远记忆。《诗经》是中国历史上最早的一部诗歌总集，收集了从西周初期至春秋中叶大约五百年间的诗歌三百零五篇，先秦时称为《诗》，汉代起被尊为儒家经典，始称《诗经》，这个名字一直沿用至今，它与《尚书》《礼记》《周易》和《春秋》等四本儒家经典合称为“五经”，《诗经》一直位居“五经”之首。千百年来，它成为儒生学子的必读之书。

“蒹葭苍苍，白露为霜。所谓伊人，在水一方。”“死生契阔，与子成说。执子之手，与子偕老。”“知我者谓我心忧，不知我者谓我何求。”“昔我往矣，杨柳依依；今我来思，雨雪霏霏。”……《诗经》，作为我国古代文学的光辉起点，两千多年过去了，这些为人深爱并被广为传诵的经典名句比比皆是。

推算吾辈最初接触《诗经》大约是上中学以后的事情了。语文课本里每册只选寥寥一两首诗，有如《周南·关雎》《秦风·蒹葭》《魏风·硕鼠》《小雅·无羊》等，幼年没有开启过童蒙教育，学起来颇有些吃力，课堂上瞪大懵懂的眼睛听老师逐篇逐字讲解，一个微小的细节也不敢疏忽，以求期末应试时不会丢分。

大学进修时读褚斌杰先生编著的《中国文学史纲要》，与其相匹配的有《中国古代文学作品选》，先秦文学《诗经》部分，以“风”为主，“雅”“颂”兼收，总计选了三十余首的样子。授课的老师姓孟，五十多岁，戴深度近视眼镜，身材瘦小但嗓音洪亮，讲课喜欢引经据典，“不学诗，无以言”是其口头禅。孟老师精旧学，学问谨严，处世为人淳朴谦和。我们虽非全日制统招大学，但彼时学风好，班主任要求严，青年学子努力上进，教授又肯卖力，因而师生之间关系倒也纯真，彼此尊重信赖。孟老师是大学语文教师兼班主任，有学生遇到感情挫折，也愿意去请教孟老师，久之，很受学生爱戴。不少学生畏古文，常常被孟老师讲课时飞扬的神采以及渊博的学识打动，因其人而亲其课，渐渐喜欢他教授的科目了。

其时已是八十年代中期，文学复萌，书店逐渐琳琅满目起来，课余时间便有了好去处。年轻，记忆力尚可，又多见识了几本好书，加上有名师讲解，所以再读《诗经》虽然还是有一知半解的感觉，但是那些源于生活，毫无雕凿之痕的朴素语言，一咏三叹的复沓吟唱，虽一知半解却是萦绕心怀至今不忘。

春秋佳日，果真就得了本《一知半解》，为英伦才子温源宁用英文所著（附有中文）。当然三十年代的温公子用那支"生龙活虎之笔"，为民国十七大家塑像说"一知半解"，自然是谦辞。《诗经》的创作年代毕竟久远，很多词汇生僻晦涩，现代几乎弃之不用。不借助于辞典、注释来阅读，吾等天资平庸之辈自然连"一知半解"也谈不上罢。然而十数年前，不知哪根神经突然膨胀起来，竟大言不惭写了一组题为《阅读〈诗经〉》的诗歌，真是无知者无畏也。

"逝者如斯，不舍昼夜"。冗繁的岁月让洁净的书桌蒙垢了太多的尘埃。华年已去人到中年，伤逝之情难免。程老先生说他每日习诗一首，如是反复咀嚼，不消一年就"得法"了，内心欣悦，溢于言表。久违的读诗的从容与快乐又悄然滋生于心间。于是，取出束之高阁的程俊英、蒋见元合著的《〈诗经〉注析》，与周振甫《〈诗经〉译注》进行比较阅读。

说来也巧，我是先晓得《读书十年》的作者扬之水，后读张中行《负暄琐话》，再到阅读孙郁《张中行别传》。《别传》第五十七章的《才女们》也提到赵丽雅，于是找来《负暄三话》，里面就有用较长篇幅写赵丽雅，始知扬之水与赵丽雅本是同一人，扬之水是其笔名，亦取自《诗经》。而扬之水的《诗经别裁》就置于案头，记得去冬某月，拥书独眠，又偶然发现金性尧的《闲坐说诗经》的序言也是出自扬之水笔下。扬之水对于《诗经》的研究独步学林，对考古学亦有浓郁的兴趣，著述颇丰。她借助考古学的成果对《诗经》名物的认识，是前无古人的劳作，读后更加令人钦佩她的聪慧、刻苦与多才。这个爱书如命，身材短小、常常素颜朝天的女子岂是“才女”两字可以概括的呢？

手头这本《大家小书》系列的《闲坐说诗经》为旧书重印，初版为二十世纪八十年代末《诗词坊》丛书之一，编者戏言作者用“狮子搏兔”之力来完成，目的就是“企图让读者的心灵多一点诗的豁壑、美的润泽，间或窥见历史的窗口，让千百年前的诗人和你对话，将已逝的流光重新唤回到眼前。”扬之水叹言，后世的我们虽然再回不到《诗》的生存状态，但“兴、观、群、怨”之义，“温柔敦厚”之旨，《诗》的情感，《诗》的襟怀，却是如流水，如月华，贯穿于中国文化的血脉。

近年来，出版社相继出版《诗经》的赏析和解读，一本本读下去，往往一个字义竟多达七八种，如何取舍？程耀恺先生笑曰：“只有多读，触类旁通，那时凭感觉去辨识，往往就是正确的。”《论语·先进》里有：“莫春者，春服既成，冠者五六人，童子六七人，浴乎沂，风乎舞雩，咏而归”。春服既成，陌上青青，咏诗而归，这是几千年前孔子和他的弟子向往的人生境界。

古老的诗歌国度，恒运昌盛之际，正是我们阅读经典之时。春天，我们一起读《诗经》吧。

漫话书事

在《子规声中驻年光》这篇文章的开头，我这样说道："谋生之余，读几本书，走几个地方，生几场病。"这一年，大抵这样度过。说过两项，现在该说说与书相关的话题了。

书乃人类的精神食粮。买书、读书在我看来，亦如煮妇煮夫菜场买菜厨房烹饪，买啥做啥吃啥相对有自己的喜好与口味。于己来说，读书买书亦是听凭自己的喜欢。当然，随着年龄阅历的增长，对于书，不仅选择作者、内容甚至连版本装帧也连带附加进去了。

八十年代，年华正好，书店却寥寥，囊中更是羞涩。只得到图书馆办借书卡，查、借、还，虽麻烦却也持续良久，只遗恨心仪的好书巴巴地要及时归还。多年过去，我所在的城市新旧书店如雨后春笋，店堂里的各类图书分门别类琳琅满目，借书证早丢到爪哇国。宁愿去书店泡上一天半载时间，书多选择余地宽，又可以任意浏览，遇到中意的，便毫不犹豫倾囊抱回，眼看着十余平方米的小书室书籍日益丰盈，颇似阿里巴巴守着洞窟里的宝藏，那种喜悦真是难以比拟。

有人说，读书是世界上门槛最低的高贵行为。我深以为是。要读书就得去花不菲的时间、精力去买书、淘书，看到心仪的可以不问价钱，甚至悉数收进囊中，那俨然是上天赐予的福分了。

互联网时代，在家中轻点鼠标，便可选购到自己需要的书籍，也许第二天，一摞散发着油墨香味的新书便齐崭崭交递到你的手中，你省却了往返跑书店的时间，却也因此失去了摩挲比较纸张、插图、版本的那种沉甸甸的质感以及环诸皆是低首专注阅读寻觅的书香氛围。

而在互联网之前，现当代许多作家乃至大师们也乐于流连各类书店。老书迷范用曾主编《闲趣坊》系列，中有《买书琐记》（上下编）。该书收录鲁迅、周作人、郁达夫、茅盾、巴金、朱自清、董桥、钟叔河、姜德明、钟芳玲等所著的百余篇短文，从北京潘家园到上海城隍庙，从美国兰登书屋到日本东京、名古屋，文章大家们用生花妙笔记述买书、访书、搜书的传闻逸事书趣情缘，或艳羡或会心或遗憾，书贾情谊，斗智斗勇，书肆梦回，几多况味，却原来书痴们淘得好书的心情普天下皆是相同的。

暇日捧读，真是既“闲”又“趣”。许多动人的细节，记忆犹新。叶灵凤念念不忘他年轻时曾买过一册毛边巴黎版的《尤利西斯》，另附赠一册《香园》，仅花了一块四毛钱。他说，如果知道《尤利西斯》的定价是十美元，而且还无从购得，《香园》的定价更要一百法郎以上，他真要懊丧得烂醉三天了。读书人穷的多，而有钱人又多不买书。想来叶先生偶然遇此幸事，私下里都要窃喜多日吧？

可是也有觅书心切看走眼的。李健吾某年在法国花了六百法郎淘到一部《龚果尔日记》，喜滋滋捧了回去，而戴望舒不日却在一个书摊上发现了同样的一册，而装订却考究得多，索价只要二百五十法郎，说与李听，直让李健吾悔青了肠子。

最可怜见的是二十年代初刚刚大学毕业的朱自清，某日到琉璃厂一书庄，看见新版韦伯斯特大字典，定价十四元，眼都绿了。但是对于当时的穷学生，十四元已然令人咋舌。囊中羞涩的他，当即硬了心肠将父亲给他结婚时定做的一件紫毛水獭大氅拿去当了，本想经济宽裕时再赎回来，却竟是不能。真是“绝交流俗因耽懒，焦头烂额为买书”。

爱书人的“癫”“狂”与勇气有时真是不可思议，要紧关口真可谓使出浑身解数。钟叔河在《卖旧书》中说了一件令人啼笑皆非的事。有次他在一家旧书店看到“民国二十五年八月初版”饶述一翻译的《查泰莱夫人的情人》，就在伸手取书的那一瞬，另一只手几乎同时伸过去，并且比他早了那么几秒钟。情急之下，从那人手中竟将书抢了过来。那人欲要理辩，他却悦色对之，拉着人家跑到店主人面前，说这是他家的藏书，被儿子偷出来卖的，现在他要以高价赎回去。那人见状，将信将疑，只得悻悻然离去。把钟叔河乐得不行。《买书琐记》中这类故事不胜枚举。这些爱书如命、嗜书成痴的读书人真是可敬爱可钦佩。

前些年我住老城区中心三孝口附近，西菜市巷有好几家旧书店，每每下班也顺带光顾，摊子或书铺里也总有几个顾客漫不经心地翻阅画册或图书，主人安静地做自己的事情，从不催促。日影西斜，有时空手，有时亦抱几本小书，微笑，安静走人。

二十世纪九十年代初，春日闲逛，曾在居所附近一爿名叫“芳知”的小书店，于插架满盈中忽寻到一本西班牙作家胡安·拉蒙·西梅内斯的《小银和我》，深棕绿色，精装本烫金书名，外层软塑封，文中多幅插图，皆是西班牙画家拉莫索诺绘图，1984 年 8 月北京第一版第一次印刷，由人民文学出版社出版。心下大喜。大约因为外层的塑封有些褪色，故在一排高低不一的书脊中没能引人注目。忙故作镇定问店主书的价钱，不料老板说：“放了很久了，现在处理，你给一元吧。”简直不敢相信自己的耳朵。

波德莱尔的插图本《恶之花》得来也甚是有趣。2000 年前后，四牌楼后街的鼓楼巷，书肆一条街，于一堆花花绿绿的图书中一眼瞥见醒目的书名，为彩色插图世界文学史中的一册。淡黄色封皮，书名下一丛蓝色的火焰，有怪异状，似在熊熊燃烧，品相完好，几乎全新。细看，内文八九幅油画均是马奈、瓦雷里等名家所绘的插图。而旁边的三轮车上挂着的一块小黑板，写着“5 元特价书”字样。很久前想买单行本，一直没有如愿，没想到得来全不费工夫。于是，又挑了《金蔷薇》《一个青年艺术家的画像》《〈文心雕龙〉解说》等几本书，爽快付款。

书柜里有本台湾作家林清玄的小书，名《莲花香片》，由知识出版社（隶属大百科全书出版社）1999 年 1 月第一版第一次印刷，岂料 2000 年春林清玄先生便来合肥新华书店签售，正好被我们遇见。那时林先生的作品刚被介绍到大陆，签售现场远没有如今当红作家火爆。林清玄脑门阔大，面孔和蔼，梳着蓬松的齐肩长发。购买后遂请先生写几句话，聊了几句，林先生知他习茶、爱茶、著茶，略一思索后用炭笔写下一偈：“茶味禅味，味味一味；诗心佛心，心心相印”。二十多年前，这册签名本算是一种机缘吧，如今再看此书，亦是令人怀想那个美好的春天。

另有几本购于二十世纪八十年代的小说(集)。如1983年人民文学出版社发行的钱钟书的《围城》、1985年5月北京十月文艺出版社的高行健的《有只鸽子叫红唇儿》、1987年5月解放军文艺出版社出版的莫言的《红高粱家族》等，均为初版首次印刷。二十一世纪，莫言获得诺奖，钱钟书在《围城》发表多年后，又因为电视剧的播映名噪大江南北。可见书店买书有时凭运气凭感觉，但很多时候也锻炼和考验读书人的眼力。

买书遇旧友也是有趣的事。曾听先生说过在书店里偶遇旧友的事。是个飘雪的冬日，他在爱知书店淘书，忽听一个声音问店主，说要买铃木大拙的某部书，先生纳闷，铃木大拙乃日本著名禅宗研究者与思想家，其著述多为禅学经典，在此能遇见同道之人真是不易呢。这样想着，抬头看去，却是那人也正好看将过来。二人相视由讶异而惊喜，原来是失联多年的老友陈君。陈君去国多年，久无联络，没有想到竟在此处因书相遇。

最让买书人发窘的事情莫过于看见自己心血结集而成书辗转流落到旧书摊上，那一刻，真是千般滋味涌上心头。作家孙卫卫就在琉璃厂的中国书店看见自己的签名本被当作废旧书卖到这里，当下毫不犹豫，自己重又把它买下。笔者也印了几本数量不多的小册子，虽然没有亲眼看到自己书遭丢弃的命运，却无意中听到好友说过在某旧书店里淘回过我的一本诗集《囚禁的风》。该书十五年前出版，自己早连样本也不知去向。她没有拿到，合该她捡了，倒算是一种纪念。由此想来，读书人的骨头是否也该硬朗一些，如易中天先生曾说过的那样——“恕不赠书”。真的，“恕不赠书”，我们能做到吗？再说，如若一棍子打死，那世间又要少了多少书林掌故书缘佳话啊。

苏雪林说“读书、写作足以慰情，何必更有所求哉”，或者，还是一切顺其自然的好。

昨夜庭前书有声

中国当代教育家朱永新先生曾说过:“一个人的精神发育史,就是他的阅读史。”若拿此“名言”对照,六十年代中期出生的我大约可归纳为“精神发育不健全”的一类。细究之,既有先天原因,也有后天因素。

一个人的一生很短亦很长,总会留下大大小小这样那样的遗憾。十年寒窗,莘莘学子谁不向往高等学府?领章帽徽、飒爽英姿的女兵更是那一代女孩们心目中可望而不可即的渺茫之梦。懵懂年纪若没有选择一所师范学校,如今的我还是现在的我吗?过的又将是一种什么样的人生?再譬如生命中的另一半,前世又是如何修得的一种冤家?余且不论,唯读书这件事却一直心有戚戚。

童年家贫,直到二十世纪八十年代,安徽版图上依旧会有个叫肥西县义兴公社席井大队陈宗一的村庄吧?村东有两三间土坯的茅草屋,是我一个远房堂伯借给部队转业回来的父亲暂住的，几年后，我父亲在此迎娶我母亲，再几年后，姊妹四人相继出生。孩子多了，祖母又从上海退休回乡下，房子自然不够住，记得在老宅的西边又加盖了两间厢房。

四五十户的村庄，陈姓仅三户，其余皆为外来，赵钱孙李周吴郑王，均和谐相处。穷，是那个年代举国普遍之事，算不得罪过。竹篱茅舍，碧野蓝天，民风淳朴，是否路不拾遗，没有特别的记忆，夜不闭户却是太寻常不过的事情。

七十年代初入小学读书，对于书的概念便是学校发放的语文、算术教科书，薄薄的两册，一排简陋得不能再简陋的校舍，几个年轻的下放知青作任课老师。乡下孩子憨拙，没有见过外面的世界，课下偶听老师们高谈阔论、妙语连珠，清亮胆怯的眸子里盈满对老师的崇敬。彼时没有所谓的素质教育，特色班、少年宫更不知为何物。没人逼迫，两本教科书学起来轻松自在。

村里有、学校里也有毛泽东思想文艺宣传队，选中的同学放学后留下来排练节目，老师教我们唱"学习雷锋好榜样"，还教我们唱："叛徒都是坏东西；嘴上讲仁义，肚里藏诡计……"齐刷刷地站在舞台上扯着稚嫩的嗓子齐颂："万般皆下品，唯有读书高"。

故乡蔽塞，小孩子们更比不得城里，学校放忙假和寒暑假，回到家里，却有一大堆家务要做：带年幼的弟妹，打猪草、喂鸡放牛、插秧割稻、摘棉花、拾麦穗，替家里挣工分，做力所能及的农活。少年的时光总觉无限漫长，以为生命原就是这样，蚁蝼一样的卑微。但也会偷懒和伙伴们一起荡秋千、钓鱼虾、滚铁环、捉麻雀，跑到荒坡野岭玩打打杀杀的游戏，自寻其乐，全然不知道读书是咋回事。彼时大约是连唐诗宋词元曲、中国古代四大名著长得什么样子也还是茫然的。

有关读书最原始的记忆是，有一天偶然从橱柜里翻出一本砖头一样厚实的书，蜷曲着发黄的书页，灰尘满脸，掸净，封面是一个年轻的战士拼命勒住一匹惊飞的骏马，再看书名，叫《欧阳海之歌》。那时总该会认识一两千方块字了吧？打开，便爱不释手，再也无法不惦记。白天没有时间，夜晚躲在被窝里，打着手电筒，磕磕绊绊几天啃完，故事的细节如今大多忘却，但英雄欧阳海用血肉之躯砥砺受惊的战马，自己却被卷入列车下壮烈牺牲的情景，如烙印深刻在脑海里。

掩卷长泣，少年的我为年轻的欧阳海抛洒过多少眼泪呵。父亲读过几年私塾，又有行伍经历，劳作之余看书是最大的消遣。他读的多是小说，《金光大道》《啼笑因缘》《艳阳天》《野火春风斗古城》《第二次握手》等，父亲看过的书不晓得整理，所以床头上有，衣柜里有，桌边墙旮旯里也会找到。于是悄悄放下家务活，偷看。某次心不在焉，将一大锅饭煮得冒了烟。我父亲脾气刚烈，不管青红皂白，劈头盖脸地，将我的书包和正在读的小说狠狠地甩到了后院的水沟旁……

《海盗》《白桃花》是父亲手抄的、当时只能在“地下”流传的小说，我读过，还偷偷借给班里的同学，那回父亲并没有责罚。父亲也看繁体竖排的《笑林广记》《韩非子·外储说林》《聊斋志异》《三侠五义》《小五义》等，我翻过，那时小，几像天书。

少年时看过的几本书自然是父亲曾读过的旧书。父亲自幼尚有禀赋，在南京军区服役时因被医生误诊身体抱恙而转业。记事时，父亲并没有和我们说过什么之乎者也，但他颇有讲演才能，记忆力超强，表演一样，将一把算盘打得噼啪响，他会写几个毛笔字，一手漂亮的钢笔字龙飞凤舞，很是让人钦佩。年幼的我们，坐在煤油灯下做作业，母亲低着头，一针一线地纳鞋底。而父亲劳作一天，最大的享受，就是泡一杯浓茶，捧一本厚书，八仙桌上，煤油灯明明灭灭，父亲挺直腰板，正襟危坐，无比专注。那时父亲还很年轻，相貌也颇清俊，三十多岁的样子。

读书这项爱好父亲几乎持续了一生。退休以后，父亲竟然陆陆续续写起了一些回忆文字，工工整整摞在桌子上，文稿堆满窗前的案几。他曾有一个忘年交朋友，两人相谈甚欢，还给父亲在一家报纸上投发过一两篇文章。父亲高兴得像个孩子似的。

敲下这些文字，父亲与我早已天人永隔。时间真是世间最公正不过的"家伙"，你可以与一切抗争，但是我们谁也打败不了时间。它不会因为你爱、你宠而多给你一分一秒、一丝一毫，徐国能说就让我们煮字为药吧，冯唐说文字或许可以打败时间。

中学语文书中曾收录鲁迅先生的《从百草园回到三味书屋》，始知许多大先生们的童年，私塾堂馆里的启蒙读本多是《三字经》《百家姓》《千字文》《神童诗》，及长便是"四书""五经"等儒家经典作品，远非吾辈所能企及。一百多年前，安徽绩溪上庄有个名叫嗣穈的孩子才三岁多，竟然认识了一千多个汉字，"三百千"早耳濡目染，开始学他父亲为他亲编的四言韵文《学为人诗》《原学》以及《律诗六钞》《孝经》《孟子》了。他，便是获得十几个博士头衔的、新文化运动的著名旗手胡博士——胡适之先生了。几乎同时，比胡适之小六岁、祖籍安徽太平的苏雪林在父亲的亲授下，则开始读《古文观止》《杜诗镜铨》。

此后旅行，又看到皖南人家的抱柱联："几百年人家无非积善，第一等好事只是读书""忠厚传家久，诗书继世长""春风大雅能容物，秋水文章不染尘"等等，触动的岂止是内心那根敏感的神经呢？徽州自古出名门望族，朱熹、胡适、苏雪林们皆与徽州有着千丝万缕的联系，除了山水有灵气，可滋身养性，重儒、重教、重文的风气也由此细节可见一斑。

中国艺术精神
夕秀集
宇宙之美人
同治
饮食具
杨绛作品集
香典

闭门向书路

二十世纪八十年代初，为换一张城市居民身份证，亦是为了减轻父母亲养育子女的重负，班级许多同学与我一样，没有报考高中(那几年高中和中专不得同时兼报)，那年我被一所中等师范学校录取。

“鲤鱼”真的跳出了“龙门”。恍然如梦，眼界大开，市井风物与校园环境皆新鲜有趣，尤其是学校的图书馆，现在回忆起来或许不那么惊艳和震撼，但当时在十五六岁的一个乡下女学生眼中，不啻像是刘姥姥进了大观园一般。

彼时，中国步入前所未有的打破坚冰、百无禁忌的改革开放时代，各种文艺思潮初露端倪，尼采、康德、波伏娃几成文艺青年相见必谈之话题。以顾城、北岛、舒婷等为代表的朦胧诗派一夜之间名躁大江南北，在学校旋即亦刮起了一股小小的旋风。班上有位安庆地区考来的同学，名叫刘光明，尤爱诗书，文辞尚好，个性孤傲。我们很快成为“臭味相投”。刘同学看似骨子里有股清高之气,实则真挚醇和。她父母皆是教师,算是出身于书香门第吧。

师范的学习内容除了一部分高中课程外,增加了日后作教师必备的一些专业理论课,考试对于班级这些从省里各地区招考进来的“尖子生”来说不算什么难事,清一色的女子学校,管理又极严格,课外也没啥文娱活动,那么正好可以从图书馆借来各类图书以供消遣。

在校园里散步时,我和刘同学除了交流借阅的书,还一起背诵《再别康桥》《雨巷》《死水》《沙扬娜拉》等诗歌。在她的影响下,除了“新月派”诗人外,我那时很是迷恋了一阵子拜伦、普希金、泰戈尔、罗斯蒂兄妹的诗歌。

身为穷学生的我们明显囊中羞涩,每月仅有十五元的助学金,却硬是省下口粮,从门可罗雀的四牌楼新华书店里抱回一套人民文学出版社 1980 年 3 月安徽人民出版社重印、曹雪芹、高鹗合著的《红楼梦》全四册;与此同时,收到旧日同窗赠送的 1981 年人民文学出版社的中国古典文学读本丛书《唐诗选》(上下)两册。时隔经年,如今,它们安然立在书柜,成为我最早的藏书。

1983 年夏季师范毕业,分配到某幼儿园,平生拿到三十多元的第一笔薪水,很快陆续将《戴望舒诗全编》《徐志摩诗全编》《朦胧诗选》《当代中国实验诗选》《象征派诗选》《孤独的玫瑰》《在大海边》《瓦雷利诗歌全集》《里尔克诗选》《叶赛宁抒情诗选》《惠特曼抒情诗选》《庞德诗选》《现代派诗选》等悉数抱回宿舍。

其时我父亲已承包村里一家废弃的工厂,招兵买马,将其改造成炒货厂,所经营的各类瓜子、炒货,运往市内各大中小商场,因货真价实信誉好，生意很是红火了一阵。他身兼数职，行政、财务、营销、采购一肩挑。时常往来于城乡之间。家庭经济收入略有好转后，父亲每从城里回家，总会带回各种文艺期刊，如《小说月报》《小说选刊》《十月》《收获》等等，一期不落。从中读到过《女大学生宿舍》《没有纽扣的红衬衫》《美食家》《天云山传奇》《绿化树》《班主任》等一大批作品。再后来，父亲迷上武侠小说，于是，我们又极早读到《射雕英雄传》《书剑恩仇录》《七剑下天山》《神雕侠女》等以金庸、古龙、梁羽生为代表的港台大师级的许多武侠著作。

那朴素、值得追忆的年代风行自学，省里、市里、各行各业都在举办各种业余大学。电大、业大、函授大学、夜大学如雨后春笋，热闹得一塌糊涂。没有机会上全日制大学的青年们争先恐后，为了圆所谓的大学之梦，我和同宿舍的姐妹开始报考电视大学汉语言文学专业，算正式开始接触到中国古代与现当代文学作品。从上古神话、《诗经》楚辞汉赋到唐诗宋词元曲，再到明清小说，煌煌五千年的古老中国，文学巨著浩瀚璀璨，所谓读书，岂触摸到其中万万分之一？

结合文学史的课程，需要系统学习相关作家的重要代表作品，跟随教材选配的作品选集显然远远不够，全部自购，又常常捉襟见肘，那么最好的方法便是到图书馆里借阅。交通不便且不论，最大的遗憾是每次借阅的图书数量有规定，还限期归还，很让我们伤脑筋。

建筑面积十多万平方米的省图书馆坐落在芜湖路包公祠附近，绿水萦绕，古树朴茂，春天鸟雀啁啾，秋日疏林如画，既优雅且安静，真是个读书的好地方。其时我所教授的班级有个叫陈怡的女孩，妈妈恰好在安徽省图书馆工作，这给我们看书和借书提供了太多的便利条件。因近水楼台，借书证登记后，想借多少本有她担保都可以如愿拿回。

于是，与春工作之余便有了书日夜做伴。学，然后知不足也。尤袤读书有“四当”之论：“饥，读之以当肉；寒，读之以当裘；孤寂读之当友；幽愤而读之以当金石琴瑟也。”成为我们当时读书心态的最好诠释。

有次请怡母带领我们参观图书馆，这一看可傻了眼。单看各馆内那些美丽的书脊，配上相得益彰的书名已经叫人目眩神迷，也别说那满屋散发出的幽幽墨香、里三层外三层书架直逼屋顶的几百万藏书，更别说那些仿古纸、字模浇铸、开本别致、毛边、限量印刷、编号发行的精美图书——直让人瞠目结舌。

光阴披沥，沙沉金露。那时年轻，上班被孩子们称为“老师”，下了班，就泡在图书馆或自修大学的教室里，身份置换，又成了学生。我们与书一同在岁月中逐渐成长与成熟。

电视大学有位老师，姓张，名字已经忘却。在我们青春洋溢、求知欲最为旺盛的时候，他做了我们读书的引路人。十九世纪的俄罗斯文学，灿若群星，他引导我们读托尔斯泰的《安娜·卡列尼娜》《复活》《战争与和平》，托翁笔下宏阔的场面、丰满的人物、跌宕的情节，那么引人入胜，书中人物与我们的现实生活是多么迥然不同啊。而陀思妥耶夫斯基的《白痴》《罪与罚》又是那样惊心动魄，沉浸其中会让人窒息得喘不过气来。然后再是屠格列夫的《猎人笔记》《父与子》《罗亭》《贵族之家》等，囫囵吞枣、手不释卷,有时为了追求故事情节,通宵达旦地一目十行,曾一天将厚厚的一本书翻完。

亦喜欢塞林格的《麦田里的守望者》和巴乌斯托夫斯基的《金蔷薇》,当然,还有海明威的《老人与海》《永别了,武器》等。我还从图书馆借来了一些西方现代派的作品,如塞缪尔·贝克特的剧本《等待戈多》《椅子》,科鲁亚克的《在路上》,波伏娃的《第二性》《女人》等,以及现当代作家的其他一些代表作品。

混沌蒙昧的心扉仿佛陡然照耀进一束金色的阳光。原来除了浩瀚如烟海的中国文化,世界文学的宝库同样丰富广博。我们诚然只是进到这座大门里,窥其到一小丁点儿的角落,仿佛见了奇珍异宝的阿里巴巴,这是年轻的我们心中的一座"秘密花园"。这些伟大的作品因其人性的深度和广度,还将代代流传,让人们继续感受其中美的力量。

国外有个大主教理查德·勃利对于读书有段著名的论述:"书籍是活之水源,是最饱满的谷穗,是储存甘露的金钵,是生命的树和伊甸园的河流,是诺亚方舟,是雅格梦中的天梯,是镇压所有邪恶势力的刀光冷箭的手臂,是茂盛的橄榄叶,是从不枯萎的无花果树,是永不熄灭的明亮火焰……"因读书而窥得如此堂奥之妙,真是对后人最好的启迪。

枕上诗书闲处好

花有重开日，人无再少时。弹指一挥间，忽忽几十年，过着锅碗瓢盆、柴米油盐凡夫凡妇的俗世生活。尽管资讯泛滥的时代把有限的时间支离得七零八碎，对于书，像恋着一个遥远的故人，仍有种说不清道不明的情感。钟爱无由、欲罢不能。

一个城市让人惦记，肯定会有那么几个失意与得意皆可让心温暖的朋友。而一个城市让人迷恋，耐咀嚼，有品位，有历史文化，无疑会让人逸兴遄飞。试想，上海若没有巴金、张爱玲、邵洵美、施蛰存……当然，还有无处不在的鲁迅，读书人到了上海还能那么有兴味么？

合肥现在是愈发变得可爱、有文化起来了。早些年，我住在老城区三孝口附近，周围书店举目皆是，育才书店、芳知书店、考生书店、财经政法书店等等，天桥北侧可谓书店一条街，蔚为醒目。遗憾的是，因为让位于城市建设抑或难以符合知识经济时代的要求，也抑或是网络书店的极速兴起，近些年，许多书店纷纷撤离，或关闭或迁移，是“四处茫茫皆不见”。此外，亦让人欣喜地看到，以安徽图书城、纸的时代书店、保罗的口袋等为首的实体书店的蓬勃兴起，品种之丰富、环境之优良、经营之特色深深吸引一大批读者的眼球。而网络购书的便捷与别出心裁的优惠策略更使资深书虫们视金钱如芒芥，白花花的银子洒出去，换回一摞又一摞不能吃、不能喝却视若珍宝的精神食粮。若多问一句，回你个“人若无癖，则面目可憎”，像鱼鲠在喉，噎得你半天缓不过神来。

去年底，记得写过一篇短文，名曰《读书的美好》，大意说合肥爱读书的牛人之多，城市除了咖啡、口红、雾霾、饭局，书香味还是蛮浓的，置身其中，还挺知足，因为没有感到比生活在北上广的人的幸福指数少多少。

如某文所说，对于读书，一直心有戚戚。翻阅了一下书目，去年阅读过的几本简直是难以启口，但是，薪俸所入，除了柴米油盐酱醋茶，蓬庐里一年最庞大的支出便是倾购图书，是“家贫不惜买书钱”，谈不上家积缥缃，读书之虞最如哲人所言“时间不够用了”。好在读书的最大理由只是“摆脱平庸”，让无知的自己懂得自己的无知，何必更有所求哉？浮生且慢慢享用这些精神食粮吧。再者亦非吾嗜书如命，只因家里有读书、爱书、藏书、编书、著书的“书痴”，真是没有办法的事情。

诸君稍留意一下，便会发现，我们身边这类“书痴”真的多得去了，他们如害相思病一般，几天不见新书置于案头，就会失魂落魄，私心里，只怕就是一种对书的“占有欲”。这“痴”或可与明人孙石芝一比：余无他好，而中于书癖，家藏卷帙，不下万数，虽极贫，不忍弃去，数年以来，或持橐以载所见，或携簏以记所闻，念兹在兹,几成为一老蠹鱼矣。

乙未年春,合肥首评十佳藏书家庭,敝宅荣幸忝为末席,媒体上看到各具风仪的十位受奖者,竟有半数相识的面孔,有些还是十数年前的旧友,彼此常常不期而遇书酒唱和,君子往来,除皆雅好书画文章,私下趣闻轶事亦俯拾皆是,“情必近于痴而始真”书人意气尽显其中。“蠹鱼”们常会惺惺相惜,成为这个城市里的风景。书卷多情似故人,晨昏忧乐每相亲。读书爱书乃人类高尚高贵的行为,但愿更多无妨。

光阴老去的这一年,可记上一笔的是网购金性尧唐、宋、明诗译著以及文史随笔若干,陈定山《春申》系列,陈子善《张爱玲丛考》上下卷,李家瑞编《北平风物类徵》,潘富俊《草木情缘》以及唐诗、楚辞、成语、《红楼梦》植物图鉴系列,黄裳和张中行作品各数种,三岛由纪夫作品《春雪》《奔马》《晓寺》《天人五衰》等。其余,姑且略去不计罢。

书与人生大抵相似,总会有着惊涛骇浪或者波澜不惊的各类故事。记得初夏某天,赴燕姊约请,几个女友风尘仆仆前往安庆牛头山采摘蓝莓,返程途中,天际微雨,忽见高速路口竖有“高河查湾村”字样。“看一眼海子吧”,是我的一厢情愿,亦道出文采风流女友们的心底共鸣。至海子故居,逡巡于眼里的,书屋寒素,文字忧伤。与海子父母亲辞别时,抱回诗人生前好友、著名诗人西川主编的《海子诗全编》以及海子弟弟查曙明选编的《海子诗选》,只为扉页钤有“海子书屋”的蓝色印章。

神韵犹足、版本完整、极具收藏价值的《三希堂法帖》全套五册以及黄山书社出版的《中国典藏版连环画》,极品红宣印刷《智取威虎山》《白毛女》等一套八本。此两种书皆为吾敬重的师友兼长辈、著名诗人时红军先生与其爱女淑敏女士所赠。另有《黟县百工》一套。《黟县百工》因装帧考究，图文精美，被评为“中国最美的书”。文朋雅聚，有诗评家见诸类书，戏谑若叫主编册册亲笔题签，百年以后，或不失为收藏佳话。

书文流传，概因其中蕴含的能触动生命的念想与渴望。书人浮生，得意莫过若此。有道是快雪时晴好读书。转眼窗前已是腊梅新绽，老树枯藤，霰雪纷飞，又是一年岁末时。中年弥艰，经历人生诸多况味，恰如情到深处，平淡见真清水芙蓉类的文章反成了最爱。“书似青山常乱叠。”照例盘点，大儒们的作品姑且不论，爱不释手的，依旧是聊聊几人几种，捧读之余，给人遐思，让人仰慕。此时，读书如玩月，再无目的，因为它早变成生活的一种方式。只是，浮生若梦，生命短暂，这么多的书，穷其一生能读几本呢？

或者，当我们老得不成样子时，还可学一学古老的爱斯基摩人，“把彼此冻成雪块的声音带回去，升一盆炉火，慢慢烤来听”。

噫……这其中的时间，都去哪儿了？

搭火车去旅行

这段时日，一直在听马修·连恩的《布列瑟农》，纯净、辽远、忧伤，尤其是歌曲结尾处的火车车轮与铁轨的摩擦声，“咔嚓、咔嚓”，由远渐近，由近渐远，再慢慢地、令人不安的消失。我说那是车轮切齿地痛，仿佛那些年华正好的青春，就是这样，被它一寸寸带走，消失到遥远的地球的那一端。雪小禅说：“坐火车是艺术的。”是的，搭火车去远方，少年时觉得多么诗意多么浪漫。那时，远方是渺茫的，前途是未卜的，囊中是羞涩的。闲云潭影日悠悠，物转星移几度秋。如今，漫长的岁月过去，可谓随时来一场说走就走的旅行，而我，最喜欢的，还是乘火车。

春夏之交先后两次远赴北京。五月的北京，算得上一年中最好的季候，他讲学，我蹭会，在北大，莘莘学子心中神往而高不可攀的高等学府——这迟到了三十多年的拜谒。少年时望而却步，而今终可以漫漫闲荡在校园内，静、坐、观、停、思，历史的云烟中那些渐行渐远的背影愈发清晰。

民国初年，风雨如晦，是蔡元培先生执掌的北大时。诚如蔡先生所言，大学就是要"囊括大典，网罗众家""此大学之所以为大也"。于是乎，陈独秀、胡适、李大钊、周作人、鲁迅、刘半农、梁漱溟、李四光、马寅初、黄节甚至辜鸿铭、刘师培、黄侃……一个个如雷贯耳的名字，悉数延聘麾下，此时的北大真可谓大师云集、群英荟萃。翻阅诸多典籍，近百年过去，北大那个时期的辉煌可谓史无前例。

踟蹰在荫翳葱茏的校园内，但见未名湖依旧，老红楼仍在，而那些璀璨如星辰照亮历史天空的先生们，似近尤远，似远尤近，"莫放春秋佳日去，最难风雨故人来"。迎面走来的学子，丰神俊朗，视远步高，所撼的是，年轻的学人和他们永不会再相逢。恍惚中，竟有些让人弄不清是北大成就了大师们，还是大师们成就了北大。

先生，一个称谓，一种修为，默立在蔡元培先生塑像前，风中尚有余音袅袅的鹤鸣声，宛如千年前范仲淹先生的喟叹："云山苍苍，江水泱泱，先生之风，山高水长。"

再次，是赴北京大兴区国家教育行政学院充电学习。南五环以外，从清源路乘地铁，竟也见缝插针先后游览了夜幕下的京华市井、恭王府、琉璃厂、齐白石故居等，中国美术馆此行适逢维修，多层展馆关闭，遗憾没有看到心仪的佳作。在什刹海附近乘坐人力三轮车游览京城老胡同，前、后海波光潋滟，钟鼓楼遥相呼应。一代文宗郭沫若故居，宋庆龄故居，京华老名士、民国四公子之一的张伯驹潘素纪念馆皆朱檐黛瓦庭院幽深人迹寥寥。时光煮雨，风景似旧年，令人生发思古之幽情。北京胡同长长短短的巷子内,时见一株株枝繁叶茂的大树,遮住了人家的飞檐,四合院古色古香,门脸有宽有窄,有高有低,朱门大多紧闭,既陈旧又神秘。数百年风雨浸润的北京老胡同,既是老北京人生活的象征,更是北京古老文化的体现,时光深处,兀自散发一种独特而恒久的魅力。

或者要略带一笔,某个黄昏,少年同窗从北五环穿越整个紫禁城邀约小酌。仿佛喧嚣中突然的寂静,灯火阑珊人生别意皆印在浅浅的车辙里。恰似一帘风雨飘摇过,青瓷茶碗里盛着万水千山。而我,却正会着同是少年时的闺蜜,十年胭脂已清浅如水,繁花不惊里,互道天凉好个秋。

北京返程不多时,浓烈的艳阳下从皖西辗转金寨老区——梅山。旧地重游,亦是三十多年前的事了。喜欢山城在水的氤氲里那忽隐忽现的红墙乌瓦,星子一样倒影在水中的万家灯火,长桥卧波的静美,湿漉漉的青石板路,清晨的巷陌里炸油条、煮馄饨,蒸饺子那种怡然慵懒的气息与市井的味道。行走在蜿蜒盘旋的山道,远远可见巍巍然高耸的堤坝,水声訇然如锦缎裂帛,牵魂钩魄。仿佛一种隐秘的暗示:三生石上,逝水年华终究无可追忆。

金秋时节,一年一度的“大”字辈茶人聚会,邀请函言明“家属”必盛装出席。所谓“大”字辈者,业内颇有影响的以工茶、爱茶、著茶、品茶等著称的茶文化界精英名仕的聚会。以年齿计,略知有《空谷幽兰》的美国作家比尔·波特,谓“大特”,有古都长安琴箫棋诗书画皆擅的马守仁君,号南山如吉(济)的“大吉”,排行老三的即是“茶修”概念的首倡者,以“读书、著书、买书、藏书”为平生乐事的“无为茶人”,号称“大寿”等等诸兄……

此次东道主是陶都地主、“名仕汇”总裁大明兄，地点在江苏宜兴。周到熨帖的行旅让我们在道别时竟生出由然的不舍。宜兴古称“阳羡”，北宋时即以紫砂茶壶名噪天下，而上古此地还盛产阳羡贡茶，茶圣陆羽在《茶经》中多有提及。唐代诗人卢仝在《走笔谢孟谏议寄新茶》中有名句：“天子未尝阳羡茶，百草不敢先开花”，可见阳羡茶在当时社会中的至尊地位。此行众伉俪棣兄除同游陶瓷博物馆、大觉寺、东坡书院、古窑址外，便是在大名兄依山傍水的“名仕汇”内煎茶、抚琴、挥毫与吟诵。因茶结缘的兄弟，他们中的大多数早已弃置官场，效仿七贤，常常是一袭飘逸的竹布长衫盘膝而坐，品茗赋诗、谈玄论道、纵酒放歌、逍遥山林，常人尝以为“另类”。

而我，到底是俗人，念念不忘的是博物馆橱柜内堪称绝世精品的一把把紫砂茗壶。饱满疏朗的线条，朴雅温润的色泽，纹饰精美的钤印，款款都让人欲爱不能，无怪乎愈来愈多的收藏家古董商迷恋紫砂壶几到痴颠状态。有道是“壶随字贵，字以壶传”，砂泥有限而趋求无涯，即使现代制壶大师的紫砂壶极品，有幸收藏一二，亦是不易。

郑重先生所著的《唐云传》，内有记述海派绘画的代表人物唐云先生——拥有八把曼生壶的故事，金石名家叶璐渊曾为其专制“八壶精舍”的纪念印章。第八把壶底刻有“阿曼陀室”印记的曼生壶得来太具有戏剧性，竟是亚明先生家在厨房里用来装酱油的！

当日常炊饮的紫砂器皿变成达官显贵、文人雅士案头的文玩清供时，紫砂鼻祖供春、时大彬、邵大亨、陈鸣远等一代代的制壶大师们的作品自然早成绝品,乃至“广陵散”矣。“人间珠宝何足取,岂如阳羡一丸泥”,吾等凡人,虽无缘亲临大石斋里的曼生壶,但能够在博物馆隔着薄薄的一层石英玻璃,目睹大师们的杰作,已然福分矣。

记得在大觉寺门口乘车时,忽见侧壁一爿爿紫砂壶小店,琳琅满目,大小殊异,有款有识,红、褐、紫、墨,无不俱备,真乃妙不可思,顾不得声声唤归,抱得三只掌中小壶,才喜滋滋转身而去。

清川澹如此,我心素已闲。一年里行走的收尾地基本定格在徽州,朋友圈中几成定式。皖南绩溪,八十年代汽车需要辗转一两天方能抵达的地方,高铁开通后,现在不过短短的一个半小时。

秋冬交替时节的徽州,在时光村落里删繁就简,空灵飘逸又奇崛瑰丽。龙川、仁里、上庄、碧山、南坪、关麓……若说风景,《与朱元思书》劈头便是“风烟俱净,天山共色。从流飘荡,任意东西……”我答古徽州有过之而无不及;若说名家,我答胡雪岩、胡宗宪、胡适之、胡开文、朱熹、黄宾虹……明代戏剧家汤显祖有千古名句“一生痴绝处,无梦到徽州”,所以,徽州,无论哪个季节来,别问自己来做什么,也别管自己能待多久,你来了,便是好。

一年里,这样的旅行,实在没什么新意。但是对于我等这群患有间歇性城市厌倦综合症的人来说,不啻为一剂抚慰灵魂的丹药。没有可供怀旧的绿皮老火车,但是在宁静的午夜,穿过空荡荡的候车大厅,低回缱绻的音乐又甜蜜又伤感,G字头列车风雷电掣般的向后隐去,那时的我,或许会百感交集,因为我们曾经的青春,就是这样一寸寸,被它带走,最终消失在目不能及的远方。

子规声中驻年光

谋生之余，读几本书，走几个地方，生几场病。这一年，大抵这样度过。

是一年里的最末一个月，十二月十八日，距离我切除沉疴的术后，恰好一个月。出医院那天，是丙申初冬第一场大雪。木心道："我是一个在黑暗中大雪纷飞的人哪。"午后，天空沉沉地灰着，雪下得急促，清冷，孤寂。我一袭红装，站在暗蓝的天宇下，逃也似的，回家。

这个日子，让我想起去年的此时，从蚌埠禾泉农庄返程途中，腹部突然撕心裂肺般的痛。年轻时底子亏空得多，又及连日疲累，作家村挂牌那晚，吹了点寒风，终于没能逃过这一劫。

那次的情形历历可见。下车后直奔医院：急诊、输液、镇痛、止血，俱无效果。因大量失血，血色素迅疾降至警戒线之外。面色惨白几近虚脱。略睁眼，整个天地都像万花筒般的旋转。自此，隔三差五故态复萌。时间似乎凝滞，除了补血、卧游，不敢跨出门槛半步。

正月初四日，雪后初晴，丽日艳阳，阳光的暖带着一种磁性的霸道，连月不接地气，只觉身心积满尘垢，人亦将委顿，那只躲得很远的小兽便蠢蠢欲动。于是，偷偷地，独自去几百米外的四里河公园，只想晒一小会儿阳光，看一看远处的长烟。彼时，斜阳流水，千枝泛翠，园里似有暗香，却原来小河沿旁数株梅花含苞，着急的几朵已然临水照花，有粉有白，竟有几只蜜蜂盘桓其间，好不惬意。

这样的好时辰没有我祈盼的那样可以延续。三月二十九日的微信这样记载《海棠之日》："别后，甚久。囿于舟室，养疴，遂忆起惊慌失措的那一刹。品茗，酒令，牌局。我与彼皆在花团锦簇之中，紊懦，憬明，风含甜香。料想，孰敢对你的容颜献一颂词？是夜，沉沦于梦魇，鲜红的动荡呵，我在刀尖的巅峰，欲死。还好，我来了，你还在。"

补录这阙短信距离十八日雅集已经十余天过去了。那天，农大院子里的垂丝海棠开得极美，有一种佳人难再得的迷离与艳烈。早已预备了上好的茶，预先制作了数枚酒令签，有的，还记得："冷艳傲雪，为爱梅花欲断魂，自饮一杯，同生肖者，陪饮一杯。""春雨江南，红杏枝头春意闹。年有喜事，在席者共贺一杯。"席间诗酒、雅谑、嬉闹皆忘，唯记得赏花之时，一个趔趄，猛觉得浑身有些异样，料知不善，只有隐忍，强装欢颜，直至一钩星月天如水。是一宿的战兢与惶恐。凌晨，又直奔医院，因是周末，急诊，无麻醉师，内膜剥离。躺在手术台上，一种令人绝望的痛呵。

之所以记得如此清晰，皆可算是几个别样的时日罢。去岁末是禾泉农庄作家村挂牌;春三月是我和先生做东邀约文朋佳友小聚,也是儿子研究生复试之日;秋去冬来,与笔墨书友甫从绩溪上庄回。

古人云:“身体发肤,受之父母”。素年锦时已过,所幸还余桑榆晚晴,我的灵魂亦将在文字图画与音乐中找寻隐秘而芬芳的突破口。

我知道,从此,我必不敢懈怠,与每一个素淡的日子耳鬓厮磨,把每一天都过成生命中最美的日子。

倾听雅尼

初识雅尼·克里索马里斯是因为央视播出的专题纪录片《河西走廊》。该纪录片共十集，撷取河西走廊上的灿烂瞬间，全方位呈现汉代至今，甘肃乃至中国西部的历史、自然与人文，其间跨越千年的辉煌、深邃与苍凉。波澜壮阔的故事，还原复活了的各色人物，美轮美奂的画面，给人的震撼力是巨大的。窃以为，它的成功之处，雅尼创作的主题音乐《河西走廊之梦》实在功不可没。

片首甫一展开，便是一望无垠的沙漠，而后缓缓切换：残阳下的莽莽戈壁，怅望的骆驼，废墟与遗迹，以及死一般的寂静。突然，在长号与竖琴的映衬下，从远方低低地传来嘟嘟克苍老、孤独的笛音，往复回旋，如泣如诉，接着大提琴、长号、定音鼓的汇入，乐曲随之变得奇伟瑰丽，旷荡辽远，让人如入幻境。音诗画完美契合，它一下子揪住了人心最柔软、最疼痛的地方。于是，搜寻有关雅尼的讯息，回溯他的每首单曲、历次音乐会，于是，阅读他的自传《倾听雅尼》。

二十世纪五十年代出生于希腊的美裔音乐家如今已过耳顺之年了，但是影像中的雅尼依约还是一幅很绅士的样子，雕塑般的面孔，干净的眼神，标志性的短须，一头棕黑色的卷发。雅尼自幼家境并不富裕，使得他没有足够的经济实力去拜名师，上正规的音乐学院，大学毕业后的他完全凭着兴趣自学成才。这，或许更成全了他。成名之后的雅尼说，我的音乐不属于任何一种流派，对我而言，音乐是我的灵魂以及我生命中所有经历的真实反映，没有定义。

四十岁，按照中国古语，是人生的不惑之年。正是这年，雅尼在他的故乡——雅典卫城，举办他人生里程碑式的首场音乐会，邀请到的乐队是伦敦的皇家爱乐乐团，可谓阵容显赫、声势浩大。庞大的乐队里，一身白衣的雅尼时而优雅自如地演奏，双手划过优美的弧线，时而奋力甩动棕色的长发，帅气又迷人。奔放多变的旋律，史诗般的音乐画面，极富魅力的表情，令在场的听众如痴如醉。卫城音乐会将雅尼的音乐事业推上巅峰，奠定雅尼在新世纪音乐界不可替代的重要地位。

此后一发而不可收，雅尼相继在英国伦敦皇家阿尔伯特大厅、京都东寺、印度泰姬陵等世界名胜之地举办音乐会。雅尼亦曾有几次在中国举办音乐会的经历，影响力最大的要数 1997 年 5 月，雅尼在北京紫禁城——太庙大殿广场，如约践行他的历史性东方演出。其中包括一首专门为紫禁城音乐会创作的现代音乐《夜莺》。

英国诗人约翰·济慈曾有同名代表诗作，“夜莺”可看作濒死者绝望中希望的哀歌；丹麦作家安徒生唯一的一篇以中国为背景的童话故事,名字也叫《夜莺》,童话的结局是真正的夜莺用歌声驱走了死亡的阴霾。自然界中的鸟儿夜莺,虽貌不惊人,其美妙的歌声却动人心弦。西方文学里的"夜莺"意象,是悲伤的象征,几同于中国文学里的"杜鹃"。中西文化浸润给了热爱古老东方文化的雅尼以启发,当他得知中国民间有种竹笛,其清越婉转与夜莺的鸣叫几乎无分别,雅尼讶异不已。

在紫禁城音乐会中,《夜莺》以竹笛为主奏,辅以大提琴、长笛、小提琴、钢琴电声乐队以及人的和声交相辉映,最终使得夜莺优美动听的"歌声"与整首交响乐完美融合在一起,壮丽抒情宛若天籁。这种汉民族乐器的"植入",使得整部乐曲充满浓郁的古典音乐情调与意境,显示了该乐曲的独特的东方魅力,倾倒中国数万万听众。《夜莺》被收录人教版九年级的《音乐》教科书中,雅尼的名字亦随之被越来越多的中国听众熟知和喜爱。

雅尼还有另一首被乐迷们广为传颂的作品,曲名叫《圣托里尼》。圣托里尼是希腊国土内的一个岛屿,雅尼正是出生在这里,所以《圣托里尼》可以视作是雅尼为他出生的故乡专门创作的曲子。圣托里尼岛据传是全世界看夕阳最美的地方。女友云日前出版一本新著,书名叫《坐等夕阳披挂下来》,封面即是一帧充满诗情画意的背影,夕阳如金,海天一色,而图片拍摄地就是爱琴海上的圣托里尼。《圣托尼里》是卫城音乐会的开场曲,也是雅尼的成名作,乐曲气势如虹大气磅礴,历来被视为经典作品。

在大学期间,雅尼主修心理学,大学毕业后的他却放弃所学专业,遵从内心的愿望转向音乐创作。这位杰出的音乐家和演奏家至今已在世界各地获得过三十多个金唱片和白金唱片奖,也是世界上唯一一个以人类文明古迹为背景举办过多场音乐会的人。他的音乐会通过电视先后在65个国家播放,他曾两度被格莱美奖提名,其作品在过去的很多年中一直是奥林匹克运动会广播音乐的最爱。

雅尼取得如此的音乐成就,绝非偶然。如果你知道这个天才可以不需要任何曲谱而仅凭超人的记忆,就可准确地记下听过的任何乐曲中的每一个音符;如果你知道当“灵感”降临,这个“疯子”常常几天、十几天把自己关闭在地下室与世隔绝,除了弹琴就是作曲;如果你知道他像个“空中飞人”一个月辗转十多个国家,去世界各地巡演,睁着眼睛却不知道自己身在何方;如果你知道,在责任与抱负双重压力下的他心力交瘁,数月曾濒临在崩溃边缘;如果你知道雅尼为卫城音乐会和泰姬陵音乐会所付出的令常人难以想象的艰辛努力……

当然《倾听雅尼》,也会分享他娓娓叙述音乐精灵如何在他的脑际里汹涌舞蹈;聆听他一往情深地讲述心目中的完美女友琳达·埃文斯;希腊卡拉马塔小港——雅尼童年的老家,晚餐后母亲、婶婶和妹妹美妙动听的重唱;夏日的山麓,父亲牵着十三岁的他,对他说:“如果整个世界都想往左走,而你却想往右走,那你就只管往右走,你没有必要跟着别人。你也不必去评判别人走得对与不对,只管走自己的路,就这么简单。”生命中最美好的东西我们每个人都能得到,它们存在于我们每个人的心中,那就是真理、想象力、创造力、仁慈、友善和同情心。如果你读懂了,我想就不难理解一名希腊的穷孩子,为何能成为当今享誉全球的音乐作曲家和演奏家。

故乡是人的根脉，是血液传承的源头，是幸福，是惆怅，是牵挂，更是梦幻般的诗章。纵观人类艺术史，不难发现，无数的艺术家创作的伟大的艺术作品都来自故乡的哺育。奥地利作曲家约翰·施特劳斯创作的《蓝色的多瑙河》，马修·连恩以母亲出生地为蓝本创作的《布列瑟农》，柴可夫斯基的经典名作《天鹅湖》，米海伊尔·马都索夫斯基的《莫斯科郊外的晚上》……都堪称不朽之作。我愿意相信雅尼·克里索马里斯亦是。

人们喜欢把雅尼称作是一个用音乐讲述生活的人。认识雅尼音乐之前，在我的印象中，电声音乐更多的是时尚、激情、现代。认识雅尼音乐后，才恍然大悟，原来高雅艺术和通俗艺术的融合也可以对接得如此天衣无缝，从某种程度上说甚至更是一种超越。雅尼的作品早已将高雅的古典交响乐与绚丽的现代电声乐巧妙地结合了起来，令人耳目一新。从他的作品中，你既可以感受到古老希腊的浪漫与诗意，又能感受到年轻美国的奔放与现代。

雅尼说："我的目标是用感情与人们沟通，我捕捉到了生活的感受并把它溶于音乐之中，音乐将会给听众带来希望的撞击。"

是的，这个初春的午后，倾听雅尼，慢慢打开自己，会让你感到万物静默如迷，雪白的梨花悄然绽放，巨石、砂砾、微尘、苍穹，一群燕子飞舞在河流、山川之上，世间的一切美好就这样深藏其中。

第三辑

始怜幽竹山窗下

卧龙听雨

卧龙山庄是我向往的一个去处。因为有诗词文赋里的小木屋,有地道的美食,更有叶稠荫翠,微月半天。

清晨从稻香楼启程,一天紧锣密鼓的走马游览结束,阅山居庭前的水泽已亮起潋滟的波光,极目远眺的山峦只剩下氤氲起伏的影子。车窗被雾气裹挟,竭力睁大眼睛,想看什么也是枉然与徒劳的。只晓得大巴车在陡峭的山道上盘旋,偶尔车体与山崖里伸出的树枝相碰擦,发出"吱吱吱"的声响。

汽车开了多久,也不大记得清晰了。似乎是很久的样子吧?抵达卧龙山庄时,天已透黑。四周泼了墨一般,没有边际。"有些灯火是孤独的,在夜里,什么也不说。"诗人顾城曾有过的梦游般的呓语。而此时来自山庄高高低低、远远近近的木格格窗棚里的灯火,却是温馨且可爱的。

山庄笼罩在夜色里。步出小木屋,呀,天上飘下滢盈细雨来了,如绵密的锦缎拂过面颊。在这海拔七八百米的半山腰,山风不复白天的温煦，而带有些微的凉意。有人抱着臂膊，站在斜坡上，抬头看天，木屋半明半寐的灯光笼罩着他，他自顾自后悔没有带件薄袄子。作家书屋门口有搭好的戏台，长凳子一排排，因为冷，人都躲到屋檐下看去了。演员三几个吧，女的粉面桃腮，水袖曳地，施施然碎步走着圆场；男的俊眼修眉，鬓若刀裁，端坐在一方几案前。是韵味十足的黄梅调，声甜字美，娇音婉转，唱的哪一出却也有些模糊了。

雨是不知不觉大了起来的。这时已曲终人散去，自然没有一钩新月天如水了。“噼噼啪啪”“淅沥淅沥”大颗大颗的雨滴瞬间连成一片，落在山庄里，落在木屋上，落在黑魆魆的人间草木间。

这样的时辰，喝茶、谈天、发呆，翻几页发黄的旧书，或者摆一桌牌局都是再好不过的。茶叶中上等便可，此地有涓涓溪流卧龙山泉，是不愁泡不出一壶好茶的。壶小乾坤大，山中日月深。说与不说，人生况味大抵都蕴含其中。周作人有《苦雨斋》，苏学士作《喜雨亭》。何哉？今人对古人，境遇与境界耳。

《陶庵梦忆》中有《烟雨楼》篇，无《湖心亭看雪》之大名。张岱道：“嘉兴人开口烟雨楼，天下笑之。”烟雨楼因“南朝四百八十寺，多少楼台烟雨中”的诗意而得名。坊间有乾隆六下江南，多次登临烟雨楼，赋诗近二十首之传说，可见嘉兴人确有骄傲的资本。陶庵接着又言“然烟雨楼故自佳”。这“故自佳”自有一说。乃“楼襟对莺责湖，涳涳蒙蒙，时带雨意，长芦高柳……”可见，雨落何时，何处听雨皆是极有讲究的。

“雨夜好读诗。”可不是吗？“春水碧于天，画船听雨眠”，今日所见，杏花初绽，新柳依偎堤岸，粉樱低垂，沃野土润苔青，潜山处处皆是灵动秀美的，天色溶于水中，水色蕴涵天光，只是缺了“画船”勉强可算憾事。但于晓夜，邂逅一场斜风细雨，或者明日的脉脉远山“林花著雨胭脂湿，水荇牵风翠带长”未尝不更添些江南的韵致了。至于“满目山河空念远，落花风雨更伤春”“红楼隔雨相望冷，珠箔飘灯独自归”不说也罢。还是“竹杖芒鞋轻胜马”“小楼一夜听春雨”给人一种淡淡的喜悦。其实，晴天与雨天，亦如人生的得与失、悲与喜、生与死，自然界的枯与荣、冷与热、夜与昼，都是再寻常不过的事情吧？

但春天的好是看得见的好，一场再一场溟蒙的春雨过后，枯涩饥渴的花蕊便嫣然绽放起来了。一朵接一朵，一片连一片。岂止是花事呢？“夜雨剪春韭，一举累十觞”“竹笋初生黄犊角，便是江南二月天。”又岂止是食事呢？那山野的悸动，水的软，燕语的呢喃，草的蓬勃，天的青，孩童的笑靥，动物的觉醒，一切的一切不都是郁郁向上的吗？古诗中有“阳春布德泽，万物生光辉”之句，真是把春天描摹得迷人绚烂极了。

在潜山，似乎总是与雨有缘的，最近的一次去登天柱山，是乙未新春正月初八，姑苏有雅君姊、德平兄，沪上有俞杰君，含山有蓝叶子。全力旅店只有我们几个，第二日登山也漫山遍野的不见游客，仿佛也只是我们几个。出发时是微雨，攀至半腰，却是滂沱大雨夹着雪霰劈头盖脸地砸下来，气温陡然将至冰点。缆车是敞开着的，我们几乎被冻得停止了呼吸。时至今日，一擎天柱冰清玉洁的容颜，巉岩里的挂满霜华的玲珑剔透的苍松，却依然，历历在目。因概不能忘，后作《雨中登天柱山》记述斯情斯景。

此刻，天柱山与我就近在咫尺。

卧龙山庄上空的雨大约给即将涌动的晨曦赶跑了，“吵吵吵吵”的声音早已消散到无崖的虚空里，夜的酣醉，夜的清寒，似乎能听到醒着的几盏灯火的心跳。山庄在春夜里，在世界的一角，安宁而深邃。

耳畔似闻泉流汩汩，读几页《板桥杂记》。恰有“大雨打篷窗，恻恻有声”之句。遂又想起昨日在孔夫子旧书网有售曾宾谷的《赏雨茅屋诗集》，好名字，未及细读，却不知是怎样的一个诗境了。

绿野山庄以西

走出绿野山庄的时候，偌大的院子里一个人影也没有，整座山庄沉浸在半明半寐的梦中，昨晚在桌子底下钻来钻去的那条大黑狗也不知跑哪儿去了。炊烟升在遥远的从前。抬头看了看天，云影浩荡，浓得要滴下雨来。山里的黎明，安静极了。

出山庄往西，是一条不甚宽阔的乡村水泥公路。一条逼仄的溪涧依山傍水。昨天傍晚，我们就是顺着这条道左转往村子里去的，一行人都是兴兴头头的。山区土地珍贵，所以山民见缝插针，巴掌大的一小块旱地，都被拾掇得像模像样。我喜欢它们恣肆生长的模样，花愿开多野就开多野，果该结多大就结多大，该茂盛时茂盛，该枯萎时枯萎。

因为自幼生长在乡下，这教给了我一些益处。四季的庄稼我是烂熟于心的，不会把稗草与稻子混淆，更不会将麦苗认作韭菜。打猪草时我认识水花生、马奶子菜。指甲掐下犟牯牛树的叶子时，会流出白色的汁液。给大白鹅喂饲料时，我会早早去割嫩嫩的鹅菜,并且垛得细碎。我晓得摘棉花时,如何捋得又快又不会被棉杈刺手。栽山芋是要起垄子的。刺芥可以沤做肥料,它那全身又尖利又细小的茅针常常将手指手心刺得生痛,现在,我知道它的学名叫"蓟"。蓟有大蓟小蓟之分,它们开紫色的花,都极美。当然,打碗花、黄花菜、野桑葚、灯笼果、婆婆丁,当我还是一个八九岁的小丫头时,对它们的模样已烂熟于心。

记忆纵然是个无所不包的储藏库,那么在人的一生当中,我们能够记住多少人、多少事乃至多少条路、多少种身份卑微的草木呢?

> 我知道一处茴香盛开的水滩
> 长满着樱草和盈盈的紫罗兰
> 馥郁的金银花,芗泽的野蔷薇
> 漫天张起了一幅芬芳的锦帷
> 有时提泰妮娅在鲜花中酣睡
> 柔舞清歌低低地抚着她安睡。

这是莎士比亚《仲夏夜之梦》中的一段话,花草使诗文润泽,摇曳生辉。

我很少起得这么早。是这微凉的秋天的无处不在的气息打动了我。山脚下,鸭跖草、蓼、竹、蕨、田麻、白花败酱草、野豌豆、臬萝松、野牵牛、狗尾巴草、土牛膝、马兰花、千里光比比皆是。鸭跖草和蓼都成片的生长。田麻的藤蔓紧紧攀附路边的山石,它们开柠檬色的小黄花,谦逊地低着头。有一种摆子草,学名叫墓头回的，名字真是耐人寻味，我差点把它唤作“墓回头”。亲人的墓碑，一年也就去看他们一两回，或者两三回，回想他们在尘世与我们共度的时光，可不是要心摇神痴、一步三回首吗？

如果留心，视野里还会发现很多不起眼的植物，它们密密仄仄、藤茎交缠，让秋天的味道更淳厚，色彩更浓酽。红楼中的大观园，嘉木葱茏，古诗文中的琪花瑶草，更是繁不胜数，而理查德·梅比《杂草的故事》加深了我对身边植物的迷恋。

山里的住户真是分散，好容易才远远看见溪对岸有户粉垣环绕的人家。走过一条颤巍巍的竹桥，桥的缝隙处亦见簇簇的落英。好个柴门虚掩一楹修舍。木槿作篱，晓雾中的花枝像在牛乳中洗过一般。几根朽败的吊竿上，横竖挂了七八个葫芦，五六个天青色，三几个通体金黄。葫芦秧子虽不少沃土雨水的滋润，却还是蔫蔫的，长了许多黄褐斑，只因它为果实已穷尽了全身的营养。也有几畦南瓜、豆荚、萝卜地，萝卜叶子油油地绿着，架子上的豆荚比筷子还长，几朵南瓜花不真切似的，带种妩媚的鲜妍，我眼尖，迅疾找到瓜秧中睡着的几只胖胖圆圆的大南瓜。这户人家有四间大正屋，两间长厢房。房前屋后，我没有见到屋主人。

此时毛毛细雨已濡湿了我的发梢、脸颊、双手，却有一种说不出的快意与恩宠。及至一条山道转弯处，渐次看出两个人影，撑着伞，快步疾走，是马孔多和草地姊。我的雨伞还在背包里。我喜欢这绵密的莹润，像雾像雨又像风。

我们似乎说了一些什么，又似乎什么也没有说。一只小黄狗摇头摆尾，跟着我们走了很远。鸡也是结伴而出，毛色油亮，咕咕嗒嗒，开启它们新一天的生活。水中的石墩子，木芙蓉树下悠闲着成群结队的“豚”，那“豚”，白羽无瑕，肥硕健壮，自顾自觅食寻欢，全然无视我们从它们的地盘经过。据说，这“豚”是鸭与鹅杂交的品种，肉食鲜美。宋代陆游在《游山西村》中有“莫笑农家腊酒浑，丰年留客足鸡豚”之句，那“豚”意为“小猪崽”，于目下所见之“豚”可是大相径庭了。晚宴上就有一道浓香四溢的白煮“豚”，有人大快朵颐，有人不忍举箸。

我们仨并排走上一座高坡时，路两旁有些开阔起来，“滴水岩小学”豁然在目。名字清凛，似有珠玉触碰之声。两扇银灰色的铁门只开了其中的一小扇，升旗台的旗杆上高高飘扬着一面国旗。孩子们还未到校，操场上空无一人，教室里也是黑黢黢的。我朝里张望，一间办公室模样的房间内亮着灯，两个朦胧的身影在忙碌，正在准备迎接孩子们到学校吧。因为别无他路，记得返程时，我们在滴水岩小学附近，迎面撞见一老一少，老者挎着两只布袋，身后跟着一个六七岁的男孩子，背着明亮的橘黄色书包，低着头一路小跑，他小小的身子，几乎全部罩在一把大雨伞里。没有听见一老一少的交谈，也看不清他们的表情。想必老人是送孙子或外孙去学校无疑了。

与居民比邻的一幢二层楼大门口挂着两块牌子，一长一短，分别是“霍山县东西溪乡杨三寨村村民委员会”“抱儿钟秀茶叶生产服务队”。“抱儿钟秀”在茶界小有名气了，在省城开了不少门店。看看腕表，才刚过七点，村委会大门自然还紧闭着。

一个钟头或许更久，我们站在了村道最高点位置，道旁立一块黑色大理石界碑，上书“霍山县 2016 年高标准农田建设项目田间道-01”的字样。在此俯瞰，恍惚是那样的熟稔，喜悦和亲，突然忘记了感动，只觉是一种花开明媚，天与地与人与庄稼与身旁的一切，皆是那样的静好和安稳。

绿野山庄在霍山东西溪乡杨三寨村，仅是一栋二层小楼，屋顶没有招牌，四下寻觅甚至连一块匾额也没有，问了店主才得知名绿野，听起来是个不错的名字。山庄周遭山环水复修篁掩映，清幽雅致，倒也名副其实。

念恋东西溪

我们是在一个细雨溟蒙的秋日前往月亮湾作家村的。

此月亮湾非彼月亮湾，如你看见的那样，乃是静卧在大别山腹地东西溪乡的太阳冲里，因四周芦渚烟树，奇峰迤逦，又因一弯好水颇似月牙儿穿村而过，故有了形象又风雅的名字。

作家村是由二十世纪原淮海机械厂遗留下的职工宿舍以及厂房等老建筑改造而成，高不过两三层，皆保留了原先的风貌，智者的做法便是让人欢喜的修旧如旧，拱门、廊檐、青砖、乌瓦，一栋栋一幢幢，高高低低地散落在延绵的山坳里。

抵达太阳冲，如你所能想象的，急着逡巡属于自己的那间屋子。果真是开门见山推窗望月。“结庐在人境，而无车马喧”，步出喧嚣的都市，区区百十多公里，竟能拥有这样一处“世外桃源”，可以安放自己日渐疲顿与麻木的灵魂，该是幸运与幸福的吧。与鲁迅、张大千交谊甚厚的现代文学家台静农先生即诞生于六安霍邱，台先生赴台后曾将自己在台湾大学的寓所命名为“歇脚庵”，此处不妨借来一用,月亮湾的一方斗室或者亦算吾等在恋念红尘中的“歇脚庵”吧。

在山里,晴天自然是可喜的,雨天却也有不坏的况味,它使得山愈翠,水愈碧,花愈娇,而此时我们遇着的雨又恰到好处地停了的。

缘溪而行,我们临时决定去走访几户村民。东西溪的主事者与众人在前头,一边走一边比划着什么,我确是一点儿没有听见。我总是拉在众人后头。当一个皱褶满脸的老头儿颤巍巍捧出一摞花花绿绿的小本本时,我的脑际忽然涌现出一个父亲的形象,那是八十年代惊艳画坛的罗中立的油画《父亲》。老人七十多岁,鳏寡独居。从众人与其攀谈中得知,老人日子过得不错。

我们向溪对岸另一庄户走去。我们走过几条茅草松软的田埂。我们遇见一个小孩。起先我可一点儿没有注意到他。似乎他先是在路旁自顾自捉蝈蝈玩的,后来索性丢开玩物,撒开两腿。我们转弯,他先转过,我们穿溪,他在对岸等着,待我们快走近他,愣愣地瑟缩一下后,又歪歪斜斜往前跑。我们遇见的小孩看上去脸部僵硬,眼涎齿涩,当他跑起来时,像电影里的慢镜头,小小的身子在秋风里晃啊晃。

我们确乎是去他的家,确切说是他爷爷奶奶的家。但不晓得这个大小便尚不能自理,连特殊学校也不肯收留的小人儿是如何得知我们要去他家的。

是三间新造的土墙瓦屋,堂屋正中贴着一张有些破损的年画,几只口袋堆在屋角,捏了捏,硬硬的,是黄豆。另一只篾簸箕里晾着半十的花生。里屋一张大木床,床头的柜子上凌乱摆着米、油等，其余别无长物。

后来我们得知，小孩的父亲常年外出打工，亦只能自给自足，母亲早已抛弃了这个一贫如洗的家，不知去向，他跟年迈的爷爷奶奶过活，吃政府补贴。

我们离去时，小孩显得有些不舍，跟了很远。我回头，他趔趄着小身子，还跟在我们后头，眼巴巴地望着我们。他是一个智障儿。奶奶告诉我们，他九岁了。我没有问这个孩子的姓名。我想，有一天我会知道的。

我们折回头，又缘溪向前走了许久，没有碰到一个路人。路旁的玉米都被掰下了，秸秆以及叶子已经萎谢得不成样子，很多叫不出名字的虫豸嗡嗡嘤嘤。

傍晚，一行人驱车十数里至杨三寨，下榻一个名曰“绿野山庄”的旅店。灰白二色的小楼，在曲径通幽处，更显清简与幽寂。灯火渐次亮起来的时候，天空和山峦融为一体，因为微雨，星月都钻进了云层。站在比黑更黑的夜色里，漫山遍野的小生灵正演奏天籁般的田园交响曲，仿佛误入了班得瑞的《寂静山林》，如此安宁的辰光，让人迷离恍惚。这是我们目下的诗与远方。

在东西溪，我们是被赋予了“村民证”的一群，如此说来，以后出入月亮湾则变得义不容辞，对于一个生于乡下，且又有着乡村情结的人来说，这让我欣慰。

时至今日，我还时常暗自思忖：我们不仅要去东西溪吃杀猪饭，行至水穷，坐看云起，体验古蓼国的风俗人情，若在“歇脚庵”里吟风弄月，那纯属自作多情。譬如于古稀老人，我们或可替他垦一块地，摘一片棉花，体力若还可支持，不妨同他一起坐在秋天之上，手握镰刀、镢头、锹、锨等，无论哪一种农具，连续劳作几日，真正体验一回山民"寸草归垛，颗粒归仓"的喜悦，方才算是"小隐"了一回。或者，恼人的失眠、困惑大约亦会从此不治而愈。

再譬如于那个言语不清的智障孩子，当他的腿脚不听话，突然一不小心迷失在外面的世界，找不到回家的路，而他那时与我业已亦师亦友，他知道自己的村庄，已经会写自己的名字。

邻居老王

称呼老王，于我，是恭敬，是尊重。老王，名叫王建国，生于二十世纪三十年代末，属己卯兔，屈指算来，整八十了。八十岁的老王，个子不高，清瘦，却耳通目达，精神矍铄。

说邻居，确凿不假。这得容我约略解释。话说我滥竽充数，持一“作家”虚衔，并且在衔山抱水的月亮湾作家村，坐拥一间小书屋，并美其名曰“雪庐”。拾掇停当，自觉不赖。于是，稍有闲暇，便心驰神往，牵念不已。而老王与妻居住了半个多世纪的居所，距离作家村不过一箭之内，可不算毗邻而居？

初识老王是去冬在“中国·月亮湾作家村”的开村仪式上。那天，文化部原部长王蒙，著名作家谭谈、刘醒龙、许辉、闫红及省内外百多位嘉宾悉数光临，真个山乡盛事星辉耀目。发言席上，一位既非作家亦非官员的长者的一席话，同样获得了热烈而持久的掌声。老王看起来比实际年龄年轻得多，毫无衰朽之态，西装笔挺，谦雅平和，却自称“王老汉”，那铿锵之言犹在耳畔：“今天俺也班门弄斧一下，献丑作个七言：‘西溪月亮湾，生态发自然；青山有古木，绿水碧连天；昔日兵工厂，今天作家村；开门迎贵客，妙笔著新篇。’”后来方知，这位耄耋老人，就是王建国，三线厂的一名老员工。

老王是土生土长的皖西人，还在弱冠时因故乡修建水库，遂随父母从磨子潭镇金家冲村迁往如今的东西溪。六十年代中期，国营淮海机械厂（俗称“三线厂”）在此建厂伊始，老王便被任命为厂部搬运站的主事，负责劳力、物资、交通等代表地方与机械厂协调联系，从此没有离开过东西溪。因童年受过六年半旧式教育，知书识礼，人情练达。八十年代后期，三线厂在完成它的历史使命之后搬迁庐州城，昔年人声鼎沸、机器轰鸣的厂子突然人去楼空，渐次荒芜沉寂，这让留守家园的老王心有戚戚。

月亮湾作家村奠基后，老王与乡邻亲目共睹一座座废弃的厂房修旧如旧，转瞬之间变成大山深处美轮美奂的乡村图书馆、书院、创作室、印象居，既供吃、住、游，亦可赏、乐、购，多位一体的大别山“印象三线”创意文化产业园的华丽蜕变，让老王兴奋不已，逢人便竖大拇指。自此，老王愈加活出他的精气神来，像村口那株守望树一样，默默承担起作家村“守护人”的职责，自愿集义务讲解员、服务员、卫生员诸“头衔”于一身。对于三线厂往昔，诸多细节镂骨铭心，因而遇见爱刨根究底者，老王便是老淮海厂的一部活“辞典”。

戊戌新春前后是老王最忙碌、最快乐的时日，他和驻村作家们一起参加文艺跨年活动，而他的即兴感言常为人所津津乐道。老王不胜酒力，几小盅下肚，面颊酡红，像个孩子，双手捧住自己的脸，布满皱纹的笑容即刻成了一朵花，菊花。粗通文墨的他，立身又合于常，取其正，四乡八邻家中婚丧嫁娶的宴席皆会请他去代表主人向宾客致答谢辞，这属情理，亦是当地的风俗。他的讲演才能便是这样锻炼出来的。

作家村遐迩闻名后，很快熙来攘往，慕名造访者络绎不绝。这可忙坏了老王，不仅引客指路，还要烧茶备饭。尤其春节长假，江苏、浙江、合肥以及六安本地，每日数千游客长日逍游，老王家的兰槐庭院亦是宾客盈门，歇脚的、拜访的、就餐的、问询的，真个热闹非常。喜得老王像捡了宝物，高兴得合不拢嘴巴。

老王妻说了这么一件事。大年初一清晨，东方红霞漫天，山野天寒地冻，鞭炮的繁响过后，老王例行巡视作家村，就像身体一日三餐必需的营养，孰料那座位于枕溪之畔绿茵场中，被驴友称之为艺术装置的旅游公厕，却被冰渍和弃置物淤塞得不堪举足，老王取来铁锤、木桶，一点点的凿、锨，待疏通后，再下河取水一遍遍地冲刷，直至四壁炯明如镜。有人过意不去，问老王："您这是图啥呢？"老王答："我啥也不图。只图游客舒心，娃们放心，自己开心。"他说的"娃"，我懂。

作为驻村作家，村民自然常常不请自到。一旦回山中之"家"，老王说村里就过节了。第一朵映山红盛开时，几位姊妹念及小屋，迫不及待。途中告知老王，甫一下车，便是夫妇二人和一桌子饭菜恭候，好客的老王还宰杀了隔年的老母鸡，群里瞬间晒出满桌绿野时蔬，直把众人眼馋得不行。老王眼亮，问："还有两位咋没来？"电话那头，直把我们感动得不行。彼时，我们与老王不过淡淡的一两面而已。

闲煮光阴茶一壶，偷得浮生半日闲。再回"雪庐"是仲春以后，开村已逾三月。未至村口，果见灰墙青瓦的廊檐下悬着大红的灯笼，近瞧，皆是净几明窗，一丝灰尘不现，各室的楹联端正妥帖亦仿佛延续着年的喜庆，我晓得这样的安好都得归咎于老王。端看那联那字，虽无章法，却浑然苍劲，未尝工整对仗，却自有一种率性真情，有趣得紧。枕溪山房的廊柱上，一巨幅长联引我驻足，外联云："昔年机器日夜轰鸣三线工厂工人们汗流浃背为国防建设作出辉煌成绩，今日县乡领导引外资发展旅游呕心沥血成功打造作家村喜闻春暖花香"，内联曰："领导汗水润大地，方有今天作家村"。一个皓首老者携老妻为撰贴此联，不难想象，费了何等神思与体力。

老王四世同堂，合家三十多口，五个子女分别定居苏、杭、皖等地，只有节假日方能承欢膝下，子女皆劝老王少管事，多颐养。老王可不乐意听这话，嗔道："娃们太累了，看着心疼。他们将家乡装扮得这么美，我一把老骨头还算硬朗，能尽点绵薄之力理所应当。"孩子们当然拗他不过。如今，老王的名声是愈发大了，村里不仅聘请他为特邀导游讲解员、环境卫生监督员，还担任县政协联络员。这让老王喜不自禁，虽为一介草根，却更觉肩上一份沉甸甸的责任。

那天，我与云第一次走进老王家，举目，杜鹃、蔷薇花期已过，山峦遍野尽是蒲儿根、垂盆草，匝地铺天的明艳。柴门独院雅致清爽，干净整齐，墙角一树月季开得正旺。老王早早迎出院门，屋内照例一桌好饭等候。茶醉饭饱之后，话匣打开，我们七嘴八舌，聊三线今昔、风俗掌故、山川水色、乡土记忆……步出庭院时，只见黝黑的天幕，一弯新月，满天星斗。

山谷寺

三月的季候是极好的。绿苔空阶，柳色烟岚。尤其行走在潜山各处，关隘、峡谷、平畴、村寨。喜欢山中，喜欢这样的日子。脚步可以或急或缓，思绪可以天马行空。

孤塔翩翩，檐寺高耸。众人缘阶而上。我亦是第一次游览三祖寺。虽曾途经，却是无缘，此次终得一见。三祖寺又名“乾元禅寺”，南朝梁武帝曾赐名“山谷寺”。该寺位于天柱山谷口下的凤形山上，周遭峰峦迤逦，林泉有致。《天柱山志》云此山：“峰无不奇，石无不怪，洞无不杳，泉无不吼。”丁酉春日，眼见为实，果是名不虚传。

山谷寺是个极清幽的所在，除了历经沧桑保存下来的古建筑，耐人揣摩的还有崖壁上的那一幅幅石刻。春山盛事千载时光，岩岩之石涓涓之涧。山谷流泉共集古今名人题刻近四百处，尤以宋王安石、李柬之、苏东坡、黄庭坚等骚人墨客的题刻最为人所称道。

临川王安石有作《题舒州山谷寺石牛洞泉穴》诗二首。其一是:“水泠泠而北出,山靡靡以旁围。欲穷源而不得,竟怅望以空归。”其二是:“水无心而宛转,山有色而环围。穷幽深而不尽,坐石上以忘归。”此处镌刻的便是第二首。朱红字铺黛青底,在一众石刻丛中,倒也醒目。也有刻“泉滚滚”“止泓”“一柱擎天”的。杜子美的《秋兴八首》镌刻在大门东侧的石壁上,深得冬心趣味,既端庄凝重又笨拙高雅。好诗句,虽然并不是匹配眼前的景色。

三祖寺门前有一方放生池,目睹一截古木残枝上,卧着一大一小两只龟,天上云影徘徊,水中嫩叶重生。一丛丛野花,从石缝里探出纤细的枝条。梵音袅袅,夕阳垂在半空。

忽忆起林散之赠懒悟法师的诗:“云树年年别,交游淡更成,人间懒和尚,天外瘦书生,好纸何妨旧,颓毫更有情,平生任疏略,墨里悟空明。”懒悟为佛门高僧,善丹青工诗词,曾师从一代大家林风眠,与唐云亦有交谊。读过《懒悟画册》里的作品,闲雅澄净,清逸绝尘。懒悟作画毕,常在画上钤“二石而后”方印,“二石”即指明末清初的高僧石涛、石溪。光阴披沥,沙沉金露后,今人视其为画苑一杰,绝非偶然。

令我稍加疑惑的是,山谷寺为安庆乃至皖地名刹,懒悟自日本游历问道归国后,二十世纪三十年代曾常驻迎江寺,多次往返安庆、九华山等地,是否也曾修禅于三祖寺呢?

山谷寺的名字似乎比三祖寺多喜爱一点。

我从山中来

读朱自清的散文《白马湖》，就会不由得想起潜山的白马潭，名字虽一字之差，想来两地风土人情亦有大不同，但我私心里觉得白马潭是一点儿不逊色于白马湖的。

有山、有水，又暖律暄晴杏花如绣，再又粉墙细柳清堂茅舍作了春天的背景，我是一次次想起白马潭的。想起白马潭，想起白马潭一位卖兰花的老人。

书房的矮柜上，就端立一盆兰，素雅的影姿与一室书香是何等相宜。那高洁的幽芬，常常使我"辄于其间，少得佳趣"，但更多瞬间我会陷入一种念想。它是我从白马潭带回来的。

"文艺聚焦，全国名家看潜山"，第二天的行程中有嘉宾体验竹筏漂流的环节。要寻访的地点实在多，时间甚至精确到几时几分。七八十人的队伍，路途远，山路又多，真是难为了主办者。我们从黄龛村探究梅花鹿的养殖训导处分乘两辆大巴前往白马潭，那厢的接待人员已恭候多时。顾不上欣赏湖光水色，莺啼芳树，宾主便纷纷穿上救生衣和鞋套,因为竹筏是粗毛竹制成的,贴着水面鞋子会渗水。

丢在座椅上的相机使我的速度稍微迟缓了一点,甫一迈步下车,就见一位老者挎着一只竹篮迟迟疑疑走近前来,

"买兰花吧?"

他好像是突然出现的,我还没有缓过神来。

"多少钱一株?"

"十块。"

我只是随口问道,并没有打算真的想买。明天还要登山,况且行李箱中如何带它回家呢?"十块?"简直疑心自己听错了。园子后面的正丰花市,兰花动辄几百上千的一盆。在霍山,曾慕名去一个兰花养殖基地,兰花亦是从深山挖来,经过培植,再冠之以美名,却是几万十几万一株,即使这样的天价兰花,仍有爱兰者从全国各地络绎造访。咋舌后只是自嘲孤陋寡闻。据说,山里的兰草如今稀有,本极珍贵,如何这么贱价呢?

再问:"是十块一株吗?"

老人憨憨地笑答:"是的。"我这才抬头。

卖兰花的老人个子不高,戴了顶草帽,露出青筋的一双手有些无措地交叠着。

河岸水埠头,人们手忙脚乱地登筏、拍照。赶紧回答:"要。"再看老人的竹篮,天,竟然只有两株兰草,多想要一株也是不能的。来不及多想就把它们抓在手里。

倒也是我喜欢的样子,一团墨气,细长的叶片,每株都有几支含苞的花箭。两株兰都用红色的已破损的塑料袋牢牢地包着大

大的根系。付了区区二十元，就将它们丢进车里。

站在竹筏上回望，老人清癯蹒跚的身影很快掩没到桃花隐隐的山坳里了，再寻他不见。

突如其来的不安骤然攫住了我。我不知道卖兰花的老人名字，不知道他是否住在附近的村庄，还是来自别的地方，他一清早就去山里了吗，他走了多远的路，他如何在密密嶙峋的山谷中寻到这两株兰的，这是他一天的生活吗？我为什么没有追过去多给他几块银子？我是贪图兰的贱价才买下它吗？没有来由地想着这些，一瞬间，全然是抑制不住的岑寂和愧疚。

漂流结束返回大巴时，临时向导小朱老师发现了我丢在桶里的两株兰，拿起来细细端详，便抑抑搭讪。他说此两株为深谷极品枝兰，“细叶、鬼脸、独箭”，又野生的，很多人想采而不得，是一种山里也难寻的珍品。

幽丛不盈尺，空谷为谁芳？闻言极其珍贵，那一刻，我的心里陡然又增加了更多的岑寂和愧疚。为老人，为自己。

农庄半日

读师范时的凤仙同学早早相约，国庆期间，去淮河岸边的禾泉农庄小住，说用心感受一下氧吧里的花香鸟语、呦呦鹿鸣，尤其是傍晚时分鸡栖于埘的景象，“可以抵半年尘梦呢”。果真？能够捡拾一些久远的记忆，真是很好不过的一件事情，况且，尘埃满腹的五脏六腑确实要寻找机会认真洗濯一番了。

车驶合徐高速，一路微雨，连日来因干燥，行道树重新勃发一种蓊郁的清泽，木槿和紫薇还在淡淡地开。

禾泉山庄的择址颇显庄主的先见之明。十七八年前，农场并不时尚，这个农庄的位置就圈定在这里，从此精心谋划步步为营。生态农庄位于皖北蚌埠市涂山风景区内，是传说古时大禹三过家门而不入、创建治水丰功伟绩之地。它南接天河之水，西畔淮河与涡河天河交汇之处，向南，则是被誉为“淮河明珠”之称谓的龙子湖风景区。

农庄沐浴在细密的烟雨里，还没有来得及打量一眼，便被主人邀约至生态餐厅。环顾，偌大的餐厅亮瓦镂空，碎石铺路，流水清越，而举目，四周尽是芳草绿植，次第错落葳蕤繁茂，山蕉萝竹应有尽有，绿植环绕又做了天然的隔离屏障，使得席与席之间不见人面桃花却闻风铃穿耳的环佩之声。

酒未饮已微醺已目眩。餐宴毕，回酒店，站在宾馆露台，则见云开雾散，月挂中天，树影婆娑，秋虫唱和。极目远眺，我知道那里就是淮水流经的两岸，四周早融入一片黝黑寂寥中。这样的时刻，适合彻底放松全身的筋骨，或者靸着一双软底绣花拖鞋，额，隔壁的女友就是这样，张爱玲就是这样，曾在静安寺附近的常德寓所，等待那个她心甘情愿低到尘埃里去的人。而在这里，大多数人是无人可等的又抑或不屑于等待，因为这世上的有些事，本不是等来的。

将台灯调亮，其实这样的氛围尤适合读一本古龙的武侠小说，《陆小凤》与《楚留香》都甚好，又或者明清一本轻薄的闲适美文，张潮说："少年读书，如隙中窥月；中年读书，如庭中望月；老年读书，如台上玩月。"真是精妙恰当。手中的书本又轻又薄，但是文字却发乎生命本体，在灯影摇曳中听雨、烹茗、捉虱子、喂蚊虫乃至发牢骚、讲怪话、骂娘也是都饶有情趣的。比如就读读《种蕉记》或《随园记》，哪里不是至情至性？

清晨在隐约的花香鸟语和鸡鸣狗吠声中醒来，恍惚竟不知身在何处。匆忙洗漱，出门，独自行走于农庄的每一条道路，昨夜风骤雨疏，地上积了些落叶乔木的叶子。想登上山顶看看淮河、涡河或者荆涂大桥，询问一位早起的园丁，答曰此处便可登山，只是夜晚的寒露未消，山道湿滑，不安全，"姑娘请迟些再上山"。闻听

"姑娘"两字,猛然有些怔忪了,那些真正的青春年华的日子都去了哪里?

谢过长者,漫步于庄园深处。池塘、文苑、茶舍、酒坊、盆景苑、户外拓展训练基地等都各具其所。所见动物如鸡、鸭、鹅、狗、猪、鸵鸟等,鹿苑内梅花鹿数头,均以舐犊情深的姿态感动着它们身边的游人。石榴园中的石榴已然透熟,诱人的果实悬挂在枝枝丫丫间,发出蜡质般的光泽,树下广阔的空间,则成了鸡鸭们快乐的王国。去瞧猪舍里的小黑猪,它们更是农庄的一宝,黑压压的一群,像涂了乌亮的油彩。央视七套曾做过专题播放,猪们列队,从高高的跳台上跃入池塘,让人忍俊不禁。此猪非市场出售的彼猪,散养,吃玉米、草、糠等有机饲料。晚餐时我们已经先饱尝了口福,猪肉的浓香醇美,似乎还在舌尖萦绕。

农庄里的那些植物、花卉、农作物们呢?起伏不平的岗坡上,麦子已植新苗,水稻的穗子沉甸甸地垂着,玉米地只剩下空空的秸秆,摘下的玉米是生态猪的美食,农人正在脱粒,迟种的花生和一垄垄山芋正翘首以盼……至于植物花卉,不说也罢。十足皖北民俗风情的农庄,农庄主持之以恒倡导和谐自然的农耕文化,让人联想到,皖北的淮河流域,是中华民族古文明的发祥地之一,劳动人民创造了远古时代极其灿烂的农业文明。五千多年后的今天,我们置身其间,依然能够感受历史所留下的丰厚的文化遗迹,滋养和提升着这个地区的文化品位。

神思恍惚之际,接闺蜜电话,说赶快上车去农家摘石榴。汽车由东海大道途经荆涂大桥,沿着淮河岸边徐徐前行,除了参差的房舍,眼前掠过的全是一色的石榴树,道路两侧摆摊售卖的联袂成片。不多时,车辆停驻在一家农舍前。这片园子地势略微倾斜,紧抵河岸。河道里人来人往穿梭不息的船只眼底尽收。

与石榴园主人闲话,这片园子为刘姓后裔,祖祖辈辈以种植酿酒为业,诚信经营,早达小康。我们看树龄,莫不是几十上百岁的老树。八仙桌前,主人熟稔的刨开满桌的石榴,如玛瑙,剔透晶莹,“石榴香老愁寒霜”的那页早翻过去了,分明是杨万里咏《石榴》里“半含笑里清冰齿,忽绽吟边古锦囊”的俏模样。刘庄主说,该品种名“玉石籽”,为怀远特产,名传千万里。

“都是外地客人开车来买,产量不多,不够卖”,老实的主人憨笑着,言罢,殷勤请我们品尝。哪里用得着招呼?迫不及待地提着篮子盆儿桶钻进了石榴园。

几艘装载沙土的船泊在岸边,高高的沙堆上,几个孩子自顾自在玩耍,无忧无虑地笑,全身心投入自然。太阳照着轻起涟漪的河面,滩涂上,一块块菜蔬青翠碧绿,一片片蒹葭茫茫苍苍。园主人指着大桥下游的拐弯处,说,那里便是涡河的入淮口……

来农庄之前手头正翻阅许辉先生的新著《涡河边的〈老子〉》,或许许辉先生创作此书的最初缘由,是因为襁褓中的出生地,恰是距离老子家乡不远的淮北平原,冥冥中注定许辉先生数十年与《老子》相伴。本书对字字珠玑的《道德经》以诗化的散文语言进行创意解读,令人耳目一新。老子出生地到底是河南鹿邑还是安徽涡阳,自二十世纪九十年代初,地方主义者便各执一词,由此拉开老子故里纷争的序幕,两地网友更是锱铢必较,争得老死不相往来。老庄孔孟作为中国古代儒家和道家思想的创始人,他们都生活在淮河流域,这是毋庸争辩的事实。具体到老子是出生在鹿邑、亳州还是涡阳,这已经不是最主要的问题了,重要的是,老子和他的先祖,都共饮涡河水,生活和行走在涡河两岸。涡河东南流,而后注入淮河……

许辉先生的新书首发式历历在目,他对《涡河边的〈老子〉》的创作灵感的阐释犹在耳边,没有料到,就这么偶然、这么快来到了涡河岸边,站在两千多年前先哲们曾生活过的地方。久久,目送荆涂二山夹持着清徐激越的淮河,向东流去。

从"三味书屋"说起

丁酉深秋,途经古城绍兴,留驻时间不足二十四小时,拜谒鲁迅故里、兰亭与沈园已占去大半日,除了必需的睡眠,咸亨酒店的美食是无法细细品味了。那么余下的时间,越州享誉古今的两处书屋——三味书屋与青藤书屋,恰好可以稍作流连。

三味书屋现在是连极小的小孩子都能叫得出的名字,因为鲁迅先生妙趣横生的、令无数学生心驰神往的散文《从百草园到三味书屋》,收在中学语文教科书里。

在清末的绍兴城,三味书屋是很有声望的私塾,也是鲁迅塾师寿镜吾家人的世居之地,其中"坐东朝西的三间侧屋"便是学馆,鲁迅十二岁时随"方正,质朴,博学"的宿儒寿先生于此读书。书屋依约还是百多年前的旧物与格局,鲁迅那张"特地花了两块钱,买了一顶两只抽屉的书桌"静置在学馆的一角,桌子下方少年周豫才曾用削笔刀刻下的一个"早"字被放大影印在书桌上方。据说某次因为迟到,受到塾师严厉批评,鲁迅刻下此字用来自勉。

“三味书屋”原称“三余书屋”，取“为学当以三余”之义。即三国董遇所说的“冬者岁之余，夜者日之余，阴雨者晴之余”，以此来勉励后人勤奋读书。苏轼甚赞“三余”说，曾作诗“此生有味在三余”，寿家先祖遂改名“三余”为“三味”。而寿镜吾先生的儿子寿洙邻对“三味”的解释是——经书之味、史书之味、子书之味。意为读经味如稻粱，读史味如肴馔，读诸子百家，味如醯醢。“三味书屋”匾额的题写者是同时代的书法家梁同书。欲究其“三味”之意，诸君不妨自己忖度。

先生们在三味书屋并非开启学生的童蒙教育，而是教授他们儒学的一些基本知识。不止鲁迅在此上过学读过书，周作人同样入此塾，只是比鲁迅晚了几年，他的塾师是寿先生的儿子小寿先生。

话说少年鲁迅家境还是颇优越的，出生于绍兴本地的周姓大家族，房屋田产之丰裕自不待说，族中还多有饱读诗书之人，并且还有在京城做官的祖父。祖父周介孚，学问超群，中过举人，是清末的“翰林”。大约鲁迅进私塾读书的同时，祖父介孚因科场案下狱，仿佛飞来之灾，即刻使这个家庭失去了原有的安然与宁静，父母亲担心累及孩子，遂将鲁迅兄弟送至皇甫庄外婆家避难。那年周作人才八岁，鲁迅年长二弟三岁半。《知堂回忆录》中对这段避难生活的感受是“颇愉快的”，于鲁迅来说，却是别样的体味。《呐喊·自序》中说：“有谁从小康人家而坠入困顿的吗？我以为在这路途中，大概可以看见世人的真面目。”“我寄住在一个亲戚家，有时还被称为乞食者。”那段寄居生活，敏感的少年遭受亲友鄙薄，留下深刻印记。

但是皇甫庄的避难对鲁迅兄弟却也有些不坏的影响。因为他们的外祖中过举人，两个舅父也是秀才出身，要说鲁迅的母亲出身于书香门第亦是理所应当，只是等到鲁迅兄弟去避难时外祖父已经去世。

舅父家亦有不少藏书，兄弟俩初次见到石印本的《毛诗品物图考》，插图精美的《荡寇志》，竟有种掩饰不住的愉悦。鲁迅自幼博闻强识，喜读野史、杂记、小说等，对绘画亦有浓郁的兴趣，便借此机会影描《荡寇志》的全部绣像，填补许多无奈与寂寞的时光。其实读鲁迅许多散文，不难看出，鲁迅从童年起对家乡的民俗文学便有种深挚的偏爱。

周作人在《关于鲁迅》一文中曾这样写道："豫才从小就喜欢书画，——这并不是书家画师的墨宝，乃是普通的一册一册的线装书与画本。最初买不起书，只好借了绣像小说来看。大约还是在皇甫庄的时候，豫才向表兄借来一册《荡寇志》的绣像，买了些叫作明公纸的一种毛太纸来，一张张的影描，订成一大本，随后仿佛记得以一二百文钱的代价卖给书房里的同窗了。"由此可见，少年鲁迅——那时叫周豫才——迷上抄书与绘画，且绘画功夫已算了得；再则可以约略知晓鲁迅家道中落的情形。

寄居外婆家将近一年，"鲁迅一回来，就往三味书屋寿家上学去了"。俗语说"屋漏偏逢连阴雨"，接着，小姑母难产去世，父亲又患了吐血的肺病，使这个家庭陷入更加深重的困境。祖父入狱与父亲的病久治不愈，作为家中的长子，面对弱母幼弟，鲁迅的压力可想而知。为救治父亲，典当家产，问医寻药等，都落到了鲁迅身上。在《父亲的病》中，可以读出鲁迅的无奈、忧伤，一遍遍地希望着，又一遍遍地绝望着。这样的日子持续了四年，而这几年，亦正是鲁迅拜师寿先生的私塾读书期间。最终的结局自然是人财两空。鲁迅父亲于一八九六年九月去世，年仅三十七岁。对十几岁的鲁迅来说，这份记忆是窘迫的、隐忍的，是重压的，更是悲怆的，四年徘徊于市井，已深尝炎凉的世态，曾经的优越自尊被俗世的冷眼与生活的苦难一寸寸侵蚀。

还是在《呐喊·自序》里，“我有四年多，曾经常常——几乎是每天，出入于质铺和药店里，年纪可是忘却了，总之是药店的柜台正和我一样高，质铺的是比我高一倍，我从一倍高的柜台外送上衣服或首饰去，在侮蔑里接了钱，再到一样高的柜台上给我久病的父亲去买药。”“我要到 N 进 K 学堂去了，仿佛是想走异路，逃异地，去寻求别样的人们。我的母亲没有法，办了八元的川资，说是由我的自便……”长期的苦闷压抑以及对于人生前途的渺茫，鲁迅于是决计离开故乡，到南京求学。这次求学，将开启鲁迅人生新的篇章。这年是一八九八年，鲁迅十七岁。

补记一下，在三味书屋鲁迅课桌的墙上，有复制的三枚橘黄色的小书签，鲁迅用毛笔工工整整书写着“读书三到，心到、眼到、口到”，目睹者皆言“制作精美”，其时对于自幼热爱美术、喜欢涂涂画画的周豫才来说，能将《荡寇志》一本书摹画下来，并能被同好者买去，此等功夫用来制作一枚小书签，那简直就是不费吹灰之力了。成为文学家与思想家后的鲁迅，又为自己出版的书籍装帧设计绘画插图，少年时的美术功底应该功不可没。倒是“三到”之说可见鲁迅彼时读书已有自己的秘诀与坚持，所以学得好记得牢，常受塾师的夸赞。读书“三到”亦并非鲁迅首创，乃是出自南宋朱熹的《训学斋规》:“余尝谓:读书有三到,谓心到、眼到、口到。心不在此,则眼不看仔细,心眼既不专一,却只漫浪诵读,决不能记,记亦不能久也,三到之中,心到最急,心既到矣,眼口岂不到乎?”囿于篇幅,“青藤书屋”另文再说。

天长日记

天长之行可算是苏北先生戮力所为。苏北带领几个姊妹读《红楼梦》,每周一次,已经一年多了,四册书读了大半,彼此就逐渐熟稔起来。苏北是天长人,壬寅虎年出生,“红楼”的几个姊妹只比他略小几岁,有时就“苏先生”“苏公子”“陈立新”的没有“规矩”起来,他也不恼,“嘿嘿”地一应笑纳。某回不知谁带头出主意,秋兰缥香,要去天长——苏北的老家走走看看,一并拜谒仅一湖之隔的高邮汪曾祺先生的故居。苏先生竟郑重地答应了,还几易采风方案。苏先生极其认真,是一定要把允诺的事情做好。于是就有了这趟戊戌深秋的天长之行。

(一)

多年前知晓天长,是因为这个名气不是很大,只有几十万人口的县城,八十年代就涌现出一批在省内外乃至全国崭露头角的作家，陈源斌、钱玉亮、许春樵、苏北、叶世斌诸人并驾齐驱，他们诗文并举才华超逸，闹出不小的动静，时被安徽文学界誉为“天长现象”，省文联还专门组织人马跑到天长开了一个规格颇高的“天长文学现象研讨会”。稍后，我们都知道，那部红透半边天的电影《秋菊打官司》就是根据陈源斌的小说《万家诉讼》改编的。

天长采风的第一站是观览深秀长山。如果说，天长只是一个泛泛的地域概念，而长山，则是具体而微了。《长山》是苏北十数年前一篇散文的名字，写的是在一个炎热的夏天，他与一个叫小秦的男孩子结伴去长山的一个山坳里，为两个女孩帐蚊帐的故事。诗化的文字，鲜活的场景，穿越遥远的时空，像电影蒙太奇，于少年的情愫与憧憬中，交织着淡淡的无可言状的欢悦与忧伤。因此，记住“长山”这个地名。

恰是雨过天晴，深秋的长山，真是水天共色，风烟俱净。这里号称“皖东最后的古村落”。简短的仪式后，汊涧镇的几位领导引领我们走往村里，举目粉墙灰瓦，清流碧潭，却没有遇到几个村民。村里有个“青年之家”，窗扇两旁镌刻一副对联：“扎根农村干革命，广阔天地练红心”，时代印记豁然在目，几位曾经下放过的师友历经那段如火如荼的岁月，他们在联前集中留影。这副对联给了他们一次短暂的集体怀旧的机会。

长山村文化底蕴深厚，有“吴头楚尾”之称。境内有马家墩新石器文化遗址、青狮墩商周古文化遗址及规模庞大的四股墩古窑址。长山出土的古陶器皿造型朴拙美轮美奂，令人惊叹几千年前古人的制陶技艺。

长山村的村史馆恐怕称得上是世界上最小的“馆藏”了，陈列品大多为半世纪前后该地区农民的日常生活所用，扫帚犁耙、坛罐杯盘，小到一张票证，大到一架水车，甚至一张样板戏画，一部“蜜蜂”牌缝纫机，均悉数陈列。这些熟悉的农具与物件，伴随着中国农民走过漫长的艰辛岁月。中国的改革开放不过四十年，我们这一代人，是亲历者、见证者、参与者，更是享受改革开放成果的一代人，面对这些实物的“过去式”，何曾不是感慨万端。

龙隐禅寺属走马看花，因为时值晌午，午饭在即。大雄宝殿自然是庄严肃穆的。寺院中有一株很大的树，像是麻栎，百岁以上了吧？寒霜已将它的叶子染成一片金黄。还有一眼井，当地人叫它“龙王井”，据说始建于唐代，井台新铺一地灰色旧砖，宽窄丈余，台阶及四围落了层叶子，还在临风翔舞。走近，井壁内一泓碧水几抹青苔，外壁隐约见“北宋元祐”等字样，风化得几乎看不真切。

龙王井僧人至今仍在沿用。

（二）

中午在汊涧镇食堂就餐，天长本地特色食物。众人都喜欢喝那道“鱼羹粉丝汤”，清鲜可口，妙不可言。接着就乘画舫游览红草湖湿地公园。其实红草湖是说不得的。别说吾等，就是文坛中持大名的，要写红草湖，怕是几个人合起来亦敌不过一个钱玉亮。因为天长的钱玉亮二十几岁就写出《红草湖的秋天》，首发《上海文学》，《小说月报》随之转载，可谓一炮震惊文坛。时隔经年，又一篇《红草湖之恋》倾情出炉，泼泼洒洒万余言。真是了不得的好。他的老乡兼老友苏北由衷夸赞:“《红草湖之恋》可以是传世之作。它既是一篇好的散文,又是一篇风俗史。”“钱玉亮会像我们天长的宣瘦梅、王贞仪一样,留在天长的历史中。”唔,够了。谁还再敢写红草湖呢?

有人问究竟啥为红草,还是引用老钱的原文吧:“长成的红草,叶子披针形,杆空心,有节,似竹似苇,又非竹非苇;细如麦秆而质地却颇为坚硬,高六七尺,盘根错节,蔓延滋生,连片成荡、成湖。奇异的是到了秋天,霜降一过,草秆竟闪起光洁的褐红色,叶也褐红,远远望去,疑是世界着了火,十分的好看。”红草,植物学中的名字即是“荻”,文人骚客们在千百年前就曾多次歌咏过它。

当然,我们目下的红草湖早已不是钱玉亮记忆中的红草湖了,因为时光已流逝过了几十个春秋。想想,这几十个春秋天长变化有多大,全中国的城镇乡村变化有多大,世界变化有多大。但是,我们坐在游船里,所幸这片湖水,还是那么明莹澄澈,曲栏孔桥,透过斜阳蔓草,别有一种古典雅致(虽然红草已不是过去的方圆几十公里,只是起起伏伏的一小波,一小波)

突然想到,红草湖原来是不叫红草湖的,因为这片湖,这片草,因为老钱的两篇文字(当然,他还有很多其他好文),天长人才愿意将这片湿地命名为“红草湖”。我想,这是天长人对文化人的一种身份认同,更是对大自然曾惠泽几代天长人,情感上的一种回馈与感恩罢。

(三)

汽车抵达金集镇时,暮色慢慢开始压下来,天已向晚。秋虫阒阒,朔风浩荡。杨捷将军墓冢在一个高坡上,神道很宽、很气派,文武神像都显得高大威武,雕刻甚美。还有一对保存完好的石望柱。石像生让我联想到才去过的凤阳明皇陵,都属不可多得的艺术瑰宝。我们又看到了红草,比湿地公园多得多,连成一片,又挺拔又茂盛,因为风大,白晃晃的芒絮在逐渐暗下来的旷野像起伏的浪,有萧瑟寂寥之感。我们裹紧衣服。神道尽头,是一条河,对岸可以看见村庄的轮廓。

杨捷是明末清初人,戎马一生,功勋卓著,死获厚葬。此地尚有清代音韵训诂学家王引之、吏部尚书王永吉之墓。“青山埋英骨 谕兴多古墓 ”,飒飒的马蹄声在岁月中远去,留一座墓冢供今人发思古之幽情。

汽车继续在黑暗中前行,前面要去的地方是“书香小镇”——郑集。远远地,霓虹灯次第闪烁,将文化广场映照得一片明艳。此地不仅有亭台楼阁、时尚雕塑,更有嘉禾弥壤、川河萦迂。游览过程中我们才晓得,这里是中国农村文化中心的发源地,“全国先进文化站”,受到中央、省、市的多次表彰。郑集小镇人口仅两万多,藏书却达一万五千册之多,名副其实的“书香小镇”。图书借阅中心,几个小孩下学后在此安静地读书,连头也不抬一下。看了看书架,经史子集、散文小说、当代名家,全有。读书环境更是没的说,月洞门,木圈椅,四壁的书,一盏盏古典的吊灯,一束干涸的莲蓬曲折有致的插在一个古瓶中。

遇见张秋生的摄影展,就在隔壁,他的摄影作品之多之好不用我多作介绍。小小的郑集,给人意想不到的惊奇与欣喜。其实在汉涧镇,亦是看到了一个类似的图书阅览室,规模不及郑集大罢了。礼堂里还停有流动图书借阅车。汉涧镇的所在更像是人间仙源。

（四）

第二天一早，预报原是有雨的，天气却是好得出奇。去的是抗大八分校旧址，在铜城龙岗村。1941 年 5 月，新四军二师军政干部学校正式改名中国人民抗日军政大学第八分校，在此办学，两年后，分校离开龙岗。战火纷飞的年代，这所临时大学为革命军队培养出许多优秀的干部不必赘述。

纪念馆外陈列着使用过的飞机坦克大炮，还有一座炮楼，看了让人激动。这些武器在当时并不先进，但勇敢的中国人民经过八年浴血奋战，终于打败了日本帝国主义，解放了全中国。馆内，本来是一名导游在介绍，钱玉亮嫌她讲得不够地道，大家听得不过瘾，索性自己讲。他讲得生动、饱满、跌宕。本来嘛，谁敢媲美博物馆馆长呀？也有一排排简陋的学员宿舍，墙上还张贴着当时的作息时间表。杜甫有诗“烽火连三月，家书抵万金”，紧张的学习训练之际，昏黄的煤油灯下，可爱的战士们也会有写家书这样温馨的时刻吧？

第八分校旧址分布于古民居群中，与民居交相辉映。如今是长巷阒静，日影幽幽。村外的空地是一片白杨林，树叶飒飒的落。青石小道开着黄黄粉粉的野花。一垄垄菜畦碧绿迷人。有一块萝卜地，萝卜长得水灵，都拱出地面了，嘴馋的便想吃，有人硬是丢了十块钱给屋主人。于是，马上听到一路的“咔嚓咔嚓”嚼萝卜的声响。

接着车览高邮湖风光带，又是红草。第三次看红草，亦是最壮观、最有气势的一次。齐刷刷的，连绵成片，像一波迤逦的红潮，随着坝势的走向，浩浩荡荡地蜿蜒，蜿蜒……坝高草低，车子又不停，急得女文青们一声声地“啊呀呀”。拐弯处，车子慢下来，看清了。就是红草。天长的红草。红草湖的红草。即刻发朋友圈，引来围观：“哦哦，曼妙的女子；哦哦，古老而美艳的红草。”

上午的最后一站是秦栏，孝子之乡的秦栏。围绕朱寿昌“弃官寻母”作了许多文章，编书、征联、造园、植树、塑像，“孝”文化无处不在。记有一副楹联：“千秋忠在上，百善孝为先”。苏轼有贺诗，曰：“羡君临老得相逢，喜极无言泪如雨”。天长乃文化之乡，孝子之乡，亦美食之乡。中午的“秦栏卤鹅”实在好味道，比安徽长丰的“吴山贡鹅”更地道，是吃了让人忘不掉。石头馍、大脆(一种面饼，皮有芝麻，焦黄)也极其好吃。有美人食不停箸，还说要“打包”车上吃，暗地里我就踩她的脚，“暗示”不准她再吃。唉唉唉，只恨胃囊小了。

然而，我们要离开了。再见，天长。再见，红草。再见，亲爱的美食。

猴坑与他

车子在山里绕了几道弯后，在一个村子前停了下来。村前的小广场上立有一尊雕塑，是一只有点抽象的猴子。忽然一个激灵，可不就是猴坑村吗？太平猴魁——爱喝茶的人怕没有不知道的，猴坑一带便因产此款茶而出名，现在更是鼎鼎大名了。

来到老刘家，是阿里山带队来的，在菜场、小镇，甚至某农家门口，都看到山民与阿里山打招呼，可见阿里山的人缘。他说带朋友到这里来了许多趟，有关茶事，比如喝茶、采茶、买茶，比如爬山、吃饭、看景。到底多少趟，他笑，哪能数得过来？当然他带的都是省城去的朋友。我臆想，他的甘棠别业，倒像古时行旅的一处驿站。不过，只他是别业永远的主人。

老刘学名刘长明，年纪其实不算大，四十上下，穿着周正得体，衣领里掖一条烟灰色围脖，斯斯文文，却一脸诚恳厚道。在三口镇看到老周搬了一个猪屁股，原来阿里山带驴友去他家吃饭，老刘从来都是一文大钱不收。《礼记》云："来而不往非礼也。"这是他们想出的一计妙法,算是还礼。到村里转了一圈,四五十户人家,大都三四层徽式小楼,依地势而筑,粉墙青瓦,日子殷实。

喝到了最好的猴魁。因保鲜得好,修长苍绿,白毫伏隐,兰香高爽,猴韵醇正。老刘说山上气温低,猴魁青叶的采摘相对要迟,大约于四月中旬,成茶两叶抱一芽,俗称"两刀一枪",民间称"猴魁两头尖,不散不翘不卷边",茶汤清绿匀润,有"绿金王子"的美誉。站到四楼平顶,可看到刘氏茶园,村里大部分人家的茶园也星散此地,海拔六七百米,很远的山坡,氤氲着山岚雾霭,山脚下即是太平湖,87 版《红楼梦》中林黛玉抛父进京都——黛玉乘舟北上就是在此拍摄的。猴魁的生长环境不用我多讲了。"村里每年的新茶不够卖",去年的一个周末天,老刘说他家竟然涌来八九十人,别说吃饭,就是站也没地方站了。猴坑就那么大,一年也就产那么点子茶,想买猴魁还真不是件容易的事。

老刘家有七八间客房,收拾得干净整齐,当然是备不时之需。这得归功于他妻子的功劳。可他在楼东边又新圈了几间老宅和一大块地,领着我们看。老宅旁是菜地,茫茫苍苍一片,都长得肥美水灵,蔬菜们喝的都是太平湖的水。

"一到茶季,通向山外的路就堵上了,车子进不来,出不去。我还想组织村里人,把水上游船搞起来,让城里人看看咱猴坑,不止茶好,还有好山好水。"老刘很神往,也很有信心,"春天到了,就动工。用不了多少时间,村里又是一番样子了。"老刘的宏伟构想是,修整拓宽,在家门口建一水上码头,修一座停车场。真不能小觑老刘的眼光与实力。

门口有两株腊梅,年头不少了,一株素心梅,一株狗牙梅,正开,香极了。是腊月天,没有意料中的冷,又喝了热茶,就站在门口看花,看远处的风景,不过瘾,又穿过菜地,转到湖边,湖边已有了一个码头的雏形,静水澄碧,山从这里慢慢退向远方,水域变得开阔起来,蓝得像一匹锦缎。

遇见几个老人抱着火熜在晒太阳,拉家常。寒冷时节,皖南的许多人家仍用火熜烤火,或者将火熜放在一个特制的盆里,给小孩坐着取暖,怕热气散去,盆沿都遮一层小薄被。老刘家有空调,也还有一个火熜(或者是旧年留下来的),已经不是老徽州手工编织的传统火熜(有人专门收集徽州旧物,会编制传统火熜的人现在是越来越少了),好像是金属做的,放在一个很大的腰子形的盆里,栎碳发出微红的光。这天,他家的火熜上一直焐着火锅,中午,一盆盆的火锅就是从火熜上端到桌子上来的。肉、鱼、鸡、虾、猪蹄、大肠、腌笃鲜、时蔬,全是锅仔,"咕嘟咕嘟"冒着热气。他妻子忙前忙后,老刘不忙,却就是不肯上桌。一顿饭,吃了两个多小时。

喜欢堂屋里挂的两幅字画,一幅"上善若水"匾额,是九华山慧禅法师笔墨。意境深远,禅机无限。释慧禅在九华山出家,俗名朱远高,号九华衲子,墨耕经年。另一幅立轴牡丹,粉紫,清贵无比。画与诗将画面分割得恰到好处。题的是唐徐凝的一首绝句:"何人不爱牡丹花,占断城中好物华。疑是洛川神女作,千娇万态破朝霞。"题跋都写在画的左边,自上而下,穿花遮枝,用极淡的赭土色拖扫下来,与画的仿古底色十分相宜,很大胆,很好看。落款署岁在丙戌年夏月王荠墨,别无其他。"春天你们来喝新茶,看映山红。"我们都记住了老刘的话。

第四辑

人间有味是清欢

太平菜场小记

阳历新年伊始，一行人相约去皖南。是寒冬腊月，又雨雪霏霏，下高速时天已将暮，我们紧跟着前面的一辆车子，慢慢驶进一个幽寂静美的所在，好像叫怡园，甫一下车，便晓得去的是一处私家宅第。

多年前，王子同学颇有见地，在太平县甘棠镇置了一处别业，有退休后于此含饴弄孙休闲度假之意。群里多次晒他悠游于古徽州山水的照片，随拍随发，令人眼馋。

新居很新，阔绰的阳台，敞亮的客厅，一张大圆桌子可容下十余人围坐，可乐坏了一干人，恨不能摩拳擦掌即刻进厨房大展一番厨艺，无奈冰锅冷灶，肚子早唱空城计，即使食材齐全，一桌大餐岂能顷刻间变魔术而成？所以哗然后亦只能悻悻然，以期春暖花开日，若有机缘，不妨再来掌勺、猜拳、斗牌、观花、品茗、听泉，雅俗共赏，各取其好。

车子辗转驶出小区时，清冷的气流中有腊梅的馨香扑面，回望，一幢幢楼房矗立在暗蓝的天宇下，是省城人梦寐以求的花园洋房，一扇扇窗户黑魆魆的，像是梦的影子，几乎全是空着的。

去一家叫阿牛的饭馆，他们都是熟门熟路，汽车拐了几个弯，径直驶向某农家小院，我和萍懒懒地蜷缩在车内，闭目，听冷雨敲窗。萍与他们多次同游，独我是第一次，可以诸事不问，只需带一双眼，一张口。王子与诸同学皆与店主夫妇相熟络，且对该农家留下不错的印象。故而我们抵达后，一桌大菜很快上来，太平湖的鱼、新掘的冬笋、母鸡、石耳、豆干、梅菜、大蒜等时蔬，几百里路加颠簸劳顿，怎不叫人胃口大开？不知不觉，尽是面红耳赤、酒意半酣。

徽州的面是百吃不厌的，花样多，面好，浇头更好，王子同学深得饮食三昧，不叫大家吃酒店的早餐，吃什么？吃面。来到一爿不起眼的路边店，倒有不少当地人，很专注地埋头，只听得吃面时的吸溜哗啦声，使清晨的小店看上去热气腾腾的。各色浇头在案板上摆了一大溜排，充斥着老徽州的古早味，一点点打开人的味蕾。都是资深老饕，炸酱、鸡蛋、大肉、笋丝，亦是萝卜青菜各有所爱，啧啧嘴，仍有意犹未尽之感。王子笑说："带大家逛逛菜场吧。"

于我，逛菜场实在是意外的惊喜。作为一个以烹饪调节生活旋律的"家庭煮妇"，对菜场的衷情绝不亚于在冬日的暖阳下捧读一本流传经年的古典小说，况又中华民族传统的新春佳节将至，采购变得天经地义，再说，这里是山里，山珍野蔬可是就地取材城里难寻的。我们不是常常感叹买不到土生土长的新鲜食材么？物质生活日益繁盛的当下，越来越多的人却是远离故乡，远离泥土的村庄,这让我们愈加怀念从前。

龙井菜场满溢着浓郁的市井气息,菜市口有卖酥糖、梅菜烧饼,太平当地点心的,酥糖还是旧年的包装。记得二十世纪九十年代我去无为婆家,开城小镇的手工酥糖就是这个样子的,长约三四寸,扁扁的,有薄薄的麻油渍渗出水红色的包装纸,闻起来很香。是一种令人怀旧的小食。

冬笋是多得没法形容,价又贱,一斤五块左右,去年过小年,太平已卖到十多块,靠近年关,合肥的超市已是二十七八,真是吓人一跳。龙井菜场的一楼多是水产品以及家禽家畜,黄牛肉很嫩很干,一点水分不掺,买卖的人说着太平话,没打算买,也就不去理会。山羊是整只或剖半,吊着挂着亦有堆在案板上,都是好羊,却不忍目睹。王子说,去楼上吧。原来时蔬杂什都在二楼。

看着、走着就彼此散了,因为各取所需。又是一堆一堆的冬笋,夺人眼目。太平人剥笋像在雕刻工艺品,还没看真切,一件件笋衣旋即褪下,露出象牙一样的笋肉。萝卜亦多,有一种很小的胡萝卜,似野生的,比手指略粗,完全不像城里的又粗又壮,肥嫩得简直不像话,它们带着泥土和碧绿细碎的叶子,能闻到胡萝卜特有的甜腥气。弓长君与郭同学都说这种萝卜怎么好,我没有听清,反正就是好。试想,承接阳光雨露、啜饮天地灵气的植物哪有不好的呢?几处农家菜篮里的萝卜都挪光了(一家篮子里也就三两斤,不像城里的,一麻袋一麻袋的),其他人也跟着买,我暗想,菜场的胡萝卜怕要被我们一网打尽了。太平当地还有另一种萝卜,很粉嫩水灵,身子的一小部分是洋红色的,不知怎么,就想起汪曾祺做的一款美食,叫做“心里美”的萝卜米。泮边走边念叨

"冬吃萝卜夏吃姜,不用医生开处方",又看它样子实在好,就免不了再买。

地摊上有一种异物,没见过卖的。树根状,像老旧的丝瓜,表皮又斑斑点点,这是吃的? 正疑惑,那人拿刀切了一片,示意尝尝。我谢过他。微甜,清香,有茎,面糊糊的,像煮过的山芋。原来是葛根。都知道葛根是好东西,原来可以这样吃。

绿色蔬菜多了去了。山珍呢? 玉兰片、笋衣、干豆角、梅干菜、马齿苋、石耳、菇子,还有徽州火腿与刀板香。许多的豆制品,各式各类的。

竟然还有卖彩色马铃薯的。简直提不动了。汽车后座也塞得满满的了。

直到王子同学在电话那头一个劲地催促:"不去猴坑了么?""我的年猪肉还没有买呢。"在三口镇,萍到底在一户农家门口割了几挂猪肋条,称了几斤白花花的猪板油,才满意归去。

食　　笋

笋作菜蔬带有很强的节令性，一般只吃冬春二季。菜场里露面不几日，且很快就卸了市。

多年前看见某杂志记载一则小故事，清人方苞少年时曾作过一副对联，隐约记得别人出的上联是："稻草捆秧父抱子"，方苞给出的下联是："竹篮装笋母怀儿"。方苞那年七岁。掩卷，不由得为七岁孩子的机智聪颖点赞。

春节前，家里阳台的竹篮内就躺着七八只冬笋，圆润饱满，笋衣外还粘有几抹淡褐色的泥土。有时读了几页书，眼睛累了，阳台上透透气，看见绿萝架下几株色如殷雪的笋，顿觉山野的气息扑面而来。

友人鸿生性淡泊，事业如日中天时辞了城里令人艳羡的职业，隐居深山，精心侍弄几座山头，忙时莳菊、种茶、植树，闲来品竹、听涛、赏雪，一番甘苦得失，终于过起了逍遥于尘世外的风雅日子，尤得其乐，不悔初衷。孤客芭蕉，山僧对棋，这种长年的清寂简静怕也不是惯常于江湖中的人们可以消受的。

去冬，鸿邀约三二茶友同赴黟县美溪。主人殷勤备至，红泥火炉、绿蚁新酒。薄雪的午后，兴致勃勃去掘笋。寒山肃穆，竹林潇潇，忽有几只白腹蓝羽的喜鹊“扑簌簌”地从林间惊起，优美的弧线瞬间掠过眼前。我们没有挖笋的经验，只是好奇并欢喜着。举着的锄头不知要掘向哪里。鸿的儿子机灵，在竹林下瞅瞅看看，或用足底反复试探几下，遂用锄扒开厚厚的一层腐叶，掘向泥土，笋便接二连三连根挖出，真喜煞人也。原来挖笋是有小技巧的，竹林四周，观察竹节走向和竹叶方向，顺势而为，准有收获。

笋生南方，吃日方长，北地则视为珍物，是都市人家餐桌上的稀罕物。一年也不过偶尔吃它几回。

清寒季节采出的冬笋，肌理缜密，有内敛之气，剥去绒衣，肤如象牙。切段或丝，滚水焯过，无论炒、煮、炖、烧、烤，荤素咸宜，皆滋味奇鲜。雪花纷飞时，菜市几家摊子上有冬笋出售，比猪肉价格更甚，市民问津不多。

苏帮特色菜肴腌笃鲜的主材便是笋和咸鲜肉，熬煮的汤汁白如奶渍，肉入口软滑而不腻，笋入口清香脆嫩，回味隽永。此外，笋亦是老鸭煲、鱼头汤里的常用配菜。我曾用冬笋、肋排、咸五花，拿本食谱现烧热卖，虽掌上眼底功夫不到家，但汤汁滋味，亦可勉强列为精品。

春笋格贱，或如一夜春风来，世间万物向上时，笋便由清贵的士大夫身份下降至平民的等级了。所以春笋要选其新嫩，否则茎多味涩。但偏有人喜欢这微苦的青涩，说堪比鸡鸭鱼鲜。

醉心于中国古代文学艺术的日本汉学家青木正儿，嗜笋成癖,干脆在院子里种了自食,因为青木尤爱其"尊贵的苦味"。这或许与他"性孤峭而幽独"的个性有关。

日人喜食笋久矣,素常茶食里,便有"盐渍笋"一味,不仅因为国人饮食素来清淡,更取其"禅味",清苦自守,不求人知。

快雪时晴闲翻书。《源氏物语》三十六回,写朱雀院思念削发为尼的三公主,便在"寺旁的竹林里掘竹笋,又在附近山中掘些野芋,喜其有山乡风味,特派人送与三公主,便附一封详细的信。信的开头写道:'春日山野,烟霞迷路,只因对你思念不已,特地前往采掘,但亦聊表寸心而已。'"此时的笋,除了具有寻常食物的功能,已涵盖了主人别样的寓意。

食笋,古已有之。黄庭坚晚年贬谪宜州时,作《宜州家乘》,多有记载别人给他送笋:"(二月)二十四日,癸亥。雨止,气微温。小许送鸬鸠六,王沙监送溪鱼十五,皆班诸邻。得鞭笋二十余,甚美。""三月初二日,己亥。丁酉、戊戌中夜澍雨。德谨砦寄大簟一床,又寄大苦笋数十头,甚珍,与蜀中苦笋相似,江南所无也。"又有:"初四月,辛未。阴,欲雨。是日煨笋作藕菹、姜菹、茄菹。"黄鲁直晚景凄凉,这些日记中的食物资助温暖了他生命中的最后岁月。

而出生时,便"家素饶,其园亭罗绮甲邑内"的笠翁可谓吃出了笋的至味。他说:"此蔬食中第一品也,肥羊嫩豕,何足比肩。但将笋肉齐烹,合盛一簋,人止食笋而遗肉,则肉为鱼而笋为熊掌可知矣。"

笋可入诗,亦常入画。"杯羹最珍慈竹笋""洛下斑竹笋,花时压鲑菜。一束酬千金,掉头不肯卖。"笋入诗,接了点尘世的烟火气，让人生惜物之心。笋入画，水墨滋味里，清逸横出，看得见谦谦君子之风。

忽忆某年雪夜，有远朋不期而至。蓬门陋屋，别无长物。厨里恰有一株笋，青椒几只，地下雪菜一坛尚未启封，干脆就地取材。于是不消几分钟，一盘姜笋肉丝爆炒雪菜、一碟素炒青菜，一锅热乎乎的花椒羊肉汤，就端上了桌子，客人直呼笋丝甘脆，肉汤清鲜，大饮三杯，宾主尽欢。火炉汤沸，梅影横窗，多年来这一幕犹未难忘。

新春佳节，饕餮多味，腹内狼藉。可巧节气已过立春，"竹笋初生黄犊角"，食鲜笋的佳妙时节到了，诸君切勿错过喔。

品味小吃　宝爱台北

台湾四面环海，风景优美，日月潭、阿里山蜚声海内外，台北诚品、二手茉莉、百诚堂等书店深得读书人青睐。但是，民以食为天，身边朋友说，到祖国的宝岛，切莫错失地地道道货真价实的台湾小吃。此行环岛台湾，亲眼目睹宽街窄闾里的各色吃食，果然是别样的丰盛与齐美。

先说水果。台湾因地处亚热带，一年四季鲜果不断。漫步一条条未加修饰的老街，不过百米，便可觅得一处水果铺，很多相熟的面孔，亦有些许在内地我们少见或者未曾见过的奇珍异果，令人欣喜的是价格并不算高。木瓜、芒果、青枣、白柚、槟榔、苹果、梨、番石榴、柿子、凤梨、椰子、橘、莲雾、百香果、释迦，还有一些没有记住名字的，最是台湾本土出产的果中之尤物，令人垂涎。目测后选几款令人心仪的当季水果，店主微笑着当场削皮，现场配置什锦拼盘：柚瓤莹如珠玉，释迦柔绵欲坠，青枣酸甜爽脆，比榴莲滋味更加纯醪的百香果简直迷人至极。这样还不能罢休，再叫一杯芒果牛奶汁，嚼几片新鲜的土芒，终于安心坐在廊檐下稍事休憩。典雅的市景，疏朗的街道，身边几个寂静的归人，月夜良辰，直觉得款款皆是无上的美味。

凡人好鲜衣好美食，古已有之。若打个不太恰当的比喻：女人之于小吃，颇似名士雅爱美姬，都是没有办法的事情。

抵达高雄那天傍晚，站在海天一色的西子湾畔，可以看见台湾“中山大学”的门楼，朴素而庄严地屹立在碧波如镜的大海边。从鼓山上参观完上世纪外国人建立在高雄的“打狗英国领事馆”旧址，返回旅店恰好华灯初上。放下行李，便匆匆奔赴高雄夜市。习习海风行人依约的高雄大街，两旁绵延些许亮蓝的霓虹，颇显旧日风意。

仁爱路转角处便是林立的美食小吃一条街，店铺非常齐整地一个紧挨一个。有卖各种海鲜卤味的、烩饭清粥的、面点甜汤的；有出售凤梨酥点的、米糕寿司的；有烤玉米番薯的、鸡肉鸭翅的；有豆浆烧饼店、冰淇淋店、咖啡茶吧，总之，你能想到的这里似乎都应有尽有。每家店铺皆几净窗明，绝无丝毫污渍与油腻的痕迹。还因为这里皆是老式店堂，深有南国风情，观光客又不多，端的让人萌发品吃的浓兴。在这里宵夜还有一个大好处，便是不经意间偶尔瞥及有意思的景象：保存完好的一栋日式建筑，简洁拙朴的店面摆设，甚至完全手工的食物制作工艺，都让人过目难忘，印象深刻。

坐下，随意要份水煎包或一个热乎乎的烤番薯，与眼前的景物对望，竟觉是各美其美了。在台中逛一中街商圈时寻觅萝卜糕，是因为阅读过林文月几本著作的缘故，当然也为一睹百年前林熊征等先贤创立的“台湾公立台中中学校”,即“台中一中”之前身的台湾知名高级中学的风采。熟知这里不像高雄夜市,月上柳梢人约黄昏,一中、育才、三民诸街,一样的客如潮涌摩肩接踵,似乎全台中的食客都聚集在这里,但是不使人烦躁,反觉意趣盎然,因为小吃的佳美,透出台湾人的优良的素养。一个浸润太多文化的老练世故的城市,整洁、有序、文明、低调、谦和。这里的各种食店证照齐全,品目繁多更令人咋舌,蒸煮煎炸烩,应有尽有,真乃食客的天堂。店堂摊位街面一应是让人瞠目的洁净,即使是年逾半百的阿婆掌店,都衣着讲究淡妆示人,让人陡升亲切与好感。

本来只为感受台湾中部商圈的书香与旧味,步入这样的气氛,不仅选到如林先生书中所描述的“萝卜糕”,还先后品尝了豪大鸡排、虱目鱼丸,尤其是卤妈妈的卤肉饭,让人食之仍余念想。念想的是那切成细条的猪肉,肥、瘦、皮皆成一体,酱红的颜色不浓不淡,卤汁醇郁,饭粒润爽均恰到好处,浇在白米饭上,肉条微微地颤动,入口,尽是不能说出的好味。此行还外带一杯凤梨西瓜汁,才心满意足地返回住处。不过百步,再回首,那璨若星辰的闹市,已街灯渐暗,人潮逐渐隐去,四周很快一片阒静。

台湾小吃名闻遐迩,而台北,则几近浓缩了台湾小吃的全部精华。永康街,据美食专家说可称为味蕾的王国,繁华盛景永不会凋零。在这里,不仅有经营了几十年的本土老牌小吃店“鼎泰丰”“半亩园”,更有名为西雅图咖啡、日式回转寿司、云滇料理、越南牛肉面馆、印度餐厅等吃货店跻身其中……名副其实的一个世界级的饮食商圈。遗憾的是身为宝岛的过客,只能在拥挤的人流中与永康街的各色美食擦肩而过，于五光十色中自我满足对味觉愿望的美好想象。

台北的暮晚，霓虹初闪，101 大楼与附近的几栋高楼灯饰亦清艳得恰到好处，让人觉得温暖和惬意。在导游曾小姐带领下，旅行团队浩浩荡荡地奔赴信义路的某家牛肉面馆。六人一桌，落座，面前已摆好六碟佐面的小菜：酱干丁、腐皮拌豆芽、肉末五香豆、百叶雪菜、什锦泡菜、苦瓜笋丝，皆取清淡与原味。奔波了一天，美景印记心里，腹内早唱“空城计”了，迫不及待地拿箸品食。年轻且笑容灿烂的服务生似乎谙熟我们的饥窘，早已将热气腾腾的牛肉面一碗碗置于面前，顿觉味蕾如花绽放。

那碗，褐陶，宽口，径约八寸朝上，一口汤汁下肚，只觉得醍醐灌顶直入肺腑，大小合适的牛肉块，方方正正，肌理微裂，一口咬下去，香醇、鲜腴、净清，嫩美至极。而面条为手擀的家常面，透亮爽滑有筋道，我们稀里呼噜地吃面，半饱时方仔细回味，那牛肉汤，竟觉得是令人惊艳的清鲜香浓。久久，那面、肉、汤的馥郁，仍荡漾在唇舌间。是的，在台北，焉有不吃牛肉面之理？

其实，在心里，我多么愿意此行能在台北武昌街原明星咖啡馆对面的某爿小吃店，点一只茉莉汉堡，捎带一杯微苦的柚子汁，当我啜饮柚子汁的时候，倏然一抬头，那个黑衣瘦削的老诗人——周梦蝶，正好背着一袋旧书，像一只蓝鹤一样踟蹰着走过武昌街口。又或者，老诗人早已端坐在咖啡馆的骑楼下，我欣喜地卷着烧饼油条，向“客来促膝而谈，客去闭目沉思”的周公轻轻道声“早安”。

这当然只是梦幻的思绪罢了。岁月静静流淌，老诗人早已驾鹤西去，但豆浆、大饼、油条此行却是真的吃到了，那带有浓浓传统风味的金华街美吃。因为返程的那天早晨飞机起飞太早，旅馆的自助餐来不及吃，大约归家心切，大家纷纷表示自行解决早餐。谁知第二天凌晨乘巴士去机场时，曾小姐搬了几大件食品盒，气喘吁吁地来到车上。原来细致体贴的她为我们全团三十多人悄悄准备了台北有名的豆浆、烧饼和油条。每人一份，均用环保袋包装好。貌若小学生模样的孩子迫不及待地打开："妈妈，好好吃哦"……这凝聚着浓浓人情味、家乡味的烧饼油条，为略显清冷的台北清晨带来融融的暖意，带着感动与惜别，我们与曾小姐和司机依依道别。但那烧饼油条的滋味至今萦绕心间。

品尝美食，感受台北，原是感受蕴含其中的一股温润的、说不出的，让人舒适、友善与信赖的优雅与体贴，恬淡与安逸。

清欢有味

春未至，去菜场，陡见有了野菜的身影。最先是荠菜，接着是枸杞头、香椿头、马兰头、豌豆头，纷纷各占一席之地。香椿色如玛瑙，气味馥郁独特，被售卖者扎成极小的一束，摆在小竹篮内。余者待遇皆不及，价又低贱，不过零乱堆放在皱巴巴的袋子里。遇见的人却满心欢喜。

“春风只在园西畔，荠菜花繁蝴蝶乱。”此是借口，况又风日晴和，去山里看一个久违的友人。斜阳下，一湾逝水，数楹茅舍，被远远甩在身后。其实，荠菜花开时，油菜花亦是声势浩大的盛放，仰首或俯瞰，油菜花开得有层次感，那是最好看不过的。伊与彼，赏了眼前的景，喝了野生的茶，说了隔年的话。临别，一篮子碧色荠菜随着 G 字头列车一并进了家门。荠菜要取其新嫩，最常用的做法是滚水焯过，切碎与肉糜一块搅拌，当然，盐、姜、糖、味精、淀粉、生抽、香油等佐料一概不可短少，做成铜钱大的丸子，或者用菜肉馅包饺子，再挑剔的味蕾亦会绕“舌”三匝。

我父亲没有吃过我做的鸡蛋木耳豆米荠菜圆子锅，也没有吃过我包的荠菜饺子，他死得太早，时常令我悲感不已。我儿子对于荠菜饺子，不置可否。他是肉食动物。

戊戌早春，姑苏杨君一气儿驾车几百里，蓦然造访，竟捧赠一大盒子豆沙、芝麻、梅菜馅料的青团。此为杨君亲自下厨熬豆沙搓艾汁，直捣鼓了半夜，才停妥。吴中须眉的闲雅之情可见一斑。杨君笑道："清明节气将至，吃一回青团，亦不辜负一年一度气清景明好韶光"。

何止闲雅，更兼豪迈。前些年，我们去往拙政园，彼时杨君执掌于一家颇有名望的文化公司，硬是邀约一干骚人墨客相聚于闻名赫赫的松鹤楼。鲜衣美食不只蝶庵居士所喜，雅士与俗人亦无别。座中凡书家、剑客、茶人、商贾，面目多斯文逊雅，珍馔美馐尽得三昧，又花签酒令，好不热闹。松鹤楼名气太大，其精烹细作与吴侬软语一样耐人咀嚼品味。于我，拳拳在念的却是甜豆、鸡头米与莼菜豆腐羹。鸡头米韧而糯，浸淫芳塘荷香，风味尤足。莼菜是从《诗经》里漂移过来的一种水生植物，紫花翠茎恰似一枝枝袖珍芙蓉。侃侃数载光阴已过，某年某月某日某时，忽见秋风乍起，张季鹰慨然，遂起莼鲈之思。别去经年，我已无故乡可思，只念松鹤楼莼菜之嫩、之滑、之色。

还是说青团吧。曙色未晞，将它投在蒸笼内文火蒸透，盛放于白瓷碟中，加热后的青团翠碧莹润，未及品尝，口齿生津。

今春亦吃过高于友情之上的蒿子粑粑，那是在桐城。文都桐城不仅有"桐城派"，亦有"大关水碗"，"水碗"虽不及桐城古文影响深远，却深得草根食客青睐。而今桐城的餐桌上还多了道嬉子湖打捞上来的鲶鱼、江觉迟喂养的老母鸡。母鸡头天晚上就被宰杀,第二日煲了一锅滋补养颜汤。最后隆重登场的是江觉迟用写出《酥油》的一双慧手煎制成的蒿子粑粑。一俟上桌,我们毫不羞惭地大快朵颐。食罢,方知要领,蒿子粑粑最讲究时令,要纯粹原生态的食材才尽得佳味。江府世代书香,祖父江百川与父亲江兴皖的诗文,江觉迟视同拱璧,珍藏完好。她是诗家后人,拿评诗的标准来烹饪菜蔬,真乃菜品即《诗品》。

我留心记下了桐城乡下的这方院落,名“得闲院”,以及横批下的一幅联语:“耄年慈萱经苦甜,两女两婿忆母恩。”步出院门,一脚踏进花海,因为满眼皆是繁花似锦的紫云英。《酥油》太过绝望,纯情与唯美,不知下半年将要播映的电影滋味何如。这让我们充满美好的期待。

我亦算见贤思齐,炮制过一回蒿子粑粑。艾草是从庐江冶父山下采摘的,柔毛披羽,香气笼人。腊肉恰好去冬还存留一段。“彼采萧兮,一日不见,如三秋兮。”萧即艾蒿,芳味浓烈,久远神秘,因故古人用它祭祀,恭放到社稷或宗庙的供桌上。晓事时记得艾草曾挂老家的门楣,驱蚊、辟邪。而今,我用它来烹制美馔。

腊肉切丁,蒿子去汁剁碎,油锅里翻炒,令二者厮缠,直至难舍,加滚水,和进比例配好的米粉,搓圆,压扁,电饼铛略炙烤,开锅则粑粑金黄,蒿香氤氲。

闺中密友周末小聚,品茗谈天,除了蒿子粑粑作点心,另素炒一碟马兰头,蒜片提味,红椒配色,武火恭候。抹去淑女面纱,举箸齐上,顷刻间,一抢而光。一桌子精心烹饪的色香味,独它最受宠于众女友,皆道是春天至上的美意。

东坡诗云“蓼茸蒿笋试春盘，人间有味是清欢”。苏子瞻大才，却不如当下芸芸众生口福深。

人之喜食野菜，除了以慰别情，以解乡愁，以藉流年，或许更多的是因了它们唇齿留香的自然之味罢。“清欢”是一种旷达，是一种所知，是一种境界。

偶然翻阅一摞旧书，读到一方印章，文曰“白米芥菜居”，边款云：“有白米可，有芥菜可；有白米芥菜更可。”略显矫情，但未尝不是一种清欢。

腊月食事

罍街小友晖寄来一包快递，是煮腊八粥的莲、豆、枣、粟，一份份装在拦腰印花的小布袋里。晚上取出一袋，在陶瓷瓦罐里浸泡，熬粥。第二天是腊八，恰遇朔风凛冽，雪花飘潇，晨起，用自制的糖醋白萝卜佐以绵绸软糯的豆粥。又到一年岁末时。

装豆米的粗棉布袋有种怀旧熨帖的喜悦。周末晴好，女友故作神秘："下乡打年糕吧！"传统手艺日渐荒疏的时代，倒真想体验一回年糕是如何"打"得的。于是一行人兴冲冲驰往百里开外的舒城某农家。门前一畦碧绿的菜地，雾汽氤氲的厂棚里几件看起来并不复杂的机械，几个挥舞木锹大铲的操作工人。将粳米与糯米的比例搭配好，淘净沥干后，碾粉，搅拌，蒸煮，定型，在机器的轰鸣声中，白中隐青的条状即食物瞬间铺满一张张竹篱笆。不是纯手工，但满院子里熟稔的米香，馥郁得令人沉醉。

年糕过往属节令食品。中国古代有"四时七十二候"之说，即所谓岁时节令，它是农耕文化最为直接的反映，万物春生、夏长、秋收、冬藏，与季节相对应的皆有含蕴丰富的各色饮食，当然饮馔在习惯上与地域风俗乃至信仰亦关系甚密。

旧年里乡下的腊月常常天寒地冻，却是一年中最忙碌、最欢欣的日子。家家户户都在忙着缝新衣、扫尘埃、祭灶王、剪窗花、杀年猪、备年货。岁时饮馔，清嘉与奢华并存。皖中腹地，乡下并无奢华，多是寒俭的饮食。江浙一带有酿酒遗风，多美啊，光听那些酒的名字就会热切勾起善饮者的欲望吧：秋露白、靠壁清、天香、竹叶青等。年在酒的醇醪中徐徐拉开帷幕。

老话说“十里不同风，百里不同俗”，吾乡亲邻未见有大酒量的，一度我曾疑心是四方八里都不曾酿酒的缘故。但是腌腊肉、咸鱼、炸圆子的习俗却是延续到今。这门生活的技艺耳濡目染久了，终是镌在心里难忘，人到中年诸事可休，唯一日三餐食乃大事。随园亦有语“凡事不可苟且，而于饮食尤甚”，更耐人寻味。如此，竟也乐得试它一两回。立冬后，除了腌几块咸肉、灌几根香肠、渍一坛雪菜，还会去菜场挑选猪的半身精五花，切条，以豆瓣酱稀释后洒些许姜、糖、花椒，煮半盆汤汁，泡满盆酱肉，寒冬腊月露重霜浓，手倦抛书懒怠出门，便是几片酱肉，一碟菜心，免去厨房锅碗瓢盆叮当响的许多功夫。瑞雪兆丰年。冬天的色彩总是偏素，不妨在舌尖上增加一味，仿佛生活亦多了一款味道。只是，留一二条换味而已，余者分送亲友，倒也收获了半筐子美言。

记忆中的年糕纯粹母亲手工制作，一年只吃新年前后的一段日子。彼时没有机器，糯米泡酥后，只能在石臼里用榔头碻，复用筛子筛，直至将制年糕汤圆的几十斤黏米全部碾成临风飞扬的粉末。碻米粉是件单调繁重的力气活，但腊月里家家户户都是女人在做，并且一年年地循环往复。母亲脱了棉衣，额上的短发仍是湿漉漉的。我陪伴在她身边，心里为举不动榔头而暗自羞愧。

后来村里有了台石磨，人们便日夜排队等候，母亲就曾三更半夜起床。省去了抡榔头的辛苦，变成长毛驴儿推磨——兜圈子，但到底省了好些力气。磨好的米浆盛在木盆里，用棉布严严实实地罩着，倒上干净的草木灰汲干水分，一半留下包汤圆，另一半放锅灶里蒸熟，压成如意笔筒状抑或团成婴儿拳头大小的疙瘩，晾干后放水桶里养着。年糕切片可煎，可炸，可炒，可水煮，吃它七七四十九天，不坏。小孩子们顽皮，会将年糕放到火炉旁炙烤，很快弥漫一屋子的焦香。二月二龙抬头了，年糕亦不存了。唐诗有云"微雨众卉新，一雷惊蛰始"，河畔柳絮吐蕊，田野里的动物们睡眼惺忪，人们开始又一年的春播劳作。

但是也有例外，再吃得一两回。村里的女儿嫁出去，添了外孙子，择个良辰佳日，媳妇回娘家，外婆会给孩子担回两箩筐年糕，用来馈赠亲友和乡邻。年糕用碗盛着，八只或者六只，也有给十只的。那年糕皆是圆形，手掌心大小，有浅浅的花边，中间印着一朵牡丹或者一个"福"字，圆心处，还点了一颗小小的五瓣红梅芯。收到年糕的长辈会回赠孩子压岁钱或"步步糕"，"糕""高"谐音，同样取吉祥祝福之意。

去冬我逛绍兴老街，不经意间瞥见一家卖木质模具的老店，有镂刻成鱼、葫芦、寿桃等形状的，屋檐下挂得密密麻麻，将一爿小店些皆遮住。老时光里的物件，总是给人几分缄默、几分欢喜。选一款棒槌样大小的柚木花卉模具，前些日子用它做了桂花夹心年糕，桂花酱是秋天木樨花开时效仿林清玄《茉莉香片》里的文字如法炮制的。

《板桥家书》里记述:“天寒冰冻时,穷亲戚朋友到门,先泡一大碗炒米送手中,佐以酱姜一小碟,最是暖老温贫之具。”读师范时,春季开学,家住安庆的同学除了带回一腔更为浓郁的黄梅方言,还从家里带来大罐炒米,学友们分享,独乐乐变成众乐乐,那咯嘣咯嘣的脆响至今犹可回味。合肥有几家名“柏兆记”的店面,安庆人开的,还卖炒米,我买过一两回,用滚热的鸡汤浇注,吃出另一种风味。而吾乡小时候家里最隆重的待客之道是鸡蛋挂面元宵。记得儿时每去给姨夫拜年,才问了安叩了头,大姨就赶紧“下茶”,热气腾腾的一大碗,挂面元宵外还会扯上一只鸡腿外加三只白煮蛋。

大姨已近米寿,依然端庄美丽。中学最后一年我曾寄居姨家读书,那年冬天,搓绵扯絮般的大雪没完没了的下,我曾于书桌前目送过一个少年,一次次走过白雪皑皑的原野。就在这一年,鲤鱼跳出龙门,合了父母的意,家里少了一个吃闲饭的丫头,这一年亦从此改变了我的生命轨迹。如今该我来孝敬她了。糯米粉已成家常必备之物,馅料亦已备足,熬了玫瑰豆沙,拌了油渣、芝麻、红糖,亦剁了荠菜肉糜。母亲在电话那头说,明天,嗯,明天。她们老姊妹已经准备好,我要亲自驾车接来她们,那时,厨房将变得神圣,我们将在这样的腊月里辞旧迎新。哦,芝麻油渣馅的元宵是父亲的最爱,如今,他去了遥远的天国,我要记得把这碗汤圆献给他。

此外,我还自告奋勇炸了半竹篮圆子、包一屉饺子。其实自立门户二十余年,炸圆子的经历屈指可数。但我窃喜有炸圆子的

“秘诀”与“天分”：糯米不出饭，注水很关键，米饭和肉馅得有适当的比例，盐乃百肴之将，一点儿不能走偏，生抽提味，葱姜蒜末断不会遗忘。彼时，出锅的糯米圆子鲜圆饱满，遍体金黄，味厚而不油腻。

腊月多“闲”，唯在食上忙。这时腊梅和水仙次第开了，远人也归来了，从此处到彼处尽是看见、看不见的繁华和热闹。腊月最后一天，曰“除夕”，南北各地皆有守岁习俗，小儿女终夕博戏不寐，直至爆竹惊春，竞喧阗。又是新的一年。

春　　盘

春节是中华民族的第一大节，也是一年中最重要最隆重的节日。几千年古老文化浸淫的中国流传下来的还有元宵节、端午节、中秋节、重阳节等传统节日，与节日相对应的富含寓意的节庆食品有汤圆、粽子、月饼等，民俗活动亦形式多样、丰富多彩。

立春是二十四节气中的第一个节气。立，是开始，是端点。按照古代历书上的说法，立春就是春季从此时开始了。数九寒天滴水成冰都成为过去式了。北方的春天来得迟，放眼望去，虽然山寒水瘦、草木未萌、百花未放，但毕竟是春天了，“沾衣欲湿杏花雨，吹面不寒杨柳风”，谁说不是很快就会到来呢？

今年的立春日是农历正月初七，上班族第一个工作日。饭店开张，夜市红火，大街上车若游龙，菜场里摆满花花绿绿的菜蔬，一切似乎都按部就班地运转起来了，怕已鲜有人记得在立春日吃“春盘”的习俗了。

吃春盘的风俗若追根究源，可以上溯到汉代，六朝时即有春饼，人们用它裹食各类生菜，春饼与生菜装之以盘，古人称其为“春盘”。春饼类似于我们现今的春卷皮，薄、透、有韧性。春盘在唐宋时流行普遍，诗歌中记录犹多。杜甫寓居夔州时作《立春》，诗中有：“春日春盘细生菜，忽忆两京梅发时。盘出高门行白玉，菜传纤手送青丝。”为追忆往昔太平盛世之佳作；苏轼在赴汝州任上曾与友人同游南山所作的纪游词《浣溪沙·从泗州刘倩叔游南山》：“细雨斜风作晓寒，淡烟疏柳媚晴滩；入淮清洛渐漫漫，雪沫乳花浮午盏；蓼茸蒿笋试春盘，人间有味是清欢。”乳白色的茶香与翡翠般的清蔬相得益彰，令人心生向往，全词点睛之句“人间有味是清欢”尤给人无穷回味。

汉代始食的春盘，逐渐演变为“五辛盘”。《本草纲目》云：“五辛菜，乃元旦、立春以葱、蒜、韭、蓼蒿、芥辛嫩之杂菜和食之，取迎新之意。”故春盘亦呼之为辛盘。到唐代，即有“立春日，食莱菔、春饼、生菜，号春盘。”南宋时，“后苑办造春盘供进，乃分赐贵邸、宰臣、巨珰，翠缕红丝，金鸡玉燕，背极精巧，每盘值万钱。”昂贵奢靡，这样的春盘是身份地位的象征，非普通官宦百姓消受得了的。

元明清以至近代民间皆有试春盘的惯例，“立春之时，无贵贱皆嚼萝卜，名曰‘咬春’，吃春饼各菜。”李家瑞编纂的《北平风物类征》有详细记载北京人吃春盘的情景：“是月（正月）如遇立春，妇女多买萝卜而食之，曰‘咬春’，谓可以解春困也。富家食春饼，备酱熏及炉烧盐腌各肉，并各色炒菜，如菠菜、韭菜、豆芽菜、干粉、鸡蛋等，而以面粉烙薄饼卷而食之，故又名薄饼。”这种吃法现在依然可见，只是旧时北京，犹能在晨露未晞时远远闻听挎着竹篮的妇人或推着小推车的老翁用拖长的京腔沿胡同叫卖“萝卜赛梨——咯——”，现在则久不闻此声矣。

南方习俗大抵与北方类似。旧时苏州人立春前一月就在市场上卖春饼，商人标志所卖的饼子为“应时春饼”，只是春盘里的菜蔬更精致多样罢了。

“一年之计在于春。”春天，意味着希望、温暖、期盼、力量，一切的一切的崭新的开始。立春，寄托着人们最美好的愿望。正缘于此，古时的立春日，等同于一个重要的节日庆典。周天子在立春之前三天斋戒，立春之日，亲率三公九卿、诸侯大夫到东郊迎春，祈求风调雨顺、国泰民安。明代的北京在立春时节还会举行盛大的鞭春仪式，并于“午门外，赐百官春饼”。回朝后，还要颁布谕旨，提醒百姓勿忘播种春耕农事。

燕子飞还，春江水暖。立春日在民间，就是这样的繁华热闹，饮春酒、簪春花、鞭春牛、写春帖……由此可见，吃春盘只是古时立春风俗中的一项内容。社会发展至当下，交通的便捷物质生活的极大繁盛，使得南来北往、五花八门的食物品种朝发夕至便可汇聚于各地，超市里更是充斥琳琅满目色香味俱全的各类熟食，但人们仍会在一大堆包装精美的食物中发现一种类似于春盘的春卷。我更喜欢清晨的街陌间巷，于包子、馒头、鸡蛋中肯定还会寻到一摞摞春卷，面皮里裹之以生菜、肉丝、豆芽、韭菜、豆干、芫荽、香菇等物，热油锅里滚过，薄皮炸成金黄色，色泽诱人。这种充满人情味的食品，在春寒料峭里有说不出的一种温暖和体贴。

对于人到中年的许多人来说，清晨一碗白粥配两只春卷、一撮雪菜，平凡的日子就是这样妥帖、满足和安逸。

蚕豆往事

蚕豆算得上一款舌尖上的美味，对于渐趋中年的人们来说，或者更是一种淡淡的乡愁之滋，清欢之味。

现在每年的立夏前后，城里的孩子们还能吃到几回新鲜的蚕豆，但怕是极少见识蚕豆花了，就是乡下孩子看见此物开花也算稀罕了。清明前后回故乡，也只能在旮旮旯旯以及荒草蔓延的坟茔间，慢慢地，寻觅到几株蚕豆花的影子。那月白或淡紫，小小的如蛱蝶一般站成一排，悄立在枝丫间的蚕豆花，小家碧玉一般低眉顺眼。每每这时，思绪都会被扯得很远很远。

童年的春日，天蓝水媚，站在家门口，一眼看不到边的，都是一块块绿得扎眼的庄稼地，麦子、大豆、油菜、秧苗，还有如五彩地毯一样铺天盖地的紫云英。大字不识一箩筐的母亲和村里的其他农妇一样，舍不得一分一厘的土地空闲着，巴掌大的一块沟沟坎坎地，都被她们拾掇得有模有样。点蚕豆是在头年秋天，母亲扛着锋利的铁锹，见缝插针地在栽种农作物的田间地头，前场后院或沟沿溪畔，寻思着用力一锹锹扎下去，挎着小竹篮的我，便在亮闪闪的锹辙背后，洒下三五粒结实饱满的蚕豆种子，再用脚尖踢一小撮泥土，蚕豆宝宝们就有了一个新家了。

蚕豆花开已是第二年的三四月份，这时节，自然界的许多植物都次第绽放它们妍丽的娇容来，惹得蜜蜂整天在这些花蕊中间嗡嗡嘤嘤。“人行蚕豆外，蝶度菜花前”，无论踏足何处，春天的景象无不是照眼的好。我和母亲薅去豆棵中间的杂草，再给豆苗施上最后一次农家肥。母亲抬头看天又望望四周，常会笑着说：“今年的收成不错呢！”我似懂非懂，不知道母亲是推算今年的收成呢还是从豆棵的长势中间看出来的。

蚕豆花开时间不长，便结出月牙一样弯弯的豆荚来，极像一枚枚青葱的玉坠。鲁迅先生在《社戏》里所说“偷”罗汉豆——亦即蚕豆的经历，我们何曾没有过呢？

不过，那年月，家家户户的自留地里几乎都种有“罗汉豆”，田野里随处可见，嘴馋的孩子，放牛或打猪草时，肚子唱“空城计”了，正好路边就有可解馋填腹的恩物。顶部的茎叶间还有一簇簇紫色的花苞，而叶柄底下早已结实的蚕豆角正是“翠荚中排浅碧珠”的佳美模样了。顺手摘几粒，能吃多少呢，大人们才懒得管呢！乡下这事司空见惯。生蚕豆有腥涩之气，没有豌豆好吃，嫩豌豆可以带壳生吃，脆生生、甜丝丝的，也深得小孩子们的喜爱。

偷蚕豆，那个可爱的汪（曾祺）老头子在《蚕豆二题》这样说：“我们那时偷吃的是最嫩的蚕豆，也就是长得尚未饱满的，躲在软软的羽叶间，有细细的绒毛，尾巴上尚留些残花，像极了蚕宝宝，只颜色是青的，家乡人有时干脆就戏称其为‘青虫子’，摘一条在手里，毛茸茸的，硬软适度，剥开壳——或者也不必剥，只一掰就断了，两三粒翠玉般的嫩蚕豆舒适地躺在软白的海绵里，正呼呼大睡，一挤也就出来了，直接扔入口中，清甜的汁液立刻在口中迸出，新嫩莫名。”如此说来，童年的汪曾祺还是钟爱吃生蚕豆的。但我惧腥，固执地认为它甚至还没有《诗经》里的“薇”——一种野菜，好吃。吃野豌豆更有趣，如果细心点，别弄破外壳，空了的壳折去尾端约莫三分之一部分，就是一支小响笛，能咿咿呀呀吹出好听的声音。所以深得小孩子们的欢喜。

小时候，祖母常常坐在八仙桌前教我们姊妹剥蚕豆衣：去掉乌油油的豆壳，在拇指盖大小的豆粒顶端用牙齿轻轻一叩，接着用拇指和食指轻轻一挤，豆米就顺势而出。一会儿工夫，就剥了浅浅的一瓷盆。剥掉的豆衣我们姊妹挑选出其中最好看的几颗，套在手指尖上，再拿彩笔画上笑眯眯的眼睛和圆圆的嘴巴，小伙伴们惊奇地睁大眼睛，羡慕极了，而我们姊妹别提多得意了。

蚕豆成熟的时节，村里清贫的人家餐桌上，因为有了蚕豆而变得稍加丰盛起来。祖母通常给我们做的是豆瓣炒韭菜、雪里蕻千张炒豆米、豆瓣蛋羹汤等，偶尔也做地衣豆瓣炒鸡蛋。地衣喜欢生长在潮湿低洼处、草丛里，是一种青褐色的菌类，我们放学后顺带捡回的。

最难忘的是初夏的清晨，祖母会熬一大锅蚕豆稀饭，开锅的刹那，氤氲的蒸汽里弥漫一股浓郁的清香，而且本来纯白的米粥突然变成一种淡淡的粉红色。我们睁圆了眼睛，立刻感到饥肠咕噜了，弟弟吏年幼，硬是缠着祖母给他多盛些蚕豆。后来，后来当然是一大碗粥吃完了，碗底里卧着的便是几颗蚕豆，我们会，一颗一颗，慢慢数着吃。

祖母还会用盐水煮蚕豆，或者煮饭时在饭锅里撒上些许粒大饱满的蚕豆，这样煮熟的蚕豆又糯又香，待凉透，再用针线把蚕豆一颗颗串起来，记得上学路上，许多孩子的脖子上都挂上一条蚕豆项链，大家玩着、吃着、比着，个个神气活现的。

端午将近，村前屋后的端午锦一片片开得热闹。麦地黄了，波浪般起伏，艳如锦缎，油菜籽该收割了，这时蚕豆也老了。老了的蚕豆在收割麦子或油菜时，我们会连根拔起，在太阳下暴晒几个日头，蚕豆壳裂开，蚕豆粒归仓。来年的种豆便是从中挑出的。

晒干的蚕豆坚硬无比，加水泡软、去皮，适合做酱。我祖母做过。夏天，酱缸密封紧，就放在门前的菜园里晾晒，越是连日的晴天越好。祖母亲手做的蚕豆酱鲜美无比；也适合做五香蚕豆。二十世纪八十年代，省城城隍庙山门前有个“蚕豆大王”，卖的就是五香蚕豆。“一毛咪，吃热的——”他身材高大，穿白衣戴白帽，是安庆路上的一道特别的风景。

坚硬的老蚕豆更适合在铁锅里翻炒来吃，吃在嘴里，嘎嘣嘎嘣的脆香，是顶好的锻炼牙齿的坚果了。尤其雪天到时，煤炉汤沸，姊妹们团团围坐在祖母身边，一边听她讲《卖火柴的小女孩》的故事，一边留心着火盆里埋着的蚕豆，“砰——”“啪——”外面大雪压枝，屋内好生温暖。

时下正值蚕豆飘香时，颗颗滚圆粒粒憨态可掬，面若如来熟之香甜，牵人遐思。于是，盘桓踟蹰在回故乡的路上，但那种“青蔓牵衣细草长，高低山路敛烟光。邻居田埂相逢语，十里春风蚕豆香”的景象却早已飞抵万水千山外，再也不复呈现了。

菱角声声远牵衣

接连几场暴风雨过后，秋天的旋律开始曼妙弹奏。在街角转弯处忽见卖菱角的担子。卖菱角的老翁挑着两只竹簸箕，一只簸箕里是熟的，一只簸箕里是生的。熟的颜色乌紫，像乌檀木雕刻出来的小工艺品；生的粉红鲜嫩，周身像涂了水淋淋的桃红。新鲜的菱角一粒粒单看，模样是极俊俏的，尤其置于盘中，微微上翘的两角，小元宝一样又吉祥又喜庆。这种菱角，我熟悉得很。从前，这是乡下小孩子们的恩物。现在的城里孩子，很少看到更很少吃到，因为就零食品种来说已是太繁盛了，多到不再稀罕了罢，就是地道的乡下孩子，大约也不能体验采菱的诸多趣味了。

童年时，故乡的门前或田野高埂上便有清浅如镜的池塘。一到夏天，塘埂四周的芦苇、野草和各色杂树便一个劲地疯长，池塘里则被密密麻麻的荷和菱叶侵占了大半壁。菱叶绿得发紫，喜欢羞答答簇拥在一起。

暑假虽然过半了，头顶的太阳依旧火辣辣的，割草或者放牛晚归，贪玩的小孩子们自然不会错过在池塘边玩耍的机会，因为男孩子们可以在池塘里来几回“狗爬式”降温，女孩子胆小，不敢下水，手却是巧的，采田野上的各种野花辫花环，自己戴一只，还套一只在牛角上，那牛即刻昂起头，显得滑稽可笑起来。池塘边的芦草丛中时常有各种鸟来做窝，冷不防就能捡到一窝鸟蛋或者沾满泥巴的野鸭蛋、鹅蛋什么的，伙伴们都像捡了元宝似的开心。

可是也有令人懊恼的时候，光着脚丫的我们，脚心常常被茅草扎得生疼，走在白晃晃的路上呢，烫得人要跳将起来。但是晚上睡了一觉，第二天，丝毫感觉不到什么。

菱叶夏天开白色、淡黄或粉色的小花，满天星星一样点缀在碧波轻漾的水面上。“棹动芙蓉落，船移白鹭飞；荷丝傍绕腕，菱角远牵衣。”这是文学作品中描写的《采菱曲》的诗意场景。童年的乡下，船是没有的，菱角是谁种植的，也不晓得，村里似乎也没见过人去打理过，完全是自在生长，却也枝叶繁茂乌压压地掩了半个池塘。

采菱需要秘密进行，所以有一种冒险的快乐，因为父母亲怕我们失足落水，真的被“水鬼”捉了去，于是同伴们就偷偷拉钩相约。这时刻池塘里就热闹了。只听得“噗通”“噗通”一声高过一声，几个猛子便扎到了池塘中央。肥嘟嘟的红菱，四角粽子般模样的青菱，长着尖尖弯钩的野菱，一会儿，口袋里就鼓鼓囊囊，连带来的水瓢、草帽兜也装满了。正在高兴的当儿，忽听得有个绰号“猪三歪子”的忽然铆足力气，对着水面大喊一声：“‘水鬼’来了，快跑啊！”这一喊可了不得，伙伴们忙不迭往岸上爬，那水性好的一溜烟早跑得很远了。后面的小不点们呢，跑了一阵子，忽然发现前面的哥哥姐姐们不知什么时候不见了，惊惶地站住，一看，歪脖子树下，你挠我一下，我顶你一把，正笑得前仰后合，方才明白是被捉弄了。于是用晒得像泥鳅一样黑的臂膊擦擦眼泪，破涕为笑，慢慢走过去。

我们只拣红菱吃，白嫩嫩、脆生生、甜丝丝；青菱水渍渍的，有种苦涩味，因为没有熟透；野菱我们叫它“鬼菱角”，褐绿色，只有拇指般大小，有锋利的刺，想剥开它不容易，常常一不留神将你手心划拉出一道道裂口，疼得人嗷嗷乱叫。

菱角生吃不过瘾，聪明的谁又燃起火堆，拣红得发紫的老菱放进火堆里烤，很快，四周便弥漫一股焦香味。灰烬里扒出的菱角烫痛了手指，只得两手轮流翻转，放到唇边不停地吹，待到不烫手时，牙齿咬成两半，手指捏着一只菱角尖，往嘴里一倒，完好的半粒菱角米就顺势落在口中，粉粉糯糯的，唇齿留香。

口腹餍足时，才互相仔细打量，一个个都成了“花脸猫”，手上、衣服上、脸上，尤其嘴巴，简直乌紫一片。于是，互相取笑，打闹。领头的大孩子就给小不点们起诨名，小不点们摸着脑袋，转动着乌溜溜的眼珠嘿嘿地笑。

岁月静静流淌，转眼数十年过去。曾在江南水乡吃过精美的菱角菜肴，也品尝过嘉兴最有名的鸳鸯湖的菱角，饕餮盛宴抑或大泽菰蒲的风味，到底抵不过记忆里的故乡，那难忘的童年的味道。

“卖……菱角……咪……”午后，寂静的小巷又传来悠远的吆喝声。是“碧花菱角满潭秋”的时候了，那菱角的味、乡村的味、童年的味幽幽地飘散出来，往日温馨的画面在脑际中铺展开来。唉，什么时候，我们可以重回故乡呢？

野 草 莓

香樟树春天开黄白色细碎的小花，花谢过，就结青绿的果实，那果实一天天长大，长到多大呢？大约和野生的樱桃一般大小吧，就不再长了，慢慢变成紫黑色，具体是什么时候，谁说得清呢？反正初冬时节，枝头上全是一串串乌紫的小黑点儿，像一张标致的脸蛋上长满了麻雀斑。麻雀斑再熟稔一些时候，就掉落一地在树下，脚步不经意踩到，会发出“噗嗤噗嗤”一下下的声响，真是有趣得很。有时散步走在院子里，专门拣小黑点儿踩过去，才晓得小孩子们小时候为什么喜欢穿着雨靴专挑有水坑的地方走。“吧嗒吧嗒”水花四溅，可不是也很有趣吗？

那乌紫的果实里包着大大的核，我是亲自品尝过的，只觉得浓郁的芳香从唇齿间向外溢出，民间有人说这果子能治疗胃病，可没有什么确凿的证据。香樟树枝头上的鸟儿飞来飞去，有肥嘟嘟的麻雀，也有不怕人的喜鹊，叽叽喳喳地叫着。

初冬的午后，泡一杯热茶慢慢喝着，窗帘不卷，树影幽深。读张宗子的《一池疏影落寒花》，写童年所食的野果，有种叫“灯笼泡”的，倒是勾起乡村生活的许多记忆。灯笼泡我们童年叫作“胖黏果”的。高不盈尺，和菜园地里的辣椒外形有几分相似。荒坡上有，菜畦间有，庄稼地里也有，有时是孤零零的一株两株，有时会成片生长，胖黏果和秋天的庄稼一起成熟，米黄色的果实外罩着一层薄薄的纱衣，像一盏盏微型小宫灯挂在枝条上。剥开纱衣，果子滚圆、透明，牙齿轻轻一嗑，多汁而甘甜，是童年小孩子们欢喜无比的美味。

童年的乡下，小孩子们没有零食可吃，一年四季，倒有很多诱人的野果，老鸹眼、野草莓、地捻子、桑葚、无花果、拐枣等，挨着季节悉数采来，以解馋渴，也是成年之后难忘的记忆。

多年以后才得知鲁迅先生的《从百草园回到三味书屋》里说到的覆盆子就是我们小时候吃过的野草莓。乡村的夏秋时节，高埂下、灌木林边、茅草窝里野草莓多得是。随着地表气温的一天天升高，不知不觉，一颗颗野草莓就熟透了，阳光照得它们鲜艳欲滴，单个或四五颗一串，像密密攒聚在一起的红玛瑙，而且，盈盈肌肤似吹弹可破。

野草莓为蔷薇科，悬钩子属的木本植物。可以吃到野草莓的时候，是乡下麦浪起伏、蝉鸣高悬的夏天了。清晨，太阳还没有出山，茅檐低小，燕子飞徊，荒草依约的小道旁，野草莓的藤蔓和青翠的茅草恣肆纠缠在一起，枝丫上缀着的莓子一簇簇沾着露珠，晶亮诱人。忍不住弯下腰，露在枝叶外可以摘得到的并不多，因为别的伙伴早已捷足先登了，要摘到更多的野草莓，必须要细心寻找，浓密的叶子背面或者不起眼的草旮旯里，就藏着一串串玲珑剔透的红莓子呢。去蒂,吹去上面的细绒毛,美美地大嚼,满口满唇如涂胭脂水彩。

可是莓子也不是这么轻而易举地让人得手,和其他悬钩子属植物一样。野草莓的枝条上也暗藏着绒绒的毛刺,若一不小心,它就会在你手腕上、脚踝上划拉一道细长渗血的印子,所以,即使对这些自然界的看不起眼的植物,也得小心翼翼、心怀敬畏。

怀念野果,不如说怀念与野果相伴的已渐行渐远的少年时光。清晰记得最近一次采野草莓应是在岱山湖了。笔会完,几个人在湖边漫步,看身边松鼠跳跃,看远方鸥鸟翩跹,落日下的湖水如一匹轻舞的丝绸。忽然间就觉得有一种熟悉不过的身影拦住了去路,夕阳下静静地妩媚着的,可不就是一大片一大片的野草莓吗。立刻奔了过去,低首,定睛,那熟悉的童年的味道顷刻间抵达迟钝的味蕾,按捺下激动的心,将最靓最美的,一串串摘下,捧在手心。

消逝,在远方
一些树木的影子
一些流水
缱绻着妩媚
渺茫的湖面
白鹭落下又起飞

多么奢侈的日子
只愿荆棘中蜗居的莓子

能红红地坠落
甜在口中，藏在诗中

我身染丛林的气息
在烟雨苍茫中
慢慢沉醉
然后，缘一径春风
随你绿到天涯。

写下这些诗句的时候，相距今日，也已是十多年前的事情了。

聊赠一枝春

花事及花市，多为女子所钟爱，但花草入诗入画，却常常是须眉不让裙钗。

在我居所往北不及百米处，有一条小街，叫义井路，其东段是一个小花市，专售花鸟虫鱼、石头、文玩啥的。某天某家店铺的门楣上豁然悬着“大千艺术画廊”的字样。大风堂主是不能看见的了，他的弟子们若偶遇这么一处所在，又会作何种感想？当然还有其他名目的字画店，牌匾老旧，新绘焕彩，亦有寄售名家大作的，真伪姑且不论罢。路边摊时有，半百翁媪推一辆小车，或者马路牙子上铺一面长巾，兜售玉镯、手串、珍珠、玛瑙等一些鸡零狗碎的小物件，倒也有人挑挑拣拣，欢喜来去。卖红木茶桌儿案的店门口，傍晚时分常有人弈棋，有时锱铢必较，楚河汉界疆土寸步不让，有时嘻哈一笑，弈者彼此拱手，扬长而去。围观者众。

萃墨轩、石缘堂、芋涵花艺不止一次光顾过，曾在此淘过一方歙砚，八英寸大小，老坑籽料，眉纹细如弦月，取名“空山新雨”，至今用它磨墨临帖。不亦说乎。水族馆隔壁是一家专卖“龙泉蒋氏刀剑”的,轻易不敢越雷池,因总会莫名想起古龙小说里的绝世剑客,莫测难辨。说是花市,其实亦混搭。沉香茶园有上好的茶,绿茶、红茶、黄茶、白茶、黑茶、乌龙茶,任你选,你若闲时记得来品一杯茶,那日子过得一定是温馨又妥帖的。

于正丰花市流连的素为一些上了年纪的老熟客,颇懂得消受浮生半日闲。因为便捷,亦为赏阅四时花木,我散步常常途经此地,也装模作样买过若干盆植,价格不菲的兰、梅、松、橘等用以妆点居室。但琪花瑶草过门后,任我使出浑身解数也似百般水土不服。于是改为鲜花插瓶。剑兰、玫瑰、菖蒲、桔梗、野菊,倒喜常换常新。此后便是水竹与百合。水竹不用勤打理,百合取其色形香,玻璃瓶中稍加呵护,冬季花期可持续十多天。二者皆合懒人意。

百合为观赏名花,芳馥俊逸,寓意隽永。我曾不止一次拿它配矢车菊或满天星,包扎成花束走亲或访友,颇受主人青睐。戊戌新春,室中扦插的则是麝香百合与香槟玫瑰,有花在堂,则光华溢目。

正丰是个小花市,花棚或屋皆在街巷两侧,曾亲见那些身份卑微或气质高贵的花草,一经园丁移盆修枝剪叶,顿若侵晨带露嫣然流盼。若论品种与规模,沿着护城河向东有裕丰花市,往西南则有清溪苗圃龙大花卉,皆奇葩满园,尽可品读流连,数时而不疲矣。

但绝无叫卖之声。日本作家德富芦花有一篇写百合花的文章:“早晨听到门外传来卖花翁的声音,出去一看,只见他挑着夏菊，吾妻菊等黄紫相间的花儿，中间夹着两三枝百合，随即全部买下，插入瓷瓶，置于书桌之右，清香满屋。有时于蟹行鸟迹中倦怠了，移目对此君，神思转而飞向青山深处。”

我们也有过如此温婉美妙的时光，可那要溯回好几百年以前的宋代。曾看过一档电视访谈栏目，大意是设若可以穿越，你最愿意生活在中国古代的哪一朝？被采访者不假思索，答曰“宋代”。宋代文人的精神生活至今被读书人津津乐道，这与大宋皇帝“崇文抑武”的基本国策有关。不仅宋代的文人尽得时代之兴，连平民百姓的日子似乎也风雅得不行。“小楼一夜听春雨，深巷明朝卖杏花。”“担子挑春虽小，白白红红都好。卖过巷东家，巷西家。帘外一声声叫，帘里丫鬟入报。问道买梅花，买桃花。”

《清明上河图》中抑或可以看出宋代百姓很有易物的天分，卖的花花草草也着实兼有为生活的艺术，不仅有卖牡丹、芍药、棣棠、木香，亦有卖杏、梅、桃的，柳、葵、蒲、艾草等啥的，联想曹翁的红楼某回写探春理家，却原来一片破荷叶，一根枯草根子，都是值钱的，是都可以拿去买卖的。原来古人早已知晓物尽其用的道理了。

至于德富芦花听到的卖花翁的叫声，老北平及青石闾弄的江南水乡，那些仗朝黄发者在幽梦中或可闻得一两声，今天的你我却是耳朵塞毛驴——听不到了。但是孟元老给我们留下了无限美妙的想象：卖花者以马头竹篮铺排，歌叫之声，清奇可听。千百年前的华夏老祖宗们，在万花烂漫的春天，何其优哉游哉，其呼卖之音是绝不亚于东瀛的卖花翁的罢。

雁荡杨梅

吃杨梅得有耐心。以我个人经验，木字部的果品未成熟至八九分，其酸涩之滋味令人生畏。五月杨梅已满林。芭蕉分绿，杨梅熟了。

行走在别处时，吃过几回杨梅皆屈指可数。在十朝都会秦淮河边吃过，在花城吃过，在台北老街吃过，亦在很北方的城市吃过，那是杨梅罐头，加工后装在剔透的玻璃瓶子里，绛紫莹莹的鲜果变得又老又旧，没有半点口腹之餍。

很年轻的时候杨梅是稀罕物，比苹果、梨子娇贵得多，偏无缘由地喜欢上它的颜色，窃以为其蕴含尊贵、收敛、罗曼与惆怅之味。曾满城疯狂地寻找这种色系的丝绸，出了双倍的价钱，请师傅缝制一件晚礼服，是人生初始的华裳。然，挂在衣柜里，没有穿过一次。后来在电影中惊艳过那种紫，涂在某类女人的唇上，淡淡飘浮的烟圈加上迷离的眼神，在旋转的镭射光影中，诡魅又神秘。

紫皮瓜果常有，却独钟情杨梅，或正是应了那句老话“物以稀为贵”。我所居住的皖中丘陵，四季皆产多种佳果，市面上却极少能见诸杨梅的身影。近年吃过最多最好的杨梅应数戊戌初夏在雁荡山。寰中胜境之旅，纯粹是郭博先生戮力促成，一行人浩浩荡荡抵达时，郭博先生已将行程食宿一应安置妥帖，正气定神闲地在翰墨堂挥毫泼墨。而风尘仆仆的我们，一眼瞥见园中的石桌上，端放着园子主人为我们悉心准备的杨梅与香茗。茶是雁荡毛峰，以山泉水冲泡，香冽沁脾。杨梅有赤红、糯白、紫绛三种，接待我们的叶女士端丽风雅，将其装在编织精巧的竹篮里，果艳叶翠，未及品尝已口齿生津。杨梅原产地是浙江余姚，距离雁山二三小时车程，乐清盛产本在意料之中，我孤陋，乃初见白杨梅，只觉俏媚若玉石中的紫罗兰春带彩，不晓得扬州人为何呼白杨梅为“圣僧”。

早已习惯了出门携一册小书，一防神思漫漶，再则聊解旅途乏倦。此行背包里揣着的正好是叶灵凤的《能不忆江南》。叶是旧时白下人，成名早，著绘藏译，无所不好。几万字的小书，很快通览，情趣学养，见微以知著。其中恰有写杨梅的，题为《莴苣、杨梅带来的幸福》，一如叶公晚年随笔小品的格调，精美、闲适有又富意趣。掩卷，不仅莞尔。

雁荡山脚下的杨梅树举目皆是，山上有，公园有，路边有，农家的院落有，或孤株，或成林，冠如华盖，丹实累累，试尝之，则甘之如饴。美食家言会稽杨梅天下冠，我却说雁山杨梅赛会稽。清晨，沿灵峰崖下的一湾清溪闲步，岸边绿荫翳翳，树下花花绿绿落了一地，枝头一任飞鸟啄食。希冀偶遇采杨梅的果农，却未尝如愿。

谢公桥紧邻我们下榻的林枫客栈，桥上有亭，古雅却并不豪阔，供村民与游客小憩，弈棋赏景纳凉，兼卖当地土特产，各安其所。有售卖加工好的干毛鱼、虾米、笋等，亦连日目睹同一个卖龟和青蟹的老翁。其实也不像在做买卖的营生，倚着环廊，闻鸟语，观山岚，品天书，于此消磨一天中最好的辰光。临返程的那日，于烟雨蒙蒙的桥头，终于邂逅担着杨梅的老妪，悉皆珠圆玉润、涵黄糅丹，价钱却便宜得令人咋舌，同行的姊妹即刻围拢，各自携了，带与家人分享。

大明内阁首辅徐阶，以探花及第，其有诗云："折来鹤顶红犹湿，剜破龙睛血未干。若使太真知此味，荔枝焉得到长安"。世间一说杨梅在古代属朝廷贡品，读大学士的《咏杨梅》，略知大唐的天子与宠妃恐是未曾消受过的，而今在雁荡，我们竟有暴殄天物之赧了。同为大明才子余姚人孙季全（陛），亦曾在诗中留下遗憾："旧里杨梅绚紫霞，烛湖佳品更堪夸。自从名系金龟籍，每岁尝时不在家。"孙在京城当官，常年不返，杨梅应市，如吴江张季鹰思莼鲈，不忘江南故园。

杨梅与荔枝、龙眼一样，尽为果中珍品。而荔枝名噪，极大程度是骚人墨客对雅爱之物所赋予的文化色彩，那诗妇孺皆知，故不赘述。不过据说苏东坡在品尝过吴越杨梅后，竟有"西凉葡萄，闽广荔枝，未若吴越杨梅"的赞叹。

东方朔《林邑记》云："邑有杨梅，大如杯碗，青时极酸，熟则如蜜。用以酿酒，号为梅香酎，甚珍重之。"彼杨梅怕非此杨梅了，时下谁见过大若杯碗的杨梅呢？杨梅除了鲜吃、酿酒、制露，还多腌制成果干、蜜饯，是夏季消食开胃的休闲小食。这类可爱的小果品诗人喜咏它，画家亦爱画它，无妨瞧瞧白石老人的《老鼠杨梅图》，直让人笑痛肠子。白瓷盘盛了朱红的樱桃，从前人说是铁如意敲碎了珊瑚枝。殊不知，白瓷盘盛赤紫的杨梅，便是寡淡的味蕾遇见一道奇妙的珍馐。

江南风景美如画，不识杨梅是白丁。初夏的江南，或许就是最好的杨梅的味道罢。

番薯粉丝汤

番薯粉丝汤，乍听这名字，一点不觉得怎么，但味蕾灵敏，过口不忘。像一句通俗歌词“村里有个姑娘叫小芳”，过耳，亦不忘。第一次吃这道特色小吃，是戊戌初夏在雁荡山，第二次吃，还是在雁荡山。菜名家常平实，却带有浓郁的地方风味。之后我如法炮制过一回，有人笑我“东施效颦”，我未置可否，只好收手。人得有自知之明。

杨梅酒、雁山茶、番薯粉丝汤，在乐清，在东海之滨，在喷喷香酒楼，皆是最上等的待客礼遇。冷拌、热炒、煎蒸过后，只见帘子一闪腰，女服务生浅笑盈盈，番薯粉丝汤施施然粉墨登场。青瓷大花钵捧上桌，氤氲绕梁，冷拌热炒煎蒸都享用了，正需一道汤汤水水与肠胃柔指相绕，通泰全身，因而一俟上桌，举座皆是稀溜哗啦声。美食当前，即使沈腰潘鬓林下美人，亦难保庄重与矜持。馋，字典的解释是“贪食也”。梁实秋说：“其实不只是贪食，是贪食各种美味之食。”此言甚是。

青瓷大花钵转了两圈之后，渐露净底，这是厨师们喜欢看到的结果。犹如眼浅腮拙的我们，面朝龙湫飞瀑，不顾体统地大呼小叫。厨师们则不然，有实力与底气，对于料定的结局，面上一派端然正色。

首席东道是位地道的江南女子，温婉、勤勉、诚挚，温岭乡土菜肴的拥趸者与积极推介者。我们唤她村姑姊，因她微信昵称"法国村姑"。那日座中凡舞文弄墨外，还兼有风味美食家。对于这其貌不扬且杂乱无章的一盆，来者不拒，食之不厌，可见其名不虚传。我继而臆想村姑推荐此菜是否亦有深意。我们习惯以貌取人，饮馔亦大抵类似，但打破惯例是常事。就若温八叉之流，虽然长得惊世骇俗，但腹笥丰赡恃才不羁，你奈他何？《红楼梦》中，连曹翁亦借蘅芜君之口夸赞他一番。

寰中名菜番薯粉丝汤所用食材令我目眩。粉丝得用一等一优质的番薯加工而成，因为粉丝是主材，再用高汤——母鸡或猪腿骨，熬成浓得化不开的汤，同煮，食时辅以蛋皮、芹菜、木耳、香菇、笋丝、精五花、虾米、泥螺、蛎肉、紫菜、梅干菜、圆葱、姜丝等，起锅时，再添加米醋、精盐、生抽、味精各少许以提味。临了，一撮碧绿的芫荽撒在最上头。菜蔬水淋淋的，山珍全都产来自家门口的大山，最是上乘原料，现打捞出的海产品清鲜无比，这样的食材配上大师精湛的厨艺，如何不令人"嘴馋"呢？

鸡汤煮粉丝是我杜撰的，雁荡山人没说，村姑也没说。土母鸡汤汁的鲜美胜于猪腿骨汤总没错。村姑说温州人嘴刁，东海、南海、北海、黄海、日本海出产的海鲜都吃得出来的。村姑还说，各样菜品是新鲜的不要说了，再则何时加何种辅料亦大有讲究，火候呢，焖至多久呢，更是至关重要。最后，村姑郑重其事，说雁荡人家宴请宾客，或家中有婚丧嫁娶的，摆大场子的酒席都少不得这道菜。

吃过两回，略有心得，这道菜的特点是韧滑爽口、浓而不腻，粗菜雅做，老少咸宜。村姑保证我再来雁荡山吃一回，厨艺就会与大师们相差无几了。我郑重允诺。

大言不惭地说，我尚算个基本称职的“家庭煮妇”，但巧妇难为无米之炊。宝岛那边的老派文人美食家说过，即使如菌类、笋片、大蒜、料酒之类的配料，成色不同产地有别，制成菜肴的味道亦是失之毫厘差之千里。可见烹饪之道，除却食材，还要自出机杼，饮馔之间，学问大了去了。话说我那回炮制过的番薯粉丝汤，皆因不得地利，偷减了食材，详情是有的实在无法寻觅，即使所需食材们乘飞机轮船或高铁动车快递来了，哪里有清鲜可言。因而虽用心思而不得其三昧，真不能全盘怪我。

番薯闻其名便知是舶来品种，江淮地区叫作红薯或山芋的多，我父亲活着时一直叫它芋头，我们就跟着喊。我母亲快八十了，现在还叫它芋头，可见积习难改。常见的粉丝有芋头粉丝、绿豆粉丝。传统徽州菜里有道名菜，叫徽式炒粉丝，佐以肉丝、红椒丝、香菇丝，与粉丝同炒，色深味重，徽菜面目一望而知。

有回在徽宴楼，厨师将粉丝炒好后盛盘，用摊成极薄的蛋皮裹了，再用刀劈成几片花瓣，只是为装盘好看。粉丝有黏性，一大桌子人，将箸同时伸进盘中，互相撕扯，想起来，真是很有意思的画面。

粉丝制成的家常小吃则多是鸭血粉丝，或者牛肉粉丝，用小瓦钵或煲，文火慢炖，加红油辣椒，天寒地冻，吃得人喘着大气满头冒汗，方为地道。辣是王者之味，女士多不适宜。

关于粽子

雁荡三日,一行人夜宿枫林山舍。只有十余间客房的客栈落座在谢公岭下,面山临溪,村西一大片凹地,不种别的,全都种了柳叶马鞭草,我们看见此花时,正逢盛开。晨昏夕暮,沿涧溪漫步,无论从哪个方位看去,山舍都是个极好的所在,况且又处处布置得清简雅洁,很是合了我们的脾性。

枫林山舍的早餐值得一记,不像我们住大宾馆的自助早餐,繁复得让你挑花了眼睛。也不像吝刻的小店,一碗面条或一碗清粥打发了事,或者乐得省事,干脆直接叫房客自行解决。晨餐算量身定制的那种,一张大圆桌,几席卡座,食物皆装在托盘内,一人一份,随到随取:一碗八宝粥,小馒头花卷各一只,白煮蛋一枚,油条半截,米发糕一片,肉粽子一颗,全是店里厨师所烹饪,另配牛奶一盅,鲜杨梅几粒。可谓节俭、风味、绿色、时尚。餐厅位置也恰到好处的利用地势,帘内人,帘外景。殊不多得。

余者皆不论。单说粽子吧,粽子是风味之物,易勾人情思。

裹成枕形,用丝线缠,却比拇指大不了多少,盘子端上来,一股箬叶的清香。粽子又乃节令之食,剥着粽子,心想,是了,戊戌端午佳节又将到了。

中国民间的饮食总是与节日有关,与时令有关,与习俗有关,与文化有关,充满诗意与情趣。索性说说端午吧。南方多有吃粽子、赛龙舟的习俗,说是吊祭屈大夫,那是从前读书人搞的把戏。不管真伪,在这个日子里,“蒲艾簪门,虎符系臂”,有吃有喝有玩有趣,又丰富了中国传统文化节日,倒没有什么不好的。

粽子的形状有三角有四角的,三角的叫菱角粽,四角的即是枕头粽。但我家乡过端午从来不包粽子,可能与四方八野不生竹或箬有关系,不生长自然没有卖竹或箬叶的。但小孩们依然挂香囊,门上插艾蒿。吃食并不丰盛,只是炸油香,吃咸鸭蛋,擀宽面条。油香喷喷香,面粉是刚收上来的新麦加工的,和好后,拌切碎的韭菜,用菜籽油炸得焦黄,能吃出村庄上空的阳光和原野吹过的风的味道。鸭蛋或许没有汪老头子故乡的好,尽管村头有许多池塘,但没有高邮湖,没有高邮大麻鸭,味道差了那么一点点也未可知。父母亲手擀的宽面条,平常搁南瓜与瓠子煮,滋味甚美。过节了,撒一把红苋菜,面汤变得融融漾漾,能把馋嘴的小孩肚子撑破。

说来亦怪,尽管我家乡过端午从不裹粽子,小时候听见长辈们批评小孩捆扎某物没模样,歇后语张口就来,他们说的是“三拐不像菱角,四拐不像粽子”。

粽子是嘉兴产的好,我管窥,窃以为嘉兴又数“五芳斋”的口感为最美妙。

丰子恺画过一幅题为《买粽子》的漫画，男孩伸头向下探看，女孩子正将一只竹篮从楼上的窗户垂下去，买粽子，叫人忍俊不禁。朱自清读到这幅漫画时说："但是，老兄，真有你的，上海到底不曾太委屈你，瞧你那《买粽子》的劲儿。"

林枫山舍的粽子算是端午的前奏。回来逛菜场，但见几家菜贩的摊头竹叶水灵，箬叶肥厚，心里欢喜，恨不能提回一篮子。粽叶需洗净、浸泡、煮透、剪裁。肉切条状，适可而止，加姜、蒜、酒、醋等提前腌制，米是"燕之坊"的圆粒糯，淘净沥干后一颗颗涨得圆鼓鼓的，加油、盐、砂糖、生抽搅拌，装米时肉要肥瘦搭配，方得要领。一切妥当后，粽子装入大铁锅内，注水，亦可稍加点盐，大火煮、小火蒸、停火焖。始大功告成。

包裹粽子现在遂成为我每年端午必做的厨事了。其实，好吃不好吃都是其次，食物只是一种媒介，当舌尖在品尝时，它让我们内心荡起涟漪。在"红了樱桃，绿了芭蕉"的时节，裹一篮粽子除了自吃亦分赠一些给亲友，不是很有意思的事吗

关于粽子，还让我想起一百多年前出生于绍兴城里的周氏兄弟，他们青年时就客居在外，却时常怀念故乡以悬艾叶、吃粽子、赛龙舟为传统习俗的端午节。不仅如此，鲁迅在《呐喊》文集中还收入题为《端午节》的短篇小说。周作人晚年，在致香港友人鲍耀明先生的一封信函中写道："昨方寄一信，奉托糯米，初意在旧历新年，仿故乡习惯，拟包粽子，但现在竹箬，既然难得，而内人又久卧病，无人经营，为此特再上书，请予撤消。但另外乞寄砂糖一二公斤，则深感佳惠矣。……"周作人晚年生活境况，由此可见一斑。

最后要说的是枫林山舍厨师们的制粽手艺亦是了得，精致，质感糯而不腻，品相俱佳，猪肉都融化进糯米中。“食不厌精，脍不厌细”，连大成至圣先师孔子都这么认为。念兹这款舌尖上的美味，故来饶舌。

闲话扇子

某次书展，得程耀恺先生赠与一柄蒲扇，桃形，本色纹理，织工精美。难为程先生雅兴，如今街市上何曾寻到这样的老物件？

扇子是纳凉引风之物，旧时光的宠儿。彼时的夏天，几爿店铺门口，箩筐里歪歪扭扭装着的全是它，三两角一把，大暑热天，庄稼人若没有紧要活计在做，手里摇着的就是它了，因此谁家屋里没有几把呢？更有勤谨的主妇，还用花布条将扇边滚了，好看又耐用。记忆中家常使用的扇子多用麦秸草或棕榈叶等制成，皆习惯呼其为芭蕉扇。麦秸扇轻巧绵软，棕榈扇相对结实，我们用它扇凉也追扑过萤火虫。“轻罗小扇扑流萤”，芭蕉扇也一点不输于它。乡下人闲聚纳凉时，除了说话，便是扇子一下一下地拍打声，那些傍晚，蚊子真叫成群结队，在人身边横冲直撞的，点蚊烟熏艾草也不尽管用，不止蚊子，还有苍蝇、蠓虫。二十世纪九十年代，乡下没有空调，没有冰箱，连电风扇也少见。幸而手里一把扇子，否则庄稼人夏天的日子可不好过。

鹅毛扇亦是寻常之物，却不像芭蕉扇廉价又实惠，乡下多是年轻的小媳妇子们拿着的，怕摇篮里的婴儿热着，随着扇子的起落，那眉眼之间眨动的全是怜惜与疼爱。以后在江南的一些城镇亦曾见过其他姿态各异的扇子，如羽扇、团扇、宫扇、折扇等，用的是上等的绢、丝绸、纸、香木、象牙、雁羽等材质。因选材讲究，又具匠心，故各美其美。这类扇子细琢精雕，到底不是普通用物，碰巧购置一二把玩，年月久了，愈加珍爱，又因宦囊羞涩，多数只当是艺术品远远赞叹一声罢了。

更多的扇子则是在影视作品与古书中有所见闻。《桃花扇》《芭蕉扇》则直接以扇来命名。中国的戏曲舞台上，扇子多是一种道具，却被发挥到极致，为人物表演增辉添彩。诸葛孔明“羽扇纶巾”乃显示其运筹帷幄指挥若定的气度；宝钗捕蝶，端静中多了几分妩媚；才子唐寅，一扇在手，风度翩翩；在传奇脚本中，执扇的人举手投足与一颦一笑之间又是那样赋有剑气、才气、清气与雅气。古典文学名著《红楼梦》里亦多处写到扇子，除了宝钗扑蝶，还有宝玉题诗、晴雯撕扇，贾赦为求得石呆子的几把古扇，将其活活逼死等细节。透过“扇子”，让读者对书中人物的命运或悲叹或唏嘘。

扇子一旦与诗书画相勾连便成“怀袖雅物”。扇面题诗作画更是历代书画家醉心爱玩的把戏，若刨根究底，最早可追述至三国时期，大唐《历代名画记》记载，曹操请杨修画扇，杨修一不小心将一滴墨溅到了扇子上，到底是胸有丘壑的，杨修灵机一动，遂将扇上的墨点画成一只欲飞的苍蝇，曹操看后竟误以为真，后人遂有“误点成蝇”的典故。这或许是好事者的杜撰也未可知，否则那时的曹操肯定是老眼昏花了。

《晋书》中还收录王羲之为老妇题扇济贫的佳话。扬州八怪之郑板桥亦有此类善举。孔尚任的传奇剧《桃花扇》是一部以扇子为主要线索的话本,在中国可谓家喻户晓,爱恨情仇中交织着昏君亡国之痛。而李香君血溅桃花扇,让人见识青楼女子的民族气节。据说李香君的桃花扇有人在旧日北平见过,是折叠扇,血痕依约可见。扇子正反面都被明清文人题咏满了,甚至连扇盒内的白绫子也题满了诗文。

“裁为合欢扇,团团似明月”,“飒如松起籁,飘似鹤翻空”,元曲也有清嘉词:“一弯谁翦剡溪笺。雪色照人鲜。动处清风披拂,展时明月团圆。”古往今来,咏扇的诗、词、赋、铭、文当不计其数,我以为最动人的是晏几道的“舞低杨柳楼心月,歌尽桃花扇底风”这两句诗。

说扇子不能不说到宋代,宋人的风雅大约跟一个不善治理国家却将吟诗作画当成日常功课的皇帝有关,所以自宋代发明折扇以来,很快成为骚人墨客的雅爱,其时画扇、题诗、互赠、收藏竟成为一种时尚,以扇子为载体的书法和绘画创作更是逐渐演变为一种独特的艺术。明清及近代的金农、石涛、董其昌、齐白石、徐悲鸿、张大千、刘海粟、沈尹默等都是题扇画扇的艺术大师,许多翰墨丹青背后的故事成为坊间美谈。

祖籍安徽合肥的张充和,诗书画造诣都颇了得,张先生是沈尹默的入室弟子,她辑录的古典诗词抑或戏曲工尺谱扇页在许多年前就争相为收藏家青睐。作家老舍别有兴致,收集的扇子多为京剧名伶所题画。也看过董桥的一些文字,他收藏的各类古董文玩不计其数，却也专门著述文章，谈及如何机缘巧合得到任伯年溥靖秋的扇面以及张充和的几幅工楷小品。董桥说张充和“那手工楷天生是她笔下诗词的佳偶，一配就配出了《纳兰词》里‘鸳鸯小字，犹记手生疏’的矜持，也配出了梅影悄悄掠过虹桥的江南消息，撩人低徊”。

且不说董桥是老派文人，名贯中西。就是身边如我一干粗通笔墨的故友新朋，谁身边拿不出几把说得清来历的扇子呢？

无论如何，流年如梭，作为一种冗常的使用物品，扇子距离我们的生活似乎是渐行渐远了。那带有岁月印记的传统的扇子，几无踪迹。某日，途经一条小巷，于一堆琳琅满目的旧物中突然发现几只芭蕉扇，那一刹那，直让人有些恍惚。所幸的是在苏、浙、闽一带出产的各种工艺扇，精美绝伦，满足一些有癖者对扇子的念旧情怀。书香门第里，更有一种供雅玩或珍藏的扇子，将中国传统的诗、书、画艺术发挥到极致，格调古雅意趣高远，成为独具中国特色的艺术瑰宝，让人们穿越岁月的长河，联想到明月清风，石上竹荫。

卖花人去路还香

春天百卉有约，次第绽放。花店花市举目皆可寻到，路过，总会停住脚步，选几支百合或者玫瑰带回家，插在宽口长颈的瓷瓶里，青枝长曳，或素雅或娇艳，置于案头，即刻，满室氤氲着芬芳。

老屋的茶室，常年置一扁葫芦形陶器，就曾插过梅、菊、棠棣、桂、竹以及从农家房前屋后顺带捎回的各种野花，几片叶子、三两枝花朵，使陋室陡生别样趣味。

现代人注重生活品质，会因不同的季候、不同的心情选择不同的花草来装点自己的生活空间。于今日花市花店充斥大街小巷的角角落落来看，爱花者众便可从此略见一斑。窃以为自古以来，最有风味的，莫过于乡人以肩担花或以篮累之，沿街叫卖，走街串巷，将一肩春色带进千家万户——那花自然是嫣然流盼、光华溢目的。

宋代人风雅，最懂得为生活的艺术，每当春暖花开时节，城里的男男女女就“争先出城探春”，琴棋书画诗酒，自然或缺不了山野田畴的佳卉。所以才有陆放翁“小楼一夜听春雨，深巷明朝卖杏花”，如此情韵深致之句，才有李易安“卖花担上，买得一枝春欲放”如此清晓婉约之词。“灼灼百朵红，戋戋五束素。”春来共赏，何等愉悦。

宋人诗词中多吟咏卖花者。“湖边柳色渐啼莺。才听朝马动，一巷卖花声。”“马塍晓雨如尘细，处处筠篮卖牡丹。”若要论卖花声之美，当数宋人孟元老《东京梦华录》卷七中的一段生动描述：“是月季春，万花烂熳，牡丹芍药、棣棠木香，种种上市。卖花者以马头竹篮铺排，歌叫之声，清奇可听。”

花市，亦是自古有之，白居易就有《花市》云：“帝城春欲暮，喧喧车马度。共道牡丹时，相随买花去。”若说花市，我居住的后街就有，相对比较僻静的一条马路，两旁绿树浓荫，大小不等的一间间花舍，树下和棚内琪花瑶草，各具仪态。暮春，微雨，又恰逢周末，流连半日，沾满一身花香，眼里一帘喜悦，或许正好寻着了一款你中意的佳卉，移植园里或者置于瓶中，日日闲来看它，不啻是一件惬意的事情。若再把袁中郎的《瓶史》里“品第”“器具”取其一二对照来供花，“一室之内，荀香何粉，迭为宾客”，就使冗繁的生活有了点雅趣，又当是别有一番慰藉了。

日本散文家德富芦花的《山百合》：“早晨听到门外传来卖花翁的声音，出去一看，只见他提着夏菊、吾妻菊等黄紫相间的花儿，中间杂着两三枝百合。随即全部买下，插入瓷瓶，置于我的书案之右。清香满室。有时于蟹行鸟迹之中倦怠了，移目对此君，神思转而飞向青山深处。”只觉得卖花翁和他的花以及此文的作者，都是同等的细腻柔软，丰沛多情，让人心里陡生满满的欢喜，和不舍。

旧时光里总是藏着太多的感怀与怅惘。就像我们在熙熙攘攘客流涌动的花市里，花皆名品，色皆殊异，却总让人觉得美得失了几分魂魄——那便是山野里汲取天地精华的活力与清新。

“卖——花哎——”担子挑春虽小，白白红红都好。“沽酒欲来风亦醉，卖花人去路还香”，那卖花的老翁抑或俏丽的村姑不复再现，古道深巷，烟雨迷离，春正深，景正浓。而今在霓虹灯光怪陆离的夜色中，我们是再难寻觅到那余音软美的卖花声了。

草木有情

春秋两季，真是外出采春踏秋的好时节。尤其春分一过，大自然的怀抱便灿若云锦，积蓄了一个冬天营养的老枝新桠也争先恐后绽放全新的绿翳来，若立在山水边，就是老杜“江碧鸟逾白，山青花欲燃”或者如丘迟《与陈伯之书》中的“杂花生树，群莺乱飞”的真实图景了。

青年时代读了几篇古代文学作品，从上古的《诗经》到汉乐府到《古诗十九首》再到明代以降章回小说巅峰代表作之一的《红楼梦》等，文辞中不期然遇见各种花花草草，因为古代植物名称与今大相径庭的多，故而对许多草木一知半解，自诩与柴米油盐联系亦不甚紧密，也都没有认真往心里记。但记得植物在诗词歌赋所传递的均是别样一种幽意，所谓人间有爱草木有情吧。

《诗经》中，太多诗歌以植物来赋比兴，屈原的《楚辞》以香草喻美人，只有品性高洁的君子才有资格佩戴兰芷，“泪眼问花花不语，乱红飞过秋千去”“年年柳色，灞陵伤别”都是草木在诗词中的留下的千古痕迹。其实,世间草木繁花千千万,我们能够呼其名辨其形识其果的微乎其微。即使是胸有成竹的植物学家,大约亦是不能一概植物世界的全貌罢?

《玉台新咏》里最早收录一篇写一弃妇上山采蘼芜的,诗曰"上山采蘼芜,下山逢故夫","蘼芜"二字从"草"头,又可采,依约是一种植物无疑了,查阅有关辞书,多释为旧时的一种香料。《离骚》以江离称,麋芜、芎都曾是它的古名,如今一律称芎䓖或川穹,我体寒背痛,在医生开具的处方里多次见到它,一味普通的中药材罢了。有意思的是,近期从书店购得潘富俊《楚辞植物图鉴》,甫一打开,即是江离。

多年前,我一直将蘼芜与荼蘼混为一谈。以后看得多了,渐渐理出一点头绪:荼蘼亦作酴醾、荼縻,又名佛见笑,古籍记载为香水月季,今人则以为是庭院多用作篱墙的悬钩子蔷薇。荼蘼的鼎鼎大名概是因为王淇的《春暮游小园》:"一从梅粉褪残妆,涂抹新红上海棠。开到荼蘼花事了,丝丝天棘出莓墙。"写荼蘼的诗很多,此诗一出,余诗皆黯然失色。

佛家典故指荼蘼花开过,人间一切花朵再无芬芳。所以荼蘼是花季最后盛放的花,意味绝望和颓废的末路之花。

曹翁在《红楼梦》第六十三回《寿怡红群芳开夜宴》中,有一出十二衩抽取花名签的故事,婢女麝月抽到的是荼蘼花——韶华胜极,背面写着:"开到荼蘼花事了。"胜极必衰,亘古不变,宝玉觉得不吉利,所以把签藏起来不让大家看。曹雪芹用此花喻女儿,"三春过后诸芳尽",宝玉痛失了黛玉,丢掉了宝钗,又归还了袭人,恰好印证麝月是陪伴在宝玉身边走完红楼一梦的最后的一个女儿。她也是唯一一个见证了贾府从钟鸣鼎食之家走向腐朽衰败的全程、一睹大观园内众女儿的薄凉命运的最后一个见证者。

歌手萧敬腾演唱过林夕创作的一首歌,很无厘头的样子,也是这个名字:《开到荼蘼》。歌中唱到:“我们在等待什么奇迹/最后剩下自己舍不得挑剔/最后对着自己也不大看得起/谁给我全世界我都会怀疑/心花怒放却开到荼蘼”……声嘶力竭,绝望到几近疯狂。

忽忆起不久前,应许辉先生和董静女士邀约,与诸文友一起爬了一回四顶山。时序进入仲秋之后,草木有次第凋敝的迹象了,如蒲苇与落叶乔木,但山野里也有许多叫不出名字的,看似孱弱,实则表现出一种凛然的气概来,让人对这些毫不起眼的植物们心怀敬意。实在话,四顶山实无多少名胜佳迹,但因为一拨文友,人在草木间,秋山便无限生动起来。

登山途中,最先唤起我们惊呼的,是遍地恣肆生长的茅草,丛丛簇簇,秋阳下的花穗荧荧闪闪,幽寂迷离。骚人墨客即刻风雅起来,“野有死麕,白茅包之”“白茅纯束,有女如玉”,在白茅丛生的山野,“吉士”既获得獐与鹿,也获得了美人的芳心。如此,一路攀援,一路寻觅,古诗文里的植物真比比皆是。檀、桑、梅、蒿、蕨、栗、蒹葭、木樨、女贞、银杏、乌桕、卷耳、芣苢、菩提、萱草等,像小学生期待老师奖赏,它们争先恐后都被我们一一指认出来。

下山途中,遇一处偌大的荷塘,芦苇茂盛得很,淡褐色的芒絮倒映在碧水深潭中,清骨傲岸,真可谓“蒹葭苍苍”了。而芦苇四周,是一片绵延的狗尾巴花,细长的茎上沉甸甸垂着一串串米粒样的花骨朵,浅紫或玫红,自顾自摇曳,真是又寂寞又美丽。见众人面面相觑，程耀恺先生不慌不忙地告诉我们："这种草本植物的学名叫蓼，全草可以入药，它的叶或茎则可作靛青染料……"

唐代郑守愚有五言诗《蓼花》："蔟蔟复悠悠，年年拂漫流。差池伴黄菊，冷淡过清秋。晚带鸣虫急，寒藏宿鹭愁。故溪归不得，凭仗系渔舟。"写得真是好，但是宋末元初黄星甫的"十分秋色无人管，半属芦花半蓼花"的诗句倒觉得更淡而有味。除了蓼花，四顶山上，在程先生指导下，我们还辨析了榖树、麻栎、荻、蒺藜等平素容易混淆的草木，算是四顶山之行的又一大收获。

在一座农家的院落外，又一丛丛蓬蓬勃勃的野花吸引了我们的眼球，细密的枝条上，浅紫色的花朵状如袖珍蛱蝶，不胜柔弱之姿。这便是胡枝子花。胡枝子，尘世味太浓，怎么看都给人邻家丫头素面朝天的感觉。植物辞典里，原来它还有个听上去很美的名字，叫"萩"，有清秋的露珠味道，矜持又素净。《万叶集》在日本可与中国的《诗经》相齐名，据说有人统计，《万叶集》里，萩是被歌咏最多的植物。

日本京都的梨木神社里面有京都最出名的三大水源之一的染井，小小的神社内种满萩花，因此又有"萩宫"的别称，每年秋天神社内还会举行萩祭。神社内附有物理学家汤川秀树的一块歌牌，歌咏的就是神社内的萩花："昔日旧园已千年，木下林荫里，萩花好烂漫。"还有诗曰："夜寒鸣雁急，无处借秋衣。不见胡枝子，凋零下叶稀。"如此看来，热爱大自然中的秀卉佳木不分国界，皆是人的共性罢。